新 潮 文 庫

謀 略 法 廷

上　　巻

ジョン・グリシャム
白 石　　朗 訳

新 潮 社 版

8735

本書をロバート・C・カヤット教授に捧《ささ》げる。

謀略法廷

上巻

主要登場人物

ウェス・ペイトン…………原告側の法廷弁護士
メアリ・グレイス…………ウェスの妻。弁護士
ジャネット・ベイカー……損害賠償訴訟の原告
デニー・オット……………パイングローブ教会の牧師
トム・ハフ…………………セカンドステート銀行の銀行員

カール・トルドー…………トルドー・グループ最高経営責任者
ブリアンナ…………………トルドーの妻
ステュー…………………… 〃 個人秘書
ボビー・ラッツラフ………クレイン化学の法務責任者
フェリックス・バード…… 〃 最高財務責任者
ジャレッド・カーティン… 〃 顧問弁護士

バリー・ラインハート……選挙コンサルタント
トニー・ザカリー…………政治団体の州支部長

第一部　評　決

1

陪審の準備がととのった。

五十人近い証人が合計で五百三十時間も証言した、七十一日間の正式事実審理――弁護士たちが口やかましく議論を戦わせ、判事が説教し、裁判の行方を明かすサインを見つけようとする傍聴人たちから鷹《たか》のような目で見つめられても、黙ってすわっていた一生にも匹敵するほどの長い日々ののち、さらに四十二時間の陪審評議をおえて、いま陪審は評決申しわたしの準備をととのえた。隔離され、警備された陪審室に閉じこめられた陪審員のうち十人までは、評決書に誇らしく署名をすませた。残るふたりの陪審員は十人から離れて部屋の隅にすわり、ふくれ面《つら》のまま、意見の不和にみじめな思いを嚙《か》みしめていた。抱擁をかわす者がおり、笑顔をのぞかせる者がいた。自分で自分を褒めている者も少なからずいた――この小さな戦争にも屈することなく、いま堂々と胸を張って闘技場に引き返せるからだ。それも不退転の決意と、妥協点をさがそうとする執拗《しつよう》なまでの追及から救いだした結論をたずさえて。彼らの試練はおわった――市民としての義務を果たしおえたのだ。非の打ちどころのない、すばらしい義務の履行だった。そしていま、陪審は評決申しわたしの準備をととのえた。

陪審長がドアをノックし、うたた寝をしていたアンクル・ジョーを揺り起こした。アンクル・ジョーは高齢の廷吏で、陪審室の警備にあたっている一方、陪審の食事を手配し、彼らの不満に耳をかたむけ、また陪審からのメッセージをそっと判事に手わたしていた。もっと若い時分、すなわちまだ耳がよかった時分のアンクル・ジョーには、独断で薄っぺらい松材の扉を選定、それを陪審室の扉に自分でとりつけ、耳を押しあてて評議を盗みぎきしているという噂《うわさ》が流れていた。しかし、耳がきこえる時代はすでに過去のものになっていた。まだ妻にしか打ち明けていなかったが、アンクル・ジョーは今回のこの裁判がおわったら、年代物の拳銃《けんじゅう》を棚にしまいこんで二度と携行しないつもりだった――廷吏の職を辞するつもりだったのである。正義の指揮監督という激務に、アンクル・ジョーはすっかり疲労困憊《こんぱい》させられていた。

アンクル・ジョーは笑みをのぞかせながらいった。「すばらしい。わたしから判事に連絡します」

まるで判事が裁判所のどこかで、アンクル・ジョーからの電話を心待ちにしているかのような言いぐさだったが、じっさいには慣例どおり書記官のもとを訪ねて、すばらしいニュースを伝えただけだった。これが昂奮《こうふん》しないでいられるものか。歴史のある当裁判所といえども、これほどスケールが大きく、これほど長期間にわたった裁判は初めてだった。その裁判がはっきりした結論を出さずにおわれば、関係者一同の不名誉になったはずである。

書記官は判事室のドアを軽くノックしたのち、室内に一歩足を踏みいれて誇らしげに宣言した。「評決が出ました」これだけきけば、この女性書記官自身が評議という艱難《かんなん》辛苦を耐え抜き、いま結果を贈り物としてさしだしてきたかにも思えた。

判事は目を閉じると、体の奥深くから満足のため息を洩《も》らした。ついで、とびきり重い肩の荷を降ろした安堵《あんど》の気持ちと、まだ現実を信じられない気持ちがもたらした、喜びに不安の混じる笑みをのぞかせて、こう口にした。「弁護士たちをあつめてくれ」

評議がほぼ五日もつづいていたせいもあって、ハリスン判事は最悪の悪夢である評決不能もやむなしではないか、という心境にいたっていた。素手での殴りあいめいた訴訟沙汰《ざた》が四年、そのあとさらに論議かまびすしい正式事実審理が四カ月もつづいていたとあって、勝負の決着のないまま裁判がおわることを考えただけでも、判事は胸がむかむかした。裁判を一からやりなおすことは、とても考えられなかった。

ハリスン判事は両足を古いペニーローファーに押しこむと、小さな男の子のような笑みをたたえながら椅子《いす》から勢いよく立ちあがり、法服に手を伸ばした。ようやくかたがついた――とりわけ波瀾《はらん》に満ちた自分のキャリアのなかでも最長の裁判に。

書記官の最初の電話は、ペイトン＆ペイトン法律事務所あてのものだった。地元の弁護士夫婦がやっている事務所で、いまでは街のさびれた地域にある廃業した安物雑貨店をオフィスにしていた。電話を受けた法律家補助職員は相手の声に数秒ほど耳をかたむけたのち、受話器を置いて大声で叫んだ。

「陪審が評決に達しました！」間にあわせの小さな仕事スペースがあつまってつくる洞窟《どうくつ》のような迷路に声が響きわたり、同僚たちをぎくりとさせた。

補助職員はもういちどおなじことを叫んでから、〈あなぐら〉に走って急いだ。事務所のほかの面々も、急いであつまっていた。ウェス・ペイトンはすでに〈あなぐら〉にいた。妻のメアリ・グレイスもすぐ飛びこんできた。すべての枷《かせ》を解き放たれた恐怖と困惑が支配する一瞬のあいだ、ふたりの視線がからみあった。さらにふたりの補助職員とふたりの秘書、それに経理係が乱雑にちらかった細長い作業テーブルのまわりにあつまった。テーブルにつくなり全員が凍りつき、目を見ひらいたままおたがいの顔を見つめた。だれもが、自分以外の者が口をひらくのをただ待っていた。ほんとうに、これをおわらせることができるのか？　永遠とも思える歳月のあいだ、ひたすら待っていただけなのに、あっけなくおわるというのか？　これほど唐突に？　たった一本の電話だけで？

「ちょっと時間をとって黙禱《もくとう》しようじゃないか」ウェスがいい、一同は肩を寄せあうようにしたまま手をつないで、これまでになかったような祈りを捧《ささ》げた。天にまします全能の神にむかってあらゆる種類の請願が寄せられたが、全員に共通していたのは勝訴を願う気持ちだった。神さま、お願いします……これだけの時間と労力と資金をつぎこみ、恐怖と疑惑の歳月を過ごしたのですから、どうか……どうかわれらに神聖なる勝訴をもたらしてください。そうしてわたしたちを屈辱と破滅と破産から、そしてまちがった評決がもたらすはずの邪悪なる勢力の群れから、どうか、どうかお救いください。

書記官の二番めの電話は、被告弁護団の統轄《とうかつ》責任者であるジャレッド・カーティンの携帯あてだった。カーティンはハティズバーグのダウンタウン、裁判所から三ブロック離れたフロント・ストリートにかまえた臨時オフィスで、レンタル品の革ばりのソファにゆったりと腰かけていた。伝記を読みながら、一時間あたり七百五十ドルで過ぎていく時間をつぶしていたのである。カーティンは無言で書記官の話をきき、ぱちりと携帯を閉じるとこういった。「行くぞ。陪審の準備がととのったそうだ」

いずれもダークスーツ姿のカーティンの兵士の面々はすかさず気をつけの姿勢をとり、またしても得られるはずの全面勝訴の場にむかう司令官カーティンにつきそった。彼らは意見を述べることも祈りを捧げることもせず出発した。

さらに、それ以外の弁護士たちや取材記者たちに電話がかけられた。数分もしないうちに話は街に流れ、たちどころに広まっていった。

ロウアー・マンハッタンにそびえる超高層ビル、その最上階に近いフロアでひらかれていた重苦しい会議の席に、ひとりの若い男がパニックもあらわな表情で飛びこんできて、カール・トルドーに臨時ニュースを耳打ちした。トルドーはたちまち目下の議題への関心をうしない、唐突に立ちあがった。「諸君、陪審が評決に達したようだぞ」

それからトルドーは会議室をあとにして廊下を歩き、広大なスイートルームになっている角部屋のオフィスにはいっていった。上着を脱いでネクタイをゆるめ、窓に近づくと、遠くに見えるハドソン川のあたりに早くも訪れかけていた夜の闇《やみ》のあいまに視線をさまよわせる。トルドーは待った。いつもの疑問がふたたびこみあげてきた。おのれの帝国のこれほど多くの命運が、ミシシッピ州の片田舎の平均的な十二人の住民がもちよる知恵に左右される事態にいたったのは、いったいなぜなのか？

多くを知っているトルドーでさえ、この疑問の答えはいまもまだ不明のままだった。

ペイトン夫妻が裁判所裏手の通りに車をとめたときには、すでに四方八方から人々が裁判所に詰めかけていた。夫妻はすぐには車をおりず、しばしすわったまま手をつないでいた。これまで四カ月のあいだ、夫妻は裁判所近くではおたがいの体に手を触れないように気をくばっていた。いつでも人の目があった。陪審員かもしれないし、記者かもしれなかった。人前ではできるだけプロらしくふるまうことが大事だった。それゆえペイトン夫妻でチームを組んでいる弁護士は珍しく、人々はこれに驚いていた。それゆえペイトン夫妻は配偶者同士ではなく、法律家同士として接することを心がけていたのである。

正式事実審理のあいだ、裁判所から離れていようとどこだろうと場所に関係なく、かけがえのないささやかな触れあいすらないも同然だった。

「なにを考えている？」ウェスは妻の顔を見ないまままたずねた。心臓は早鐘のように搏《う》ち、ひたいには汗が浮いている。気がつけば、左手はハンドルをきつく握ったまま。ウェスは内心でくりかえし、〝リラックスしろ〟と自分に命じていた。

リラックスしろ？　冗談も休み休みいえ。

「こんなに怖い思いをしてるのは初めて」メアリ・グレイスは答えた。

「ぼくもだ」

それにつづく長い沈黙のあいだ、ふたりは深呼吸をした。そのふたりの目の前で、一台のテレビ中継車があやうく歩行者を轢《ひ》き殺しかけた。

「もし敗訴したら……わたしたちはそのあともやっていける？」メアリ・グレイスはいった。「それこそが問題よ」

「やっていくしかない。それ以外に道はないんだ。でも、ぼくたちが負けることはないさ」

「その意気よ。さあ、行きましょう」

ふたりは小規模な事務所の面々と合流して、いっしょに裁判所の正面玄関をくぐった。ふたりの依頼人である原告ジャネット・ベイカーは、一階のソフトドリンクの自動販売機横というい つもの場所でふたりを待っていた。顧問弁護士たちの姿を目にするなり、ジャネットは泣きはじめた。ウェスがジャネットの片腕を、メアリ・グレイスが反対の腕をとって、二階の主法廷まで階段で連れていった。その気になれば、ふたりでジャネットを抱きかかえて運べたはずである。この女性は体重が四十五キロ前後まで落ち、正式事実審理のあいだに五歳も年をとってしまっていたからだ。鬱《うつ》症状があったほか、妄想に悩まされることもあり、拒食症ではないにしろ食事をほとんどとらなかった。三十四歳にして、すでに息子と夫の葬式を出したジャネットは、内心ひそかに提訴したことを悔やんでいる恐るべき裁判の終幕に、いまようやくたどりついていた。

法廷は厳戒態勢だった——空襲の到来を警告するサイレンが鳴りわたっているかのような雰囲気だったのだ。数十人の人々が右往左往したり、あいている傍聴席を探したり、落ち着きなく視線を泳がせながら知人としゃべったりしていた。ジャレッド・カーティンをはじめとする被告弁護団が横手のドアから入廷してくると、人々はカーティンが自分たちの知らない秘密を知っていると思っているかのような目をむけた。過去四カ月のあいだ、来る日も来る日も、カーティンが先を見とおす目のあることを実証しつづけていたからだ。しかしこの瞬間カーティンはなにも明かさない顔のまま、副官たちと深刻な雰囲気で密談をかわしているだけだった。

廷内の反対側、カーティン一行から二、三メートルしか離れていないところでは、ペイトン夫妻とジャネットが原告側テーブルの所定の席についていた。おなじ椅子、おなじ位置、そして考えぬかれたおなじ作戦——すべては、哀れな未亡人とふたりきりの弁護士が、資金も人材も無尽蔵の巨大企業を相手に戦っている、という構図を陪審に植えつけるためだった。ウェス・ペイトンはちらりとジャレッド・カーティンに目をむけた。ふたりの目があい、両者ともに軽い会釈《えしやく》を返す。正式事実審理の奇跡、それはこのふたりの男たちがいまでもそれなりの礼儀をもってたがいに接しあい、そればかりか必要とあれば会話をかわすこともある、という点だ。いまやこれは、プライドの問題になっていた。いくら泥沼のような情況になろうと——いい添えれば泥沼はいやになるほど多かった——ふたりは卑《いや》しい人間に堕することを潔《いさぎよ》しとせず、相手に手を差し伸べようと固く決めていた。

メアリ・グレイスは被告側に視線をむけなかったし、たとえむけたとしても、会釈をしたり愛想よく微笑《ほほえ》んだりすることはなかったはずだ。さらにいうなら、メアリ・グレイスがハンドバッグに拳銃を忍ばせていなかったのは幸いだった。もし銃があったら、反対側のテーブルについているダークスーツ男の半分が、すでにここにいなかったはずである。メアリ・グレイスはまっさらの法律用箋《ようせん》を前に置いて、日付と名前を書きこんだが……それっきり、記入するべきことをひとつも思いつかなかった。七十一日間の正式事実審理のあいだにメモをとるためにつかった法律用箋は六十六冊。サイズも色もすべておなじ品で、いまは〈あなぐら〉の中古のファイリングキャビネットにきっちり時系列順にならべておさめてある。ついでメアリ・グレイスは、ジャネットにティッシュペーパーを手わたした。ほとんどあらゆることを数えて記録していたが、ジャネットが審理のあいだにつかったボックスティッシュの総数だけは記録していなかった。すくなくとも数十箱にはなるはずだ。

ジャネットはほとんどノンストップで泣きつづけていた。メアリ・グレイスは深い同情を禁じえなかったが、それでもこうも泣かれてばかりだと、さすがにうんざりした。いや、なにもかもにうんざりしていた——疲労とストレス、眠れぬ夜、穿鑿《せんさく》、子どもたちと離れればなれで過ごす時間、家族で住むみすぼらしいアパートメントにも、未払いの請求書の山にも、面倒を見きれていない依頼人たちにも、夜中に食べる冷えきった中華料理にも、毎朝化粧をして髪をととのえることにもうんざりだった。なぜそんなことをするかといえば、陪審の前で少しでも魅力的に見せたいからで、それが期待されているからだった。

大規模な裁判に足を踏みこむのは、たとえるなら闇に包まれた雑草だらけの池に、錘《おもり》をつけたベルトを腰に巻いて飛びこむようなものである。空気を吸おうともがいて水面になんとか顔を出しはするが、世界のそれ以外の部分はもう問題でもなんでもなくなる。しかもいつでも、自分は溺《おぼ》れかけているという考えをふり払えない。

ペイトン夫妻から数列うしろの座席――たちまち傍聴人たちで満席になりつつあるベンチ席のいちばん端では、夫妻の取引先銀行の行員が爪《つめ》を嚙《か》みながら、必死に平静な顔をよそおっていた。名前はトム・ハフ――知りあいのだれもがハフィと呼ぶ。ハフィはこれまでも折々に審理中の法廷に顔を出しては、胸の裡《うち》でこの男なりの祈りを捧げていた。ペイトン夫妻はハフィの勤める銀行に四十万ドルの借金があった。担保は、メアリ・グレイスの父親がケイリー郡に所有する農場の土地だけだ。幸運に恵まれたところで十万ドルになるかどうかという土地で、ここからも明らかなように融資の大部分は実質的には無担保だ。ペイトン夫妻が裁判で負けたら、かつては前途洋々に思えたハフィの銀行員としてのキャリアは一巻のおわり。支店長は、とっくにハフィを怒鳴りつけなくなっている。いまでは脅迫は電子メール一本槍《やり》だった。

夫妻が郊外にかまえていた瀟洒《しょうしゃ》な家を担保にした、一見したところ無害な第二順位の住宅抵当借入《モーゲージローン》としてはじまった、わずか九万ドルの融資だったが、いまは赤字と愚かしい浪費がつくりだす、すべてを飲みこむ地獄の穴にまで成長していた。愚かしい……というのはあくまでもハフィの私見である。しかし瀟洒な一軒家はすでになくなり、さらにダウンタウンに夫妻がかまえていた瀟洒なオフィスも消えた。外車も消えたし、そのほかの一切合財が消えていた。ペイトン夫妻は文字どおり、この裁判にすべてを賭《か》けている。その態度には、ハフィも賞賛を禁じえない。大金の支払を被告に命じる評決が出れば、自分は英雄だ。評決で原告敗訴になれば……破産手続の列で夫妻のうしろにならぶことになる。

法廷の反対側にいる財務担当者たちは爪を嚙んではいなかったし、話題に出たことはあれ、会社の破産についてもことさら心配してはいなかった。クレイン化学には多額の現金があり、収益も莫大《ばくだい》、保有資産も多い。しかし数百人にもなる原告候補たちが、まもなく全世界がきくことになる言葉——すなわち評決——をきこうと、禿鷹《はげたか》のように待ちかまえていることも事実だ。もしここで常軌を逸した評決がくだされれば、同種の訴訟が嵐《あらし》となって襲ってくることだろう。

しかしながら、いまのところ彼らは自信に満ちた集団だった。ジャレッド・カーテインは金で買える最高の弁護士である。クレイン社の株価はわずかしか値を下げていない。ニューヨークの本社にいるミスター・トルドーは満足しているようだった。

彼らは早く家に帰りたい一心だった。

マーケットがきょうの取引をおえていることが救いだった。

アンクル・ジョーが大声を張りあげた。「着席のままでかまいません」

ついでハリスン判事が法壇裏の扉から姿をあらわした。判事はとうの昔に、自分が法壇という玉座につくまで廷内全員が起立したままという愚かな習慣をやめさせていた。

「こんにちは」ハリスン判事は早口でいった。そろそろ午後五時だった。「陪審のみなさんが評決に達したという連絡をもらいました」そういって廷内を見まわし、チームの選手の面々が顔をそろえていることを確かめる。「わたしはいついかなるときでも、秩序だった行動を望みます。感情の爆発はつつしんでいただきたい。わたしが陪審を退廷させるまで、なんぴともこの法廷を退去しないように。なにか質問は？　被告側から、例によって些細《ささい》な点についての追加申立てがあるのではないですか？」

ジャレッド・カーティンは眉毛《まゆげ》一本動かさなかった。それどころかこの男は判事には目もくれず、傑作絵画を仕上げているかのような顔で手もとの法律用箋に悪戯《いたずら》書きをしているだけ。かりに敗訴となっても、クレイン化学は総力をあげて上訴するはずだし、上訴の根拠はトマス・オルソブルック・ハリスン四世判事のあからさまなえこ贔屓《ひいき》になるはずだった。判事は法廷弁護士出身、すでに証明されているように大企業全般をきらっていたし、いまこのときはクレイン社を格別きらっていた。

「廷吏、陪審を入廷させなさい」

陪審員席横の扉がひらいたとたん、目に見えない巨大な掃除機が廷内の空気をすっかり吸いこんでしまった。人々の心臓が凍りついた。体が硬くこわばった。目は視線をすえる対象を見つけた。きこえるのはただ、陪審員たちがすり減った絨緞《じゅうたん》に足をひきずる足音ばかりだった。

ジャレッド・カーティンは、あいかわらず幾何学模様の悪戯書きをつづけていた。陪審が評決をたずさえて法廷にもどってくるにあたって、決して彼らの顔に目をむけないのがこの男の流儀だった。陪審審理を百も経験してきたいま、いくら陪審を見ても評決の予想ができないことはわかっていた。だったら、なぜ気にかける道理がある？　どのみち、彼らの結論はじきに発表される。配下のチームの面々には、陪審を無視し、評決にあたってはいかなる反応も見せないようにという厳しい指示がくだされていた。

もちろんジャレッド・カーティンは、経済的な破滅にも、また職業面での破滅にも直面しているわけではなかった。一方ウェス・ペイトンは確実にその危機に直面しており、それゆえにそれぞれの席につく陪審員たちの目を見つめずにいられなかった。乳製品工場の技師は目をそむけた——不吉なサインだ。教師はまっすぐにウェスの目を見かえしてきた——これも不吉なサインだった。さらに陪審長が封筒を書記にわたすあいだ、牧師の妻は憐憫《れんびん》の顔つきでウェスに目をむけてきた。しかし考えてみればこの女性は、それこそ冒頭陳述のときからずっと、おなじ表情を見せていたのである。

メアリ・グレイスは評決内容の予兆を目にしていた——といっても、みずから好んで探していたわけではない。いままでは嗚咽《おえつ》しどおしといってもいい状態のジャネット・ベイカーに、新しいティッシュの箱を手わたしながら、メアリ・グレイスはこっそり、いちばん近くにすわる陪審員第六号のようすをうかがった——すでに大学を退官した文学教授のレオナ・ロッカ博士。博士が赤いフレームの読書用眼鏡の奥から送ってきたウインクは、メアリ・グレイスがこれまで受けたウインクのなかでも、もっともすばやく、愛らしく、もっとも衝撃的なものだった。

「陪審のみなさんは評決に達しましたか?」ハリスン判事が質問した。

「はい、裁判長。われわれは評決に達しました」陪審長が答えた。

「全員一致の評決ですか?」

「いいえ、ちがいます」

「では、評決は九人以上に支持されていますか?」

「はい。投票結果は十対二でした」

「それならけっこう」

メアリ・グレイスは先ほどのウインクについてのメモを走り書きしていたが、頭が大混乱に見舞われているいま、自分の字が自分で読めない状態だった。落ち着いている顔を見せるようにしなさい――そうくりかえし自分にいいきかせる。

ハリスン判事は書記官から封筒を受けとると、おさめられていた一枚の紙を抜きだして、評決内容に目を通しはじめた――鼻梁《びりょう》を揉《も》むあいだ、判事のひたいの皺《しわ》は深くなり、目もとはけわしくなっていった。永遠とも思える時間ののちに判事は、「形式上の問題はないと思われます」といった。顔をわずかに引き攣《つ》らせることもなければ、笑みを見せることも、目を見ひらくこともない――手にした書類の内容をうかがわせる反応はいっさい見せなかった。

ついで判事は訴訟手続記録者を見おろして、咳《せき》ばらいをした。いまこの瞬間を心ゆくまで味わっていることは明白だった。目のまわりの皺がふっと浅くなり、歯を食いしばっていたあごの筋肉から力が抜けて、肩がわずかに下がった。ウェスひとりがそう感じただけかもしれないが、陪審が被告を火焙《ひあぶ》りにしたにちがいないという希望が生まれた。

ハリスン判事は大声でゆっくりと口をひらいた。「質問その一――『陪審のみなさんは、〝証拠の優越〟の原則にかんがみて、問題になっている地下水汚染の責任がクレイン化学にあると認めますか?』」ここで判事は狡猾《こうかつ》にも――といっても五秒程度だったが――いったん間を置いてから、つづけた。「答えは、『はい』です」

法廷の半分がなんとか呼吸をしようとしはじめ、残る半分の面々の顔が青ざめはじめた。

「質問その二――『陪審のみなさんは、〝証拠の優越〟の原則にかんがみて、(a)チャド・ベイカー、(b)ピート・ベイカーの死について、両者あるいはどちらかの主たる原因が地下水汚染にあると判断しますか?』。答えは、『両者ともに、はい』です」

メアリ・グレイスは左手で箱からつかみだしたティッシュを手わたしながら、右手では猛然とメモをとっていた。ウェスはやっとのことで、陪審員第四号にちらりと視線をむけた。たまさか第四号は、ユーモラスな笑みを口もとにたたえてウェスに視線を送っていた。その笑みは、〝さあ、いよいよおいしい部分だぞ〟と語っていた。

「質問その三――『陪審のみなさんは、不法行為によるチャド・ベイカーの死の代償として、その母親ジャネット・ベイカーに支払われるべき賠償金の金額をどのように裁定しますか?』。答え――『五十万ドル』」

子どもが死亡した場合、賠償金はそれほど高額にはならないのがつねだ。子どもには所得がないからである。しかし、チャドの死の賠償金が異例ともいえるほど高額だったという事実は、つづく陪審裁定の中身をすばやく予告していた。判事の頭の上にある時計に目をすえながら、ウェスは破産が避けられたことを神に感謝した。

『質問その四――『陪審のみなさんは、不法行為によるピート・ベイカーの死の代償として、その妻ジャネット・ベイカーに支払われるべき賠償金の金額をどのように裁定しますか?』。答え――『二百五十万ドル』」

ジャレッド・カーティンのうしろにすわる財務担当者たちが身じろぎし、小さな音があがった。クレイン社にとって三百万ドルは痛くも痒《かゆ》くもない金額だが、彼らが恐れているのは評決がもたらす波紋だった。カーティン本人についていえば、この男はまだ眉毛一本動かしてはいなかった。

まだ、いまのところは。

ジャネット・ベイカーが、すわっていた椅子《いす》からずり落ちはじめた。左右の弁護士がすかさずその体をつかんで引きあげ、痩《や》せ細った肩に腕をまわし、耳打ちしはじめた。いまやジャネットは、抑えようもないほど激しくしゃくりあげていた。

リストには、弁護士たちが作成した六つの質問が書かれていた。もし五番めの質問にも陪審が『はい』と答えれば、全世界が正気をなくしたような騒ぎに見舞われるはずだ。いまハリスン判事は、その五番めの質問にたどりついていた。無言でゆっくりと内容に目を通し、咳ばらいをして、陪審が出した答えをじっと見つめる。ついで判事は、腹黒さをちらりとのぞかせた――それも笑みひとつで。手にした紙からわずかに目を上に――鼻に載せた安物の読書用眼鏡のフレームごしに目だけがのぞくほど上に――動かし、ウェス・ペイトンをまっすぐ見おろしたのだ。ウェスにむけられた笑みは唇を引き結んだままのもので、むしろ共犯者同士の笑みのようだったが、しかし歓喜に満ちた満足の念に満ちてもいた。

「質問その五――『陪審のみなさんは〝証拠の優越〟の原則に照らし、クレイン化学の行為が意図的、あるいは重大な過失であり、それゆえ懲罰的損害賠償金を同社に科すことが妥当であると考えますか？』。答え――『はい』」

メアリ・グレイスはメモをとる手を休めて、がくがくと上下に動いている依頼人の頭ごしに夫と目をあわせた。夫の視線は、妻の目をとらえたまま凍りついていた。自分たちは裁判に勝った――その事実だけでも陶酔をもたらすには充分だったし、言葉にはできないほどの幸福感をもたらした。しかし、自分たちの勝利はどの程度の規模なのだろう？　天王山ともいうべき一瞬のあいだに、夫婦どちらもが圧倒的な勝利になることを察していた。

「質問その六――『懲罰的損害賠償の金額は？』。答え――『三千八百万ドル』」

衝撃波が法廷に広まっていくにつれて、小さなあえぎ声や咳ばらいや押し殺した囁《ささや》きなどがちらほらとあがった。ジャレッド・カーティンとそのギャング連中はすべてをせわしなく書きとめつつ、この爆風にも狼狽《ろうばい》していないふりをとりつくろっていた。傍聴人席の最前列にすわるクレイン社の重役連中は、ダメージから回復して正常な呼吸をとりもどそうと必死だった。彼らの大半は陪審員たちをにらみつけ、無知蒙昧《もうまい》の徒《やから》や愚かな田舎者を呪《のろ》う邪悪な思いを噛みしめていた。

ペイトン夫妻はまたもや依頼人に手を伸ばしていた。依頼人が評決の途方もない重みにすっかり打ちのめされ、それでも上体を起こそうと痛ましい努力をしていたからだ。ウェスはいま耳にした金額を胸の裡《うち》でくりかえしつつ、ジャネットに励ましの言葉をかけていた。ウェスが真剣な顔のまま、馬鹿《ばか》丸出しの笑みを浮かべずにいられたのが不思議だった。

銀行員のハフィは、もう爪《つめ》を嚙《か》んではいなかった。不面目な破産を強いられた銀行の元副支店長になるとばかり思っていたのに、それから三十秒とたたないうちに、昇給が確実で、もっと広いオフィスをあてがわれることも確実な銀行の出世頭になっていた。それればかりか、頭がよくなった気分さえ味わっていた。あしたの朝一番で重役室にはいっていくときには、どんな堂々たる入場ぶりを披露しようか。判事は形式的な言葉を口にし、さらに陪審に感謝の言葉をかけていたが、ハフィはきこうともしていなかった。すでに、きくべき必要のある言葉はすべてきいていたのだ。

陪審員たちは席を立ち、アンクル・ジョーがあけたままのドアをささえて賞賛にうなずきかけるなか、一列で退廷していった。家に帰ったあとアンクル・ジョーは、評決の内容は自分の予想どおりだった、と妻に話した――しかし、妻にはそんな言葉をきいた記憶はなかった。それでもアンクル・ジョーは、廷吏として過ごしたこれまでの数十年間、一回も評決の予想をはずしたことがないと主張した。陪審が退廷すると、ジャレッド・カーティンが立ちあがり、非の打ちどころのない物腰でお定まりの評決後の質問を口にしていった。いまや床に血が流れていることもあり、ハリスン判事は憐《あわ》れみをもって質問を受けた。メアリ・グレイスはなにも反応しなかった。そんなことに関心はなかった。求めていたものを手にいれたのだから。

ウェスは四千百万ドルという金額のことを思いながら、必死に自分の感情と戦っていた。これで事務所は生きながらえることができる――それだけではなく、ふたりの結婚生活も、評判も、なにもかもが。

ハリスン判事がようやく、「これにて閉廷」のひとことを口にするなり、群衆は先を争って法廷から飛びだしていった。だれもが携帯電話を握りしめていた。

ミスター・トルドーは窓ぎわに立って、太陽のさいごに残った部分が遠くニュージャージーの地平線に吸いこまれていくのを見つめていた。広いオフィスの反対側では秘書のステューが電話を受け、そののち二、三歩前に進みでてから、ようやく口をひらく勇気を奮い起こした。

「社長、ハティズバーグからの電話です。現実的損害賠償金が三百万、くわえて懲罰的損害賠償金が三千八百万ドルでした」

うしろから見ていると、上司の肩がわずかに下がったのが見えた。つづいて、もどかしげに息を吐く静かな音と、悪罵《あくば》を吐き捨てる低い声。

トルドーはふりかえると、秘書をじっと見つめた――凶報をもたらした使者をいまにも撃ち殺しそうな目つきだった。

「ききまちがいでないのは確かだね？」トルドーがたずね、ステューは心の底から、ききまちがいであればいいのにと思った。

「はい、確かです」

ふたりの背後のあいたままのドアから、ボビー・ラッツラフが大急ぎで息を切らしながら、部屋に飛びこんできた。ショックを受け、恐怖にふるえ、必死にトルドーの姿をさがしながら。ラッツラフは社内の法務責任者である。となれば、まっさきに首切り台に載せられるのはこの男の首だ。ラッツラフは早くも汗をかいていた。

「部下を五分後にここにあつめろ」トルドーは険悪な声でいうと、また窓の外にむきなおった。


裁判所の一階では記者会見がはじまっていた。ウェスとメアリ・グレイスはそれぞれ小人数のふたつのグループに囲まれて、記者たちの質問に辛抱づよく答えていた。どちらも、おなじ質問におなじ答えを返していた。いいえ、評決での損害賠償額はミシシッピ州の最高額記録ではありません。はい、金額は妥当なものだと考えます。いいえ、予想はしていませんでした——あれほど高額の賠償金になるとは思っていなかったのです。ええ、上訴されることはまちがいありません。ジャレッド・カーティンのことは大いに尊敬していますが、その依頼人であるクレイン社にはそんな気持ちをいだいていません——ウェスはそう語った。目下自分たちの事務所はクレイン化学を訴えている原告をほかに三十人かかえています。いいえ、ほかの原告の事例で和解が成立するとは考えてはいません。

はい、ふたりとも疲れています。

三十分ののち、ふたりは頭を下げてその場を辞去し、手をつないだまま、どちらも重いブリーフケースをさげてフォレスト郡巡回裁判所の建物から外に出た。車に乗りこんで走り去るふたりを、カメラマンが撮影していた。

ふたりきりになっても、どちらも口をひらかなかった。四ブロック……五ブロック……六ブロック。十分間が無言のまま過ぎていった。走行距離百五十万キロを軽く越えるぽんこつ、少なくとも一本のタイヤが空気圧不足でつぶれ、バルブがスティック現象を起こして絶え間なく金属的な異音を発しているフォード・トーラスは、大学周辺の道路をあてもなく走りまわった。

最初に口をひらいたのはウェスだった。「で、四千百万ドルの三分の一はいくらになる？」

「そんなこと考えたりしないで」

「考えてはいないさ。冗談だよ」

「とにかく運転に集中して」

「どこか行くあてでも？」

「どこだっていいわ」

トーラスは郊外住宅地にはいっていった。どこにむかっているわけでもなかったが、オフィスに帰ることだけは選択肢になかった。またふたりは、かつて瀟洒《しょうしゃ》な家をかまえていた住宅街から遠く離れていることを心がけていた。

ショックのもたらした麻痺《まひ》がしだいに薄れていくにつれて、現実がしっかりと根をおろしはじめた。いまから四年前に気が進まないまま起こした裁判は、もっとも劇的なかたちで幕をおろした。心身を激しく疲れさせるマラソンがおわった。いまは一時的な勝利の段階だが、支払った経費はあまりにも莫大《ばくだい》だった。怪我《けが》はまだ血を流し、戦争で負った傷は生々しいままだ。

燃料計に目をむけると、すでにガソリンがタンクの四分の一以下になっていることに気がついた。二年前のウェスなら、そんなことは気にもとめなかった。しかし、いまは深刻な問題になっていた。当時ウェスが乗っていたのはBMW。妻のメアリ・グレイスはジャガー。ガソリンが必要なら行きつけのスタンドに車を入れて、クレジットカード払いで満タンにすればよかった時代だ。各種の請求書を目にすることもなかった。すべて経理担当者が処理していたからだ。しかし、クレジットカードはもう手もとにない。BMWもジャガーも消えた。経理係は当時の半分の給料でいまもまだ働き、ペイトン法律事務所が水面下に沈んでしまわないように数ドルの現金をなんとか捻出《ねんしゅつ》してくれている。

メアリ・グレイスも燃料計に目をむけた。最近になって身についた習慣だった。いまではあらゆる品物の値段を気にかけ、記憶するようになっていた——ガソリン、食パン、そして牛乳。メアリ・グレイスは倹約家、夫は浪費家だった。しかし、依頼人から電話がかかったり、訴訟の和解が成立したときなどは、メアリ・グレイスも少しばかり気をゆるめて、自分たちの成功を楽しみすぎていた。貯金や投資が優先課題になることはなかった。ふたりとも若く、事務所は成長の一途、未来には限界がなかった。

そんななかでもメアリ・グレイスは投資信託をしてはいたが、その金もとうの昔にベイカー裁判に食いつくされていた。

一時間前まで、夫婦は書類のうえでは破産状態にあった——ふたりがリストにできる資産をはるかに超える壊滅的な規模の負債があったのである。しかし、いまでは情勢が変わっていた。借金が帳消しになったわけではないが、夫妻のバランスシートの黒字部分が改善されたのは確実だった。

いや、そういえるだろうか？

あのすばらしき評決に書かれた金の一部でも目にすることができるのは、いつになるのだろうか？　クレイン社から和解の提案があるだろうか？　上訴にはどのくらいの時間が必要になる？　この裁判以外の仕事に、どれだけの時間を割けるだろうか？

ふたりともこうした疑問に苛《さいな》まれてはいたが、いまこの瞬間はあまり深く考えたくはなかった。ふたりともただひたすら疲れ、ただひたすら安堵《あんど》していた。もう永遠とも思えるあいだ、ふたりはこの裁判以外のことをほとんど話しておらず、いまはなんの話もしていなかった。あした、あるいはあさってになれば、終了後の報告会をはじめられるだろう。

「そろそろガソリンがなくなりそうね」メアリ・グレイスがいった。

疲れた頭に返答の文句がひとつも浮かんでこなかったので、ウェスはこういった。

「夕食はどうする？」

「子どもたちといっしょに、チーズマカロニを食べましょう」

この裁判は、ふたりから体力と資産を奪いとっていっただけではなかった。審理開始時にふたりの体についていた贅肉《ぜいにく》を、ことごとく焼きつくしもしたのである。ウェスの体重は少なくとも七キロ弱減っていた。ただし、もう何カ月も体重計に乗っていないので、正確なところはわからない。このデリケートな問題について妻に質問するつもりはなかったが、いまの妻に食事が必要であることは一見して明らかだった。ふたりが抜いた食事は数えきれない。おおわらわで子どもたちに服を着せて学校に送り出さなくてはならないときには朝食を抜き、ハリスン判事の執務室でどちらかひとりが中立てについての話しあいに出席し、もうひとりが翌日の反対尋問の準備をしているときには昼食を抜き、深夜まで仕事に打ちこんで、食事のことをすっかり忘れていれば夕食を抜いた。〈パワーバー〉と栄養飲料がふたりの原動力だった。

「きくだにうまそうだな」ウェスはそういって左折し、ふたりの自宅にむかう道路に車を進ませた。


ラッツラフとふたりの弁護士は、ミスター・トルドーのスイート形式になった執務室の片隅にある洒落《しゃれ》た革ばりのテーブルにむかって腰をおろした。壁は一面すべてがガラスになっており、金融街にひしめきあう超高層ビルの息をのむような景観が一望できた。しかし、いま景色を楽しむ心境の者はひとりもいなかった。トルドー本人は部屋の反対側にあるクロームめっきをほどこしたデスクについていて電話中。弁護士たちは落ち着かない気分で待っていた。これまでにも彼らは、ミシシッピで一部始終を目撃していた者たちにノンストップで話をきいていたが、それでも答えはなにもわからないも同然だった。

ボスが電話での会話をおえて、決然とした大股《おおまた》の足どりで部屋の反対側に近づいてきた。

「いったいなにがあった？」と鋭い口調でたずねる。「つい一時間前まで、きみたちは自信満々だったではないか。それがいまじゃ、自分たちのケツを押しつけられているありさまだ。どうしてこんなことになった？」トルドーは椅子《いす》に腰をおろすと、ラッツラフをにらみつけた。

「陪審審理のせいですよ。とにかく危険要素が多いんです」ラッツラフは答えた。

「これまでも裁判はいくつもいくつも経験しているし、そのすべてに勝ってきたんだぞ。まったく、てっきりわが社は業界きっての三百代言に金を払っているとばかり思っていたがね。金で買える範囲ではいちばん腕ききの弁護士だ、金に糸目はつけなかった——ちがうか？」

「そうです。たんまりと払いました。いや、いまも払っています」

トルドーはいきなりテーブルを平手で叩《たた》いて、大声で怒鳴った。「どこでしくじった？」

おやおや——ラッツラフは思った。いまの仕事の口はとびきり大事だから口に出さなかったが、この質問への答えはこんな感じだ。……まず最初に、わが社がミシシッピ州の片田舎に農薬工場をつくったという事実からはじめましょう。そんなところにつくったのは、土地も人件費もむちゃくちゃ安かったからです。そのあと三十年間、わが社は化学物質だの廃棄物だのを地中や河川に投棄しつづけた。いっておけば、これは法律違反もいいところです。わが社はそんな流儀で飲料水を汚染しつづけ、あげくの果てに水が腐った牛乳同然の味になった。たしかにひどい話ですが、最悪の部分はこのあとです。地域住民が癌《がん》と白血病でばたばた死にはじめたんですよ。

それこそが、ボスにして最高経営責任者さま、ミスター会社乗っとり屋のトルドーさん、しくじった点ですよ。

「弁護士たちは、上訴はうまくいくものという感触を得ています」結局ラッツラフがいったのはその言葉だったし、そこに説得力はかけらもなかった。

「そうか、願ってもないいい話だ。いっておけば、いまはあの弁護士連中を信頼できない気分でね。あんなうつけ連中を、いったいどこで見つけてきた？」

「彼らは最良の弁護士です」

「なるほど。では記者会見を開いて、わが社は上訴については有頂天になっており、わが社の株価があした急落することはないと、そう説明しようじゃないか。きみがいっているのはそういうことなんだろう？」

「こちらに都合よく報道させることは可能です」ラッツラフは答えた。残るふたりの弁護士はガラスの壁の外をちらちらと見やっていた。最初にあそこから飛びおりようとするのはだれになるのか？

トルドーの携帯電話のひとつから着信音が響いた。トルドーはすかさずテーブルから携帯をつかみあげ、「やあ、ハニー」といいながら立ちあがって、テーブルから離れた。電話をかけてきたのは（三人めの）トルドー夫人だった。この男の最新の箔《はく》つけワイフであり、犯罪的なほど若い女だった。ラッツラフをはじめとして会社じゅうの人間が、あらゆる犠牲を払ってまで顔をあわせまいとしている女でもある。ご亭主はこそこそと声をひそめて話をしたあと、別れの言葉を口にした。

それからトルドーは弁護士たちの近くの窓に歩みよって、周囲をとりまくきらびやかな高層ビル群に目をむけながら、「ボビー」と当人には顔をむけずに話しかけた。「陪審が懲罰的損害賠償としていってよこした三千八百万ドルという金額が、いったいどこから出てきたかを知っているかね？」

「いまこの場ではわかりません」

「知らないのも当然だな。いいか、今年の最初の九カ月間、わが社の平均月間収益が三千八百万ドルだったんだ。あの陪審は全員が束になったところで、一年に十万ドルも稼げない無知無能な田舎者集団だ。それなのにあいつらは、金持ちから金をとりあげて貧乏人にくばる神さま気どりでふんぞりかえってる」

「まだ金を奪われたわけではありません」ラッツラフはいった。「たとえそんな事態が現実になるにしろ、一セントの金であっても相手にわたすのはまだまだ何年も先になるはずです」

「そりゃいい！　だったら、あしたは狼《おおかみ》どもにそう都合よく報道させろ——わが社の株が紙屑《かみくず》になっていくあいだにね」

ラッツラフは口をつぐみ、椅子に力なく身を沈めた。残るふたりの弁護士は、ひとことも話そうとはしなかった。

トルドーは芝居がかったしぐさで、行きつもどりつ歩いていた。「四千百万ドルね。で、おなじような訴訟があといくつ起こされている？　だれかが二百件、あるいは三百件といっていなかったか？　まあ、けさの時点では三百件だったにしても、あしたの朝には三千件になってるだろうよ。ああ、ミシシッピ州の南部で口唇《こうしん》ヘルペスのある田舎者がこぞって、こうなったのはボウモア特選ビールを飲んだせいだといいたてるだろうね。ついでに法学部を出た単細胞の弁護士、救急車を追いかけている手あいも、いまごろあっちで依頼人獲得に血道をあげている。こんな事態になるわけがなかったんだろう、ボビー？　わたしの前でそう見得を切ったではないか」

ラッツラフは、一通の報告書を厳重に鍵《かぎ》をかけた場所にしまいこんでいた。作成は八年前、それもラッツラフがじきじきに監修して作成したものだった。百ページにおよぶ報告書は、クレイン社のボウモア工場における有毒廃棄物の不法投棄の実態を、気が滅入《めい》るほど詳細に記述したものだった。そこには不法投棄を隠蔽《いんぺい》し、連邦環境保護庁を騙《だま》し、地元や州や連邦レベルで政治家を買収するための、会社ぐるみの巧妙な手口のすべてがくわしく書かれていた。最終的に報告書は約五千万ドルの費用を投じて、投棄現場から汚染物質を隠密裡《り》に——しかし効果的に——除去することを提言していた。それればかりか、読むものすべてに不法投棄をやめるように懇願してもいた。

しかも、目下の危急の事態にあたっていちばん重要なことでもあったが、この報告書はいつの日にか社にとって大いに不利な評決が法廷でくだされることも予見していたのである。

ラッツラフがその報告書の存在をこれまで秘密にしてこられたのは、ただ幸運と、民事訴訟手続を悪辣《あくらつ》にも軽視してきたためにすぎない。

もちろんトルドーのもとにも、この報告書は八年前に届けられていた。しかしこの男はいま、そんなものは見たこともないと否定している。ラッツラフは報告書の埃《ほこり》を払って、とくに選び抜いた数カ所を読みあげてみたい誘惑にかられたが……ここでもやはり、いまの仕事の口を大事にすることにした。

トルドーはテーブルに近づくと、イタリア製の革を張ったテーブルトップに両手をついて、ボビー・ラッツラフをにらみつけた。「いいか、ここにわたしは誓うぞ。そんなことはぜったいに現実にはさせない。わが社が苦労して稼いだ金だ、トレーラーハウスに住んでいるような貧乏人には一セントだってくれてやるものか」

三人の弁護士は、険悪に細めた目に炎を宿しているボスを無言でただ見つめた。トルドーは炎の息を吐き、こう言葉をしめくくった。

「会社を倒産させることになろうとも、あるいは十五もの小さな会社に分割しようとも、ともかくここで母の墓にかけて、きみたちの前で誓う——たとえ一セントでも、あの無知蒙昧《もうまい》な連中にはクレイン社の金に手をふれさせない、とね」

そうきっぱりと確約の言葉を口にすると、トルドーはペルシア絨緞《じゅうたん》を敷きつめた部屋を横切り、ラックから上着を手にとってオフィスを出ていった。

2

ジャネット・ベイカーは、裁判所から三十キロばかり離れたボウモアの街の自宅まで親戚《しんせき》たちに送ってもらった。ショックで体力が消耗し、いつものように薬を飲んでいる状態だった。大勢の人に囲まれるのは避けたかったし、お祝いのふりをするのも気が進まなかった。金額を見れば確かに勝利だが、評決はこれまでの長く困難な旅路の終点というだけだ。評決が出ても、夫と息子が生き返るわけではない。

ジャネットは義姉のベティとともに、ボウモア郊外のパイングローブというさびれた地域の砂利道ぞいにある、年代物のトレーラーハウスに住んでいた。おなじく舗装されていないほかの道ぞいにも、ちらほらとトレーラーハウスが散在していた。周囲の乗用車やトラックは、どれも塗装が剝《は》げて車体のへこみがそのままになっている古いぽんこつばかり。地面に固定されたタイプの永住型の家屋もあるにはあったが、基礎の石材の上に建てられてから五十年以上たって老朽化もはなはだしく、まったく手入れをされていないことが明らかだった。もともとボウモアには働き口もろくにないが、パイングローブ地区にいたってはさらに少ない。ジャネットが住む界隈《かいわい》をちょっと歩けば、どんな訪問者も暗澹《あんたん》たる気持ちにさせられた。

ニュースは本人よりもひと足先に届いており、ジャネットが帰宅したときには家のまわりに小人数の人だかりができていた。人々はジャネットをベッドに寝かしつけると、狭苦しい居間に腰をおろし、評決とその意味について小声で囁《ささや》きかわした。四千百万ドル？　この金額がほかの訴訟にどんな影響をおよぼすのか？　クレイン社には、廃棄した汚染物質の除去命令が出るのか？　賠償金の一部であれ、ジャネットのもとに届くのはいつなのか？　人々はさいごの質問に深入りしないよう気をつけてはいたが、場を支配している疑問であることもまちがいはなかった。

さらに友人たちが家を訪れて、あふれた人々はトレーラーハウスの外にある、がたつくウッドデッキに出ていった。人々はローンチェアを広げ、宵の口の涼しさのなかでおしゃべりをつづけた。みんなペットボトルの水やソフトドリンクを飲んでいた。長いあいだ苦難を強いられてきた人々には、今回の勝利がすばらしい美味に感じられていた。ついに自分たちはあのクレイン社——全身全霊をかけた憎しみの対象である大企業——に一矢《いっし》報いて、ようやく報復の一打を与えることができた。たいしたものだ。潮の流れが変わりつつあるのかもしれない。ボウモアから遠く離れたところにいる人が、とうとう訴えに耳を貸してくれたのだ。

人々は弁護士たちのことや証言録取のこと、環境保護庁や最新の毒物調査や地質調査の結果を話題にしていた。みな、それほど高い教育を受けているわけではなかったが、有毒廃棄物、地下水汚染、癌の群発発生《キャンサー・クラスター》といった分野の専門用語については流暢《りゅうちょう》だった。なんとなれば、彼らこそ悪夢の世界で生きている人々だからだ。

ジャネットは暗くした寝室で目を覚ましたまま、周囲で控えめにかわされている会話のくぐもった声に耳をかたむけていた。自分がしっかりと守られている実感があった。ここにいるのは自分とおなじ人々、友人であり家族であり、被害者仲間だ。みんな固い絆《きずな》で結ばれ、ともに苦しみをわかちあっている。金もわかちあうつもりだった。一セントでも金がもたらされれば、ジャネットはそれを周囲の人々にわけあたえようと思っていた。

薄暗い部屋の天井を見あげているいま、ジャネットは評決に圧倒されてはいなかった。勝利の喜びよりも、長く苦難に満ちた正式事実審理がようやくおわったという安《あん》堵《ど》の気持ちのほうがはるかに大きかったからだ。いまは一週間ぶっつづけに眠りたい。そして目を覚ますと、そこはまったく新しい世界、ささやかな家族はみんな無事で、だれもが幸せで健康な世界だったらどんなにすばらしいことか。しかし——ジャネットは評決を耳にして以来初めて、自分に問いかけた――賠償金でいったいなにが買えるだろうか?

品位だ。品位のある住まい、品位のある職場。もちろん、ここではない土地になる。ボウモアとケイリー郡から、そしてこの土地の汚染された大小の河川や帯水層から離れたかった。しかし、それほど遠くには行くまい。なぜなら愛する人々すべてがこの近辺に住んでいるからだ。しかし、清潔な水の流れる新しい家で新しい生活をはじめたいという夢はあった――悪臭もせず、変色もしていない水、人々に病気と死をもたらすことのない水のある家で。

また車のドアが閉まる音がした。友人たちの存在がありがたく思えた。髪の毛をととのえて顔を出し、みんなに挨拶《あいさつ》するべきなのかもしれない。そう思って寝室の隣にある狭苦しいバスルームにはいっていき、明かりをつけてシンクの蛇口をあける。それからバスタブのへりに腰をおろし、まがいものの陶製洗面器についた黒々とした染《し》みにむかって流れおちていく灰色の水をじっと見つめた。

この水は、人間の排泄《はいせつ》物をトイレに流すこと以外の目的には適していなかった。ここに水を供給している揚水場はボウモア市当局が所有しており、その市当局は自分たちが供給する水道水の飲用を禁止していた。いまから三年前、市議会は水道水を水洗トイレ以外に使用しないことを市民に強く勧告する条例を可決した。公共の場所にもうけられた洗面所にはすべて、《市議会命令により水の飲用を禁じる》というプレートが掲げられた。清潔な飲料水がトラックでハティズバーグから運搬された。ボウモアの全世帯に——トレーラーハウスだろうと一戸建ての家だろうと関係なく——容量二十リットル弱の給水栓つきの貯水タンクが配付された。金銭的に余裕のある家庭は、裏の勝手口に近い場所にやぐらを組み、四百リットル近い水を貯《た》められるタンクを据えた。もっとも裕福な家々は、雨水の貯水槽をつくりもした。

ボウモアでは、水が日々の暮らしでも最大の課題だった。水は一カップ単位で熟考や話しあいの対象となり、つつましやかにつかわれた。供給が不安定だったからである。人の口に入れたり皮膚に触れたりする水は、検査ののちに承認された水源の水をボトルに詰めたものにかぎられた。水の飲用や料理よりもなお困難なのは、入浴や掃除、洗濯などだった。そのため衛生維持が深刻な問題になった。ボウモアの多くの女性が髪を短くした。男たちの大多数がひげを剃《そ》らなくなった。

水については、前々から数々の逸話があった。十年前に市当局は青少年用の野球場のために灌漑《かんがい》システムを設置したが、青々としていた芝生が茶色く枯れただけの結果におわった。市営プールは閉鎖された——外部コンサルタントがプールの水を大量の塩素で処理しようとしたが、水が黒く変色し、さらには汚水タンクめいた悪臭をはなちはじめただけだったからだ。メソジスト教会の火事のおりに勝ち目のない戦いにいどんでいた消防士たちが、未処理の水源からポンプで汲《く》みだされる水に、かえって火の手の勢いを増す効果があることに気づいた。その何年も前、洗車を数回しただけで車の塗装にこまかなひびがはいることがあり、原因は水ではないかと疑ったボウモア市民もいた。

そんな水を、わたしたちは何年も飲んでいた――ジャネットはひとりそう考えた。変なにおいがしはじめても飲んでいた。変な色がつきだしてからも飲んでいた。市当局にやかましく苦情を寄せているあいださえ飲んでいた。水質検査があって、市当局が安全な水だと保証したあとも飲んでいた。沸騰《ふっとう》させてから飲んでいた。コーヒーにも紅茶にも、あの水をつかっていた。加熱すれば質がよくなると思いこんでいたから。飲むのをやめたあとでも、シャワーやお風呂《ふろ》にはあの水をつかい、その蒸気を吸いこんでいたのだ。

わたしたちはどうすればよかったのだろう？　毎朝みんなで井戸のまわりにあつまり、そのあと古代エジプト人のように水を入れた壺《つぼ》を頭に載せればよかった？　二千ドルかけて井戸を掘ればよかった？　どうせ出てくる水は市当局が見つけたのとおなじ、腐臭のする水だったはずだ。ハティズバーグまで車を飛ばし、あいている蛇口を見つけ、バケツで水を運んでくればよかったのか？

否定の言葉はいまでも耳に残っている――ずいぶん昔、市議会の面々や会議室に詰めかけた群衆を前にして、専門家たちがグラフをさし示しながら説明し、水質検査はおこなったし、多量の塩素を投入することで適切に処理すれば水道水は安全だ、とくりかえし明言していたあの言葉。またクレイン社が法廷に呼んだうぬぼれ屋の専門家たちが、陪審の前で口にしていた証言も――ええ、たしかに長い年月のあいだにはボウモア工場において、わずかな量の〝漏洩《ろうえい》〟があったことは事実ですが、心配にはおよびません。二重塩化ナイレンをはじめとする〝無認可〟物質はじっさいのところ土壌に吸収され、そののち地下水流によって運び去られてしまうため、街の飲料水にいかなる害も与えることはないからです。またやたらに難解な言葉を連発する政府おかかえの科学者たちが、人を小馬鹿《こばか》にした横柄《おうへい》な口ぶりで、耐えがたいほど悪臭が強い水を〝飲用に適している〟と断言していた言葉も覚えていた。

だれもかれもが否定の言葉を口にするなかで、死者の数は増えていった。ボウモアのいたるところで癌《がん》患者が発生した。どこの通りからも……いや、どこの家からも患者が出た。全国平均の四倍。それが六倍になり、十倍になった。ジャネットの裁判にペイトン夫妻が呼んだ専門家は、ボウモアの市全域の癌発生率は全国平均のじつに十五倍だ、と陪審の前で説明していた。

癌の患者があまりにも多数出たために、住民たちは公的であると民間であるとを問わず、ありとあらゆる種類の調査の対象になった。街周辺では癌の群発発生《キャンサー・クラスター》という用語が一般的になり、ボウモアは放射能汚染地域同然になった。ウィットあふれるジャーナリストが雑誌に書いた記事で、ケイリー郡を癌《キャンサー》にひっかけて〝アメリカ合衆国キャンサー郡〟と命名、このニックネームがたちまち定着した。

アメリカ合衆国キャンサー郡。水の問題は、ボウモア商工会議所に重い負担となってのしかかった。経済発展は消え、街はたちまち衰退の一途をたどりはじめた。

ジャネットは蛇口を締めた。しかし、水はまだそこにある。壁の内側にあって目に見えないパイプのなかという目に見えない場所に。パイプはそこからさらに、床下の地中のどこかに通じている。そう、水はいつでもそこにいる。まるで無限の忍耐心をあわせもったストーカーのようにじっと待っている。死をもたらす静かな水、クレイン社が徹底的に汚染した大地から汲みあげられた水。

夜中になっても眠れず、壁のなかのどこかからきこえる水の音に耳をすましていることも珍しくなかった。

蛇口から水が洩《も》れていれば、武装したストーカーが来たかのように対応した。

ジャネットはいまも鏡に映る自分の顔をあまり長く見ないよう気をつかいながら、これといった目的もなく髪をとかし、そのあとシンクに常備してある水差しの中身で歯を磨いた。それから自分の部屋の明かりをつけ、顔につくり笑いを浮かべると、友人たちが壁ぎわにぎっしりと詰めかけて混みあった居間に出ていった。

教会に行く時間だった。


トルドーの車は黒のベントレーだった。専属運転手はトリヴァーという名前の黒人で、当人はジャマイカ人だと称していたが、そのわざとらしいカリブ海諸島訛《なまり》と同様、移民関係の書類も充分に胡散《うさん》くさいものだった。トリヴァーはこの偉大な男の運転手をかれこれ十年もつづけていたので、トルドーの気分は手にとるようにわかった。ご機嫌なななめだ――渋滞と戦いつつFDRドライブをミッドタウンにむけて車を走らせながら、トリヴァーはすばやくそう判断した。最初の兆候に誤解の余地はなかった――トリヴァーが運転席からすばやく飛びだして義務を果たす前に、トルドー自身が右の後部ドアを荒っぽく閉めたのである。

トリヴァーは前になにかの記事で、このボスが重役会議の席では冷たい鋼鉄の神経をもっているという話を読んだことがある。つねに冷静沈着、決断力に富み、抜け目がないなどと書いてあった。しかし後部座席という閉鎖空間のなかでは、たとえ運転席との仕切りのプライベートウインドウを限界まできっちりと閉めているときでさえ、トルドーの本来の性格があふれだしてくることがあった。じっさいにはこの男は夜郎自大で、負けずぎらいの癇癪《かんしゃく》もちなのである。

しかも、今回は完璧《かんぺき》なまでに負けた。いまトルドーは後部座席で電話中だった。怒鳴っていたわけではないが、声を押し殺しているわけでもない。株は急落するだろう。弁護士たちはそろいもそろって大馬鹿だ。だれもがわたしに嘘《うそ》をついた。ダメージコントロール。トリヴァーには会話の断片しかきこえなかったが、ミシシッピでなにがあったにしろ、それが壊滅的な事態だったことは容易にわかった。

ボスはいま六十一歳、フォーブス誌によれば純資産は二十億ドルにもなるという話だった。トリヴァーはよく、どれだけ儲《もう》ければ気がすむのだろうかと思った。財産がさらに十億ドル増えたらどうするのか？　そのうえさらに十億増えたら？　つかいきれないほどの金があるのに、どうしてこの男はここまで仕事に打ちこむのか？　何軒もの家、何機ものジェット機、妻たち、クルーザー、ベントレー……真の白人男が望むかぎりのおもちゃをすでに所有している身ではないか。

しかし、トリヴァーは真実を知っていた。トルドーはいくら金があっても、およそ満足しない男だ。この街にはトルドー以上の金持ちが何人もいて、その連中に追いつこうと必死なのだ。

トリヴァーは六三丁目通りを西の五番街方面にじりじりと車を進め、途中でいきなりハンドルを切った。正面に立ちふさがっていた頑丈な鉄のゲートがすぐにひらいた。ベントレーはそこから地下に吸いこまれ、停止した。待機していた警備員が、ベントレーの後部ドアをあけた。

「一時間後に出発だ」トルドーは大雑把にトリヴァーがいる方角にむけて大声で怒鳴ると、大きなふたつのブリーフケースをさげて姿を消した。

エレベーターが十六フロアぶんを一気に急上昇して、トルドー夫妻が贅《ぜい》をきわめた豪奢《ごうしゃ》な暮らしを送っている最上階にたどりついた。夫婦の住まいであるペントハウスは最上階とその下のフロアすべてを占めており、ふんだんにとられた巨大な窓からはセントラルパークが一望できた。ふたりは六年前の華々しい結婚の直後に二千八百万ドルでこの住居を購入、さらに一千万ドル前後の金を投じて高級インテリア雑誌レベルの内装をととのえた。総費用のなかにはふたりのメイドとシェフ、執事、夫婦それぞれの専属雑用係、少なくともひとりのベビーシッターのほか、ミセス・トルドーの身なりを適切にととのえてランチの席に遅刻しないようにするために必要な個人秘書も含まれている。

トルドーはブリーフケースと上着を、専属雑用係に投げつけるように手わたした。ついで階段を駆けあがって主寝室に行き、妻の姿をさがした。いまこの瞬間、ことさら妻の顔を見たかったわけではなく、ちょっとした儀式が期待されているからにすぎない。妻は化粧室で、左右それぞれに美容師をしたがえてすわっていた。ふたりは妻ブリアンナのストレートブロンドの髪を相手に、熱心に仕事に打ちこんでいた。

「やあ、ダーリン」トルドーは義務からそう口にした——妻のためというよりも、美容師たちにきかせるための言葉。ふたりとも若い男だが、ブリアンナが裸身同然の姿だという事実にも、まったく影響されていないように見うけられた。

「このヘアスタイル、気にいってくれた？」ブリアンナは鏡を見つめながらたずねた。左右両側では若い男たちが髪を撫《な》でたりかきまわしたり、とにかく四本の手が一時も休まずに動いている。「きょうはどんな一日だった？」でもない。「お帰りなさい、あなた」でもない。「裁判はどうなったの？」でもない。ただひとこと、「このヘアスタイル、気にいってくれた？」だ。

「きれいだよ」そう口にするそばから、トルドーはあとずさっていた。儀式をおわらせたいま、妻をお世話係にまかせて好きなところに行くことができる。トルドーは夫婦の巨大なベッドの前で足をとめて、ブリアンナのイブニングドレスに目を落とした。妻からはもう、「〈ヴァレンチノ〉よ」と教えられている。まばゆい赤のドレス、深いV字形のネックラインは、信じられないほどの巨大サイズにつくりなおしたバストをちゃんと隠すかどうかも判然としない。丈は短く、生地は透きとおっているも同然で、重さは六十グラムもないだろう。それでいて、二万五千ドルはしたにちがいない。ドレスはサイズ2――つまりブリアンナの痩《や》せこけた体に適度にまとわりついて垂れ下がり、パーティーではほかの拒食症患者たちから、なんと〝引き締まって〟いることかと、お義理の賞賛と羨望《せんぼう》をむけられるわけだ。正直にいえば、トルドーはなにかに憑《つ》かれたような妻の毎日のスケジュールにうんざりしていた。一日一時間をトレーナーと過ごす（一時間あたり三百ドル）。それ以外にも一時間の一対一のヨガ（一時間あたり三百ドル）、さらに一時間を栄養士と過ごす（一時間あたり二百ドル）。すべて、さいごまで残っている体脂肪を燃やし、体重を四十キロから四十三キロの範囲にたもとうという努力の一環だった。いついかなるときでもセックスには応じたが――それも結婚にあたっての契約条項のひとつ――いまではトルドーも行為のさなかに妻の骨盤が体に刺さるのではないか、マットレスやクッションと自分のあいだで妻の体が押しつぶされてしまうのではないかと、おりおりに不安に駆られるほどだった。まだ三十一歳だというのに、ブリアンナの鼻の真上に早くも皺《しわ》が一、二本出ていることにも気づいていた。そのたぐいの問題なら美容外科手術で解決できるが……そもそもこの女は大金を投じて、積極的に自分を飢餓に追いこんでいるのでは？

それよりも、いまはもっと重要な心配事があった。とびきり美人で若い妻は、自分という偉大な男のわずか一面にすぎないし、そもそもブリアンナ・トルドーはいままでも道行く人の足をとめさせることのできる美女だ。

ふたりのあいだには子どもがひとりいたが、その存在をトルドーはしじゅう忘れてしまっていた。それ以外にも六人の子どもがいて、多いほうだと自分でも思っていた。しかもそのうち三人はブリアンナよりも年上だ。しかしブリアンナは、子どもが欲しいといってきかなかった——理由はきくまでもなかった。子どもはいわば保険だ。結婚相手がご婦人方を愛して結婚制度を尊重する男なら、子どもは家族との絆《きずな》と根を意味するし、さらには——口に出されはせずとも——なんらかの秘密が暴露される事態にいたった場合、法律上きわめて厄介な存在にもなる。若く美しい箔《はく》づけワイフには、子どもが必要なのだ。

ブリアンナは女の子を産み、サドラー・マグレガー・トルドーという珍妙な名前をつけた。マグレガーというのはブリアンナの結婚前の苗字《みようじ》で、サドラーというのはただの思いつきだった。最初こそブリアンナは、サドラーはスコットランド人の悪戯《いたずら》好きな遠縁の親戚《しんせき》にあやかった名前だと主張していたが、トルドーが赤ん坊の名づけ辞典の本を参照するにおよんで、このちょっとした嘘をとりさげた。しかしトルドーも、本心から気にかけていたわけではなかった。自分の子どもといっても、しょせんはDNA上の話にすぎない。以前も、昔の妻たちとの家庭で父親になろうと形ばかりの努力をした経験があったが、そのたびにみじめな失敗におわっていた。

サドラーはいま五歳、両親のどちらからも事実上無視されている状態だった。ブリアンナもひところは母親になるべく雄々しい努力をしてはいたが、たちまち母親らしい女性になることに興味をうしなってしまい、いまではしじゅう顔ぶれの変わる子守り女たちに自分の義務を押しつけていた。いま子守りをつとめているのはロシア出身の太った若い女で、この女の移民関係の書類も、運転手のトリヴァーの書類に負けず劣らず胡散くさかった。この瞬間、トルドーは子守りの名前を思い出せなかった。雇ったのはブリアンナで、子守りがロシア語を話すことに大喜びしていた——サドラーがロシア語を話せるようになるかもしれない、といって。

「いったい娘にどこの言葉を話すようになってほしいんだ?」そのときトルドーは、

そうたずねた。

しかし、ブリアンナはなにも答えなかった。

トルドーは子ども部屋に足を踏みいれて、一刻も早く会いたかったとでもいうように娘に近づいた。それから抱擁とキスをかわし、きょうはどんな一日だったかと娘にたずねた。それから数分もしないうちにトルドーは優雅な身ごなしで自分のオフィスへの脱出を果たし、電話の受話器をつかみあげ、ボビー・ラッツラフを怒鳴りつけはじめた。

なんの成果もあがらないまま電話を数本かけおわると、トルドーはシャワーを浴び、完璧な半白に染めた髪を乾かしてから、最新の〈アルマーニ〉のタキシードを身につけた。カマーバンドが若干きつく感じられた。たぶんサイズは三十四、ペントハウスでブリアンナに追いかけまわされていた当時より、ひとつ上のサイズだった。服を身につけていきながら、トルドーは心中でこれからはじまる夜のことや、顔をあわせなくてはならない人々を呪《のろ》った。どうせみんな知っているはずだ。いまこの瞬間にも、経済界をニュースが駆けめぐっていることだろう。電話が飛びかってライバルたちが高笑いをあげ、クレイン社の不運をいい気味だと思っているにちがいない。インターネットは、ミシシッピからの最新ニュースで大騒ぎになっている。

これがほかのパーティーだったら、偉大なるカール・トルドーは体調不良で欠席する旨《むね》の電話をあっさりと入れていたはずだ。どうせ一年三百六十五日、自分の気にいったことだけをしていられる身分である。不作法にも土壇場《どたんば》でパーティーを欠席したところで、それがなんだというのだ？　しかし、これだけは通常のイベントではなかった。

というのもブリアンナがいつの間にか抽象美術館の理事におさまっており、今夜は美術館が主催する最大のパーティーなのだ。デザイナードレスに包まれた脂肪吸引手術後のボディや特大サイズに新調した乳房、新しいあごのラインや、非の打ちどころのない日焼け肌をもつ者が大勢顔をそろえるだろう。さらにはダイヤモンド、シャンペン、フォアグラ、有名シェフによるディナー、中小富豪むきの入札式オークション、大富豪のための会場での通常オークション。なかでもいちばん重要なのは、何台とも知れないほど多くのカメラが会場にあることだ。さしもの選び抜かれたエリートたちも、自分たちが——自分たちこそが——世界の中心だと心から納得できるほどである。アカデミー賞の授賞式もまっ青だ。

今夜のハイライトは——少なくともある種の人々にとっての話だが——美術品のオークションである。毎年、美術館の委員会は〝新進気鋭〟の画家なり彫刻家なりに、この催しのための作品制作を依頼し、その作品を売ることで百万ドル以上を稼ぐのだ。昨年出品された絵画は、銃撃されたあとの人間の脳を表現したと称する不可解な作品で、六百万ドルの値がついた。今年出品されるのは、気が滅入《めい》るような黒い粘土の山に、ぼんやりと若い女の体の輪郭が浮かびあがるように青銅の棒を突き立てた作品で、《凌辱《りようじよく》されたイメルダ》という謎《なぞ》めかした題名がついていた。なにもなければ、いまでもまだこの作品はミネソタ州ダルースの某画廊で、だれも注目しないまま埃《ほこり》をかぶっていたはずだ。しかし作者の彫刻家が悩めるアルゼンチンの天才であり、いつ自殺してもおかしくない状態だという噂《うわさ》が流れるや、この悲しき事実が作品の価値をたちまち二倍に押しあげた。目はしのきくニューヨークの美術投資家が見のがすはずはなかった。ブリアンナはペントハウスのあちこちにパンフレットをわざと置き、《凌辱されたイメルダ》を自宅の玄関ホール、それもエレベーターを降りてすぐの場所に飾ったらさぞ見栄《みば》えがするはずだ、という意味のほのめかしの言葉をおりおりに口にしていた。

あの忌《い》まいましい作品を買うことを期待されているのはわかっていたし、あとはオークションが狂乱の場にならないことを祈るばかり。あの作品の所有者になったら、手っとり早く自殺したくなること請けあいだ。

化粧室から、ブリアンナと〈ヴァレンチノ〉が姿をあらわした。美容師の若者ふたりはいつしか姿を消しており、驚いたことにブリアンナはドレスやありったけの装身具を自力で身につけたようだ。

「すばらしいね」トルドーはいった。事実だった。手足の骨やあばらが目だっているが、ブリアンナは美女だった。ただしヘアスタイルは、朝の六時にトルドーが出勤前のキスをしたブリアンナ、コーヒーを飲んでいたブリアンナのヘアスタイルときわめてよく似ていた。千ドルの金を髪にかけてなお、トルドーにはちがいがほとんどわからなかった。

しかり。自分の箔づけワイフの値段なら知りつくしていた。婚姻前契約により、ふたりが結婚関係にあるあいだは月々十万ドルの小づかいが与えられ、離婚する場合には二千万ドルが支払われることになっていた。サドラーはブリアンナが引きとり、トルドーには——本人が望めば——父親としての無制限面会権が与えられる。

ふたりがベントレーに乗りこみ、車があたふたとアパートメントから五番街に出たときになって、ブリアンナがこんなことをいいだした。「いけない、サドラーにお別れのキスをしてくるのを忘れちゃった。わたしったら、母親失格ね」

「あの子なら大丈夫だよ」おなじく娘におやすみのキスをしそびれたまま出てきたト

ルドーは、そう答えた。

「すごく気がとがめるの」ブリアンナは悲しんでいる芝居をしながらいった。踝丈《くるぶし》の〈プラダ〉のコートの前がすっかりひらいていたため、後部座席はブリアンナの驚くほどの美脚にすっかり占拠されてしまった。床からわきの下にまで一直線につづく足。ストッキング類だろうと衣服の一部だろうと、とにかくなにひとつまとっていない足。トルドーが見つめ、目の保養をして、指先を走らせて、もてあそぶための足。運転手のトリヴァーがたっぷり見ていようとも、ブリアンナはまったく気にかけなかった。いつもどおり、ブリアンナは見られるための存在だからだ。

トルドーは妻の足を撫でていた。手ざわりがよかったからだが、内心ではこういいたくてたまらなかった。「最近これは、なんだか箒《ほうき》の柄にちょっと似てきたようだね」

しかし、そんな言葉は口にしなかった。

「裁判のことでなにか連絡はあったの?」ようやくブリアンナの口からこの話題が出た。

「陪審がうちの会社をぶん殴ったよ」

「あら、残念」

「いや、会社は大丈夫だ」

「金額は？」

「四千百万」

「まったく、ものを知らない田舎者ときたら」

これまでトルドーは、自分の名前を冠したトルドー・グループの複雑怪奇な世界についてブリアンナにはほとんど話していなかった。妻は妻で慈善活動があり、大義名分があり、昼食会があり、トレーナーとも会わなくてはならず、そんなこんなで忙しい。トルドーはあまり多くの穿鑿《せんさく》に耐えるのはいやだったし、そもそも耐えられなかった。

一方、すでにインターネットで確かめていたブリアンナは、陪審がどのような裁定をくだしたのかを正確に知っていた。上訴について弁護士たちがどんな意見を口にしているのかも知っていたし、あしたの朝にはクレイン社の株価が急落するはずだということも知っていた。ブリアンナは独自に調査をおこなって、秘密のノートを作成していた。とびきり美しく痩せた女だが、愚かな女ではない。トルドーは電話でだれかと話をしていた。

抽象美術館——略してＭｕＡｂの建物はあと数ブロック南、五番街とマディスン・アヴェニューのあいだにあった。車がじりじりと近づいていくと、百台になろうかというカメラのフラッシュが見えてきた。ブリアンナはすっくと背すじを伸ばし、完璧《かんぺき》な腹筋に力をこめて、最新の肉体付加物がいやでも目につく姿勢をとると、こういった。「まったく、あの連中が大きらい」

「あの連中とは？」

「カメラマン連中よ」

このまっ赤な嘘《うそ》にトルドーはくすくすと笑った。車がとまってタキシード姿の係員がドアをあけると、カメラがいっせいに黒いベントレーにレンズをむけた。偉大なるカール・トルドーがにこりともしない顔で降り立ち、つづいて足があらわれた。ブリアンナはカメラマンたちに——ということは雑誌のゴシップ・ページや、もしかしたら……もしかしたらファッション雑誌のひとつかふたつに——彼らが求めているものを与えるすべを心得ていた。すなわち、なににもさえぎられずに何キロもつづくかのようでありながら、すべてをあらわにしてはいない素足だ。最初に地面をとらえるのは右足——履いているのは足の指一本あたりに換算すれば百ドルになる〈ジミーチュウ〉の靴だ。ついで達人の身ごなしで体をひねると、コートの前が左右にひらいて〈ヴァレンチノ〉が協力し、億万長者になって箔づけワイフを手中におさめることの利点を全世界がまざまざと見ることになる。

ついでふたりは腕を組み、カメラマンに手をふりながらレッド・カーペットの上をすべるような足どりで歩いていった。ただし、ひと握りの取材陣のことは無視した。そのうちひとりなどは大胆不敵にも、「トルドーさん、ミシシッピでの評決についてコメントをお願いします」と叫びかけてきた。むろんこの声はトルドーにはきこえなかった……というか、きこえないふりをした。しかし足どりは若干速まり、ふたりはすぐ建物のなかという比較的安全な領域に足を踏みいれた。じっさいに安全であることを、トルドーは祈った。ふたりは、金で雇われている歓迎専門のスタッフに迎えられた。スタッフがコートを受けとり、笑顔をむける。友好的なカメラがあらわれた。古くからの友人たちが姿をあらわした。ふたりはたちまち、仲間同士で旧交をあたためあうことを楽しむ演技に長《た》けた大金持ちたちがつくる、温かな人の輪に飲みこまれていった。

ブリアンナは魂の友人を見つけた。やはり拒食症の箔づけワイフのひとりで、似たような不自然な体のもちぬしだった——馬鹿馬鹿《ばかばか》しいほど巨大な乳房以外、すべての部分が瘦《や》せ細っている。トルドーはまっすぐバーを目ざした。しかし、あと一歩でバーにたどりつくというそのとき、できれば顔をあわせたくなかった下衆《げす》野郎がタックルのような勢いで近づいてきた。

「やあ、これはこれはカールじゃないか。ミシシッピの残念なニュースをきいたぞ」相手の男は精いっぱいの大声を張りあげていた。

「ああ、とても残念だよ」トルドーは相手よりもずっと低い声で返事をすると、シャンペンのフルートグラスを手にとって中身を飲みはじめた。

ピート・フリントは、フォーブス誌選定のアメリカの四百人の大富豪リストで二百二十八位の男である。カール・トルドーは三百十位。どちらの男も、相手がリストで何位かは知っていた。また人ごみのなかには、リストにまだ名前がない競争相手の一団ともども、八十七位の男と百四十一位の男の顔があった。

「きみの部下たちが事態をきちんと抑えているとばかり思っていたよ」フリントはトールグラスの中身のスコッチだかバーボンだかをあおりながら、さらに言葉をつづけた。しかも、こみあげる喜びを必死に隠して、しかつめらしい渋面を見せる芸当までこなしていた。

「ああ、われわれもそう思っていたんだがね」トルドーはそう答えつつ、内心ではすぐ目の前にあるフリントの垂れ下がったあごの贅肉《ぜいにく》を、平手打ちで張り飛ばしてやれたらいいのにと思っていた。

「上訴はどうするんだ?」フリントは深刻ぶった口調でたずねた。

「万全の態勢をとっているとも」

昨年のオークションでフリントは狂乱の幕切れまで雄々しく競り争い、見事に《銃撃のあとの脳》をもち帰ることに成功した。六百万ドルの芸術的廃棄物ではあったが、抽象美術館が現在進めている募金キャンペーンをスタートさせたことも事実だった。この男が今夜の目玉出品を狙《ねら》っていることにまちがいはない。

「先週、うちがクレイン社の株を空売りしておいて正解だったな」フリントはいった。

トルドーはフリントに罵《のの》しりの言葉をむけそうになったが、自分を冷静にたもった。フリントは大胆な動向で有名なヘッジファンドを経営している。もしやこの男はクレイン化学に不利な評決を予想して、株を空売りしたのだろうか？　トルドーがむけた困惑の表情は、そんな内心の疑問をまったく隠していなかった。

「そのとおりだよ」フリントはグラスの中味をひと口飲んで、唇を鳴らした。「向こうに派遣しているスタッフから、きみの社の敗訴になるという話をきいていたのでね」

「わが社は一セントだって払うものか」トルドーは胸をはっていった。

「いや、あしたの朝には金を払うことになるさ。うちの予想では、クレイン社の株価は二十パーセントの下落だな」それだけいうとフリントは体の向きを変えて、場を離れていった。残されたトルドーは酒を飲み干し、すかさずつぎの一杯に手を伸ばした。二十パーセントだって？ レーザー光線なみに迅速な頭脳が計算をおこなった。トルドーが所有しているクレイン社の普通株式は、異例ともいえる四十五パーセント。会社の市場価値は、きょうの終値から換算すれば三十二億ドル。二十パーセントの下落となれば、書類上は約二億八千万ドルの損失だ。むろんじっさいに金が出ていくわけではないが、それでもオフィス周辺では荒れ模様の一日になる。

せいぜい十パーセントにおさまるはずだ――トルドーは思った。社の財務担当者たちも同意していたではないか。

いかなフリントのヘッジファンドといえども、自分のあずかり知らぬところでクレイン社の株を大量に空売りすることができるだろうか？ トルドーは困惑顔のバーテンダーを見つめながら、そう自問した。不可能ではないが、ありそうもない話だ。フリントは、こっちの傷口に塩を塗りこんでいただけだ。

美術館の館長がどこからともなく姿をあらわした。この男と顔をあわせて、トルドーはほっとした。館長なら、たとえ評決のことを知っていても話題にすることはあるまい。館長はトルドーに耳あたりのいいことしかいわないし、ブリアンナがいかに美しいかという意味の発言もするに決まっている。そのあと娘のサドラーのことをたずね、ハンプトンズにある夫妻の別荘のリフォームについて質問してくるだろう。

ふたりはそれぞれの酒を手にすると、危険な会話が進行している人々の輪をかわしながら、安全な話題だけに花を咲かせつつ混みあったロビーを歩き、やがて《凌辱《りょうじょく》されたイメルダ》の前に落ち着いた。

「じつに力強い作品だとは思いませんか?」館長はいった。

「すばらしい」トルドーは答えながら、ちらりと左に目をむけた——ちょうど百四十一位の男がそばを通りかかったのだ。「どのくらいの値がつくんだろうね?」

「きょうは、美術館はその話題でもちきりでしたよ。今夜のお客の顔ぶれを思うと、なんともいえませんな。まあ、少なくとも五百万ドルにはなると予想していますが」

「で、じっさいの価値となると?」

館長は、カメラマンがふたりの写真を撮影するタイミングにあわせて笑みをのぞかせた。「さてさて、それはまったくべつの問題ではありませんか? この彫刻家のひとつ前の大作は、日本の某紳士が二百万ドル前後で買いました。もちろん日本の紳士は、われらがささやかな美術館に大金を寄付してくださることはありませんでした」

トルドーはまた酒のグラスに口をつけた。ここでどんな駆引きが進行中かはわかっていた。抽象美術館の募金目標は、五年間で一億ドルだ。ブリアンナによれば、目下目標額の半分に達したところで、美術館としては今夜のオークションで大きく勢いをつけたがっているのだという。

ニューヨーク・タイムズ紙の美術評論家が自己紹介して、会話にくわわってきた。評論家はたしてこの男は評決のことを知っているのだろうか、とトルドーは思った。評論家と館長がアルゼンチンの彫刻家やその精神面での問題について話しあっているあいだ、トルドーは《凌辱されたイメルダ》を見つめ、自分はほんとうにこの彫刻を豪華なペントハウスの玄関ホールに飾りたいと思っているのだろうか、とおのれに問いかけていた。

妻がそう思っていることだけは確かだった。

3

ペイトン家の仮住まいは、大学に近い古い建物の二階にある三部屋のアパートメントだった。大学時代にこのあたりに住んでいたこともあるウェスは、いまになってここに逆もどりしたことが信じられずにいた。しかし、それをいうなら大きな変化があまりにも多すぎて、そのうちひとつだけを考えていることも困難だった。

いつまで仮住まいのままなのか？　これは夫と妻のあいだの大問題だったが、もう何週間も話しあわれたこともなく、いまになって話しあわれることもなかった。あと一日か二日してショックと疲れが抜けていけば、ちょっとした時間を盗んで将来の件を話しあうこともできるだろう。ウェスは車をゆっくりと駐車場に入れ、ごみがあふれかえった大型の収集コンテナのそばを通った。コンテナのまわりにもごみが散乱していた。大部分はビールの空き缶とガラス瓶の破片だ。男子大学生たちは空き缶や空き瓶を、住んでいる部屋の窓から――あるいは駐車場の反対側から車ごしに――ごみコンテナの方向にいいかげんに投げ捨てることを楽しみにしている。ガラス瓶が粉々に砕け散る音が建物に響きわたると、大学生たちは大喜びした。大学生以外は喜ぶどころではなかった。睡眠不足を強いられているペイトン夫妻にとって、この乱痴気騒ぎはときに耐えがたいほどだったのだ。

建物の所有者は以前の依頼人でもあったが、このあたりのスラム街きっての悪徳家主として名を馳《は》せていた——というか、少なくとも学生のあいだでは。この家主がペイトン家に部屋を提供した。握手でかわされた契約では、ひと月あたり千ドルの家賃を払うことになっている。一家がここに住みはじめてもう七カ月、しかし支払った家賃は三カ月分だけだった。それでも家主は、自分は心配などしていないといってくれ、ほかの債権者とともに辛抱づよく順番待ちをしていた。ペイトン＆ペイトン法律事務所はかつて、依頼人をあつめて手数料を稼ぎだす能力があることを実証していた。それゆえ、ふたりのパートナー弁護士には劇的なカムバックを果たすだけの力量があると見こまれていた。

今回のカムバックはいかがだろうか？　ウェスはそう思いながら、駐車スペースに車を入れていった。四千百万ドルの評決ならカムバックとしては充分なのでは？　一瞬ウェスは気分が高揚するのを感じたが、すぐにまた疲れが襲いかかってきた。忌《い》まわしき習慣の奴隷《どれい》であるふたりは、車を降りるなり、後部座席に置いたそれぞれのブリーフケースに手を伸ばしていた。

「だめ」メアリ・グレイスがいきなりそういった。「今夜は仕事は休み。ブリーフケースは車に置いたままにするの」

「かしこまりました」

ふたりが急いで階段をあがっていくあいだ、近くの窓から大音量で卑猥《ひわい》なラップが流れてきた。メアリ・グレイスががちゃがちゃとキーホルダーを鳴らして鍵《かぎ》をあけ、つぎの瞬間、ふたりは室内にはいっていた。ふたりの子どもは、ホンジュラス人シッターのラモーナといっしょにテレビを見ていた。九歳のライザが大声をあげながら駆けよってきた。「ママ、勝ったのね！　わたしたち勝った！」

メアリ・グレイスは娘を床からかかえあげて、しっかりと抱きしめた。

「ええ、勝ったのよ」

「四千億ドル！」

「四千万ドルよ。億ドルじゃないわ」

五歳のマックが駆けよってくると、ウェスは息子の体を引っぱりあげて抱きしめた。それからも長いあいだ、夫婦は狭苦しい玄関ホールに立ったまま子どもたちを抱きしめていた。評決がくだされて以来初めて、妻の目に涙が浮かんでいることにウェスは気づいた。

「テレビでママを見たわ」ライザがそう話していた。

「パパ、疲れた顔してたね」マックがいった。

「ああ、疲れてるよ」ウェスは答えた。

ラモーナは離れたところから、唇を引き結んだまま見てとれないほど淡い笑みをたたえて、一家を見つめていた。評決の意味はわからなかったが、ニュースにうれしさを感じる程度には理解していた。

上着と靴を脱いだのち、ささやかなペイトン家の面々はソファ——かなり高級な厚い革張りのソファ——に腰をおろし、抱きあい、くすぐりあいながら学校の話をした。ウェスとメアリ・グレイスは家具のほとんどを手放さずにいたので、みすぼらしいアパートメントには高級な家具がならんでいた。こうした家具類はふたりに過去を思い起こさせるようすがではあったが、それ以上に重要な意味があった——ふたりに未来を思わせたのである。これはただの一時停止、予定外の途中下車にすぎない、と。

居間の床はノートや用紙に覆《おお》われていた。ふたりが宿題をおえてからテレビをつけたという明らかな証拠だった。

「おなかがすいたよ」マックが父親のネクタイをほどこうという無駄な努力をつづけ

ながらいった。

「ママがいってたぞ、みんなでチーズマカロニを食べようって」ウェスはいった。

「やった！」ふたりの子どもが同時に歓声をあげて、ラモーナがキッチンにむかった。

「みんなで新しいおうちに住めるの？」ライザがたずねた。

「おまえはこの家が気にいってたんじゃなかったかい？」ウェスはいった。

「好きよ。でも、やっぱり新しいおうちをさがしてるんでしょう？」

「ええ、もちろん」

ふたりは子どもたちに注意深く接していた。ライザには、訴訟の基本は説明した——わるい会社が水を汚して、その水でたくさんの人が病気になった、と。それをきくとライザはすぐ、自分はその会社がきらいだし、会社と戦うためにアパートメントへ引っ越すことが必要なら自分は賛成だ、といったのだ。

しかし、新築の瀟洒《しょうしゃ》な家をあとにするという経験は心に傷を残しかねないものだった。ライザのそれまでの寝室はピンクと白でまとめられ、幼い少女が欲しがるものはすべてそろっていた。それがいまでは、もっと狭い部屋を弟と共用させられている。ライザは不平ひとつ口にしなかったが、いまの仮住まい状態がいつまでつづくのかを知りたがってもいた。マックは日中ずっと保育園にいるため、住環境を思いわずらう余裕はなかった。

ライザもマックも、昔住んでいた界隈《かいわい》を懐《なつか》しく思う気持ちはおなじだった。もっと大きな一軒家が立ちならび、家々の裏庭にはプールがあり、いろいろな遊具がそろっていた。友人たちは隣の家や、角を曲がってすぐの家に住んでいた。学校は私立、安全確保もしっかりとしていた。教会は一ブロック先、だれもが顔見知りだった。

いまふたりは、公立の小学校と保育園に通っていた。教室では白い顔よりも黒い顔のほうが多かった。礼拝に通っているのは、ダウンタウンにある、だれでも受け入れる聖公会教会だった。

「すぐ引っ越しというわけにはいかないわ」メアリ・グレイスはいった。「でも、新しい家をさがしはじめるのもいいかもしれないわね」

「ねえ、ぼく、おなかがぺこぺこ」マックがまた空腹を訴えた。

住宅についての話題が子どもたちのどちらかの口から出たさいには、その話をかわすのが定例になっていた。メアリ・グレイスはようやく立ちあがると、「いっしょに料理をつくりましょう」とライザに声をかけた。

ウェスはリモコンを手にとって、マックにいった。「よし、〈スポーツセンター〉を見ようじゃないか」なんだっていい、地元ニュースの番組でさえなければ。

「うん、いいよ」

ラモーナは湯を沸かしがてら、トマトを切っていた。メアリ・グレイスは手早くラモーナを抱擁し、きょうはいい一日だったかとたずねた。はい、いい一日でした――ラモーナはそう答えた。学校の問題はなかった。宿題はもうすませてある。話のあいだに、ライザは自分の部屋に引っこんでいった。娘はまだキッチンでの仕事に興味を見せてはいなかった。

「あなたにもいい一日でしたか?」ラモーナがたずねた。

「ええ、とってもいい一日だった」ホワイトチェダーチーズをつかいましょう」メアリ・グレイスは冷蔵庫からチーズの塊をとりだし、すりおろしはじめた。

「これからのんびりできるんですか?」ラモーナが質問した。

「ええ……とにかく数日間はね」

夫妻は教会の友人を通じて、ラモーナと出会った。当時ラモーナは栄養失調になりかけた状態でルイジアナ州バトンルージュの避難所に隠れ、簡易ベッドに寝て、ハリケーンの被災者のために送られた救援物資の箱づめの食料を食べていた。それまで三カ月かけて、中央アメリカから苦難つづきの旅をしてきたのだった――メキシコを抜けてテキサス、そしてルイジアナへと。しかしそこでは、約束がなにひとつ実現されなかった。仕事はなかったし、受け入れてくれる家庭も見つからず、必要書類もなく、気にかけてくれる人はひとりもいなかった。

ペイトン夫妻も通常の場合だったら、市民権のない不法滞在の外国人をシッターとして雇うことなど考えもしなかったはずだ。しかしふたりはすぐラモーナを養女として迎え入れ、ごくわずかな数本の道路に限定して車の運転を教え、携帯電話とコンピュータと調理器具それぞれの基本的な使用方法を教え、さらに英語を身につけることを強く勧めた。ラモーナは故郷のカトリック系学校で英語の基礎を学んでおり、昼間アパートメントにいるあいだは、掃除をしながらテレビの音声を真似《まね》て過ごした。それから八カ月、ラモーナはめざましい進歩を見せていたが、それでもまだ話をきくことのほうを好んだ。とりわけ、たまに人に話をきいてもらわずにいられなくなるメアリ・グレイスの話を。過去四カ月、ごくごく稀《まれ》に夕食の支度をするおりには、メアリ・グレイスはノンストップでしゃべりまくり、ラモーナはそれを一語あまさずきいていた。緊張した男たちが詰めかけた法廷で大波に揉《も》まれるような一日を過ごしたあとでは、これがすばらしいセラピーになった。

「車関係でトラブルはなかった？」メアリ・グレイスは毎晩おなじ質問をした。一家の二台めの車は年代もののホンダ・アコードで、これまでのところラモーナは傷つけたり壊したりせずに走らせていた。夫妻には恐れるべき理由が多々あった——なんといっても、ラモーナは無免許でなんの保険にも加入していない不法滞在の外国人だ。後部座席に幸せなふたりの子どもを乗せたまま、走行距離が無慮何千億キロにもなるホンダを運転させてハティズバーグの街路を気ままに走らせるわけにはいかない。そこでふたりは、学校と食料品店、それに必要があった場合のためにオフィスまで裏道づたいに行くルートをラモーナに教え、それ以外のところは車を走らせないように訓練した。もしラモーナが警察に停車を命じられてつかまった場合、夫妻は警官や検事や判事に泣きつくつもりだった。みんな、夫妻とは昵懇《じっこん》の仲だった。

さらにウェスは、市裁判所の現職判事もまた不法滞在の外国人を雇って、庭の雑草とりや芝刈りをやらせている事実を把握していた。

「いい日でした」ラモーナは答えた。「トラブルはひとつもありませんでした。なにもかも順調で」

ほんとにいい日だったわ——メアリ・グレイスは胸の裡《うち》でひとりごちながら、チーズを溶かしはじめた。

電話の呼出音が鳴りはじめ、ウェスはしぶしぶ受話器をとりあげた。頭のおかしな連中が脅迫電話をかけてくるので、自宅の番号は非公開にしてある。夫婦のどちらも、電話はほぼ携帯だけを利用していた。ウェスは相手の話をきき、なにか答えてから電話を切ると、ガスレンジに近づいて料理の邪魔をしはじめた。

「だれからの電話？」メアリ・グレイスは不安をたたえた声でたずねた。アパートメントの固定電話にかかってくる電話は、つねに疑念をかきたてた。

「オフィスにいるシャーマンだよ。記者たちが何人か近くをうろついて、スターの顔を拝みたがっているらしい」ウェスはいった。シャーマンは補助職員のひとりだった。

「なんでシャーマンがオフィスに？」メアリ・グレイスはたずねた。

「いくらいても、まだいたりない気分なんじゃないのか？　で、サラダにオリーブは？」

「なし。シャーマンにはなんといったの？」

「記者のひとりを撃ち殺せば、残りはあわてて逃げていくはずだ、といっておいたさ」

「サラダをこっちにまわして」メアリ・グレイスはラモーナにいった。

そのあとラモーナを含めた五人全員が、キッチンの隅に押しこめてある小さなカードテーブルを囲んだ。全員が手をつなぎ、ウェスが祈りの文句と、日々の生活や家族や友人や学校にすばらしいものをもたらしてくれたことへの感謝の言葉を述べた。もちろん食べ物を与えてくれたことにも。ウェスは賢明で気前のいい陪審とすばらしい結果についても感謝していたが、その言葉はあとの機会のためにしまっておいた。最初にサラダ、つぎにチーズマカロニがまわされた。

「ねえ、パパ、今夜はキャンプしてもいい?」マックが食べ物を飲みこむなり、待ちかねていたように一気に話した。

「ああ、いいとも!」ウェスはそう答えながらも、いきなり腰に痛みを感じた。アパートメントでの〝キャンプ〟というのは、居間の床に毛布やキルトを敷きつめて枕《まくら》を置き、そこで寝ることだ。夜遅くまで、テレビをつけっぱなしにすることも多い。たいていは金曜日の夜だ。ただしこれが楽しいのは、パパとママがいっしょにつきあった場合だけ。ラモーナは毎回誘われるが、賢明にも決まって辞退していた。

「でも、寝る時間はいつもとおなじよ」メアリ・グレイスはいった。「あしたは学校なんだから」

「十時でいいでしょう?」交渉ごとの上手なライザがいった。

「じゃ、九時にしましょう」メアリ・グレイスがいった。いつもより三十分の夜ふかしができるこの案に、ふたりの子どもが笑顔になった。

メアリ・グレイスは子どもたちと膝《ひざ》をふれあわせてすわって、いまという瞬間を心ゆくまで楽しみ、このぶんだと疲れはすぐに抜けていくだろうと思った。休んでもいいかもしれない。子どもたちといっしょに学校に行き、授業を見せてもらって、いっしょに昼食をとる。メアリ・グレイスの望みは母親らしくあること、それだけだった。そんなメアリ・グレイスにとって、法廷に日参することを強いられていた日々は、ひたすら陰々滅々とした日々だった。

水曜日の夜となれば、パイングローブ教会ではキャセロール料理の持ち寄り会と決まっていた。その夜は驚くほどたくさんの人々がやってきた。にぎやかなこの教会は住宅街のまんなかにあり、信者の多くは日曜日と水曜日に一ブロックか二ブロック歩くだけでやってこられた。扉は一日十八時間あけはなたれ、教会裏手にある牧師館に暮らす牧師はいつも教会にいて、信徒の人々に説教する機会を待ちかまえていた。人々は信徒ホール――礼拝堂の横手に増築された醜悪な金属板づくりの建物――にあつまって食事をとった。折りたたみ式のテーブルの上は、ありとあらゆる手づくりの料理で覆いつくされていた。白いディナーロールのバスケットがあり、甘い紅茶を入れた大きなディスペンサーがあり、当然のことながらペットボトルの水がふんだんに用意されていた。今夜はいつにもまして多くの人々が来ると予想されたし、ジャネットが来てくれればいいと思っていた。お祝いの席が予定されていた。

パイングローブ教会はほかの宗派とはいかなる関係ももたず、かたくななまでに独立をたもっていた。創設者デニー・オット牧師は、この教会のことをひそかに誇りに思っていた。教会はもともと数十年前にバプテストによってつくられたが、そののちボウモアの街のあれこれと足並みをそろえて衰退した。オットが教会にやってきたときには、信徒はわずか数名の深く傷ついた者だけになっていた。何年もつづく内輪もめが信徒の数を減らしたのだ。オットは残っていた教会の建物をきれいにして、地域社会にむけて扉をひらき、住民たちに手をさしのべた。

といっても、人々からすぐに受け入れてもらえたわけではなかった。なんといってもオットが〝北部のほう〟の出身で、てきぱきと切り詰めたようなきれいなアクセントで話すからだった。オットはネブラスカ州にあるキリスト教系の大学でボウモア出身の女子学生と出会い、この女性に連れられて南部に来た。いくつもの不幸や苦難のドミノ倒しののち、気がつけばオットは第二バプテスト教会の臨時牧師になっていた。オットはバプテストではなかったが、この地域では若い聖職者が払底しており、教会側により好みの余裕はなかった。そして半年後、バプテストがひとりもいなくなり、教会に新しい名前がつけられた。

オットはひげをたくわえ、ネルのシャツとハイキングブーツという服装で説教をすることも珍しくなかった。ネクタイは決して禁断の品ではなかったが、人々から眉《まゆ》をひそめられる対象だった。ここは庶民の教会、日曜日のためにとっておきの一張羅を着こむような気をつかうこともなく、だれもが心の平安や慰めを得られる場所だった。オット牧師は欽定訳《きんてい》聖書と古い賛美歌を一掃した。大昔の巡礼者たちが書いた陰気な聖歌に用はなかった。礼拝はくつろいだ雰囲気になり、ギターやスライド上映を導入した現代的なものになった。オットは、妊娠中絶や同性愛者の権利などよりも、貧困と不公平こそがより重要な社会問題だと信じており、その趣旨の説教をしていたが、政治については慎重な立場をつらぬいていた。

教会は成長し、それにつれて経済的にもうるおってはきたが、オットは金にはまったく頓着《とんちゃく》しなかった。神学校時代の友人がシカゴで宣教活動にたずさわっている関係で、まだ充分着られる大量の古着を教会の〝クロゼット〟につねにストックしておくことができた。ハティズバーグとジャクスンのもっと規模の大きな教会にしつこく要請した結果、彼らから寄付された品で、信徒ホールの片側にもうけた食品庫に常時ふんだんな在庫をつくることもできた。製薬会社に過剰在庫の寄付を呼びかけたことで、教会の〝薬局〟を市販薬でいっぱいにすることもできた。

デニー・オットはボウモアの住民すべてを伝道の対象と考え、自分に防ぐ力があるものならば、だれも飢えたり家をうしなったり、病気になったりすることのないようにしたいと思っていた。自分が見張っているかぎりは――そしてオットは見張りを休むことがなかった。

オットはこれまでに、クレイン化学によって殺された信徒十六人の葬儀をとりおこなってきた。いまではこの会社のことが憎くてたまらず、おりおりに憎悪《ぞうお》をいだいた自分への神の許しを乞《こ》うほどだった。といっても、クレイン社を所有している名前も顔もない人々を憎んでいたわけではない――そんなことをすれば、みずからの信仰を破壊することになる。しかし、会社組織そのものに憎しみをむけていたのは確かだった。会社を憎むことは罪だろうか？　毎日オットの魂ではこの問題をめぐって熾烈《しれつ》な討論がくりひろげられており、まちがった場合の安全策として、許しを乞う祈りをつづけた。

十六人の死者のすべてが、教会裏の小さな墓地に埋葬されていた。天候がいい時期には、オットみずからが墓石のまわりの雑草を刈り、寒くなればなったで墓地を囲んでいる白い杭垣《くいがき》を塗装して、鹿《しか》が墓にはいりこまないようにした。オットが計画したわけではないが、教会はいつしかケイリー郡における反クレイン社活動の中心拠点になった。教会信徒のほぼ全員が、クレイン社の害毒で病気になった者や死亡した者と触れあった経験をもっていたのだ。

またオットの妻の姉が、まだシェルビー姓だったメアリ・グレイスといっしょにボウモア・ハイスクールを卒業していた。そんなわけで、牧師とペイトン夫妻はとりわけ親しい関係をたもっていた。ドアを閉めた牧師の書斎でペイトン夫妻のどちらかが電話を受け、そこで法的助言がさずけられることも珍しくなかった。信徒ホールでは、何十回にもおよぶ証言録取がおこなわれた。そのおりにはホールが、大都会からやってきた弁護士たちで立錐《りっすい》の余地もないほどになった。オットが彼ら企業弁護士を憎む気持ちは、クレイン社憎しの気持ちに負けず劣らず強かった。

正式事実審理のあいだ、メアリ・グレイスはオットに電話をかけ、あまり楽観的にならないようにとつねに釘《くぎ》を刺してきた。もちろん、オットも楽観的な見方はしていなかった。二時間前にメアリ・グレイスから驚くべきニュースを電話で伝えられると、オットは妻を抱きしめ、大声で叫び、笑い声をあげながら家のなかを踊ってまわった。クレイン社が首根っこをおさえられ、辱《はずかし》められ、悪業をあばかれて、正義の場に引きずりだされた。ようやく。

信徒たちを出迎えていたオット牧師の目に、義姉ベティや友人たちとともに教会にやってくるジャネットの姿が見えた。その姿はたちまち、この女性を愛している人々の輪に飲みこまれた。人々はこのすばらしい喜びの瞬間をジャネットとわかちあおうとし、静かな言葉をかけていた。人々はジャネットを、古いピアノのそばの最後列の座席にすわらせた。たちまち、その前に行列ができた。ジャネットはなんどか笑みをのぞかせはしたし、感謝の言葉を口にもしていたが、疲れた顔でいまにも倒れそうに見えていた。

そのあいだもキャセロール料理が刻々と冷めていき、教会が人でいっぱいだという事情もあって、オット牧師がようやく静粛を求めて大仰な感謝の祈りを口にしはじめた。やがて、牧師は大げさな言葉で祈りを締めくくって、こういった。「さあ、食事にしましょう」

いつものように、子どもと高齢者が先に列にならんだ。料理が配られた。オットは礼拝堂の後列席にむかい、すぐジャネットの隣の席に腰をおろした。ジャネットは人々の注目が自分から離れて料理にむかったのを見てとり、牧師にこっそりと耳打ちした。「お墓に行きたいんです」

オット牧師は礼拝堂横手の扉から、ジャネットを外に連れだした。そこから細い砂利敷きのドライブウェイが伸びて教会裏手に通じており、四、五十メートル先が小さな墓地だ。ふたりは夜の闇《やみ》のなかを、黙ったままゆっくりと歩いていった。オットが木のゲートをあけ、ふたりは整然と墓石のならぶ、よく手入れされた墓地に足を踏みいれた。どの墓石も小さかった。ここに葬《ほうむ》られているのは労働者階級の人々……記念碑や地下聖堂といった、大物を追悼する派手な墓はひとつもない。

ジャネットは右側の四列めまで足を運び、そこでふたつの墓のあいだでひざまずいた。片方はわずか六歳で癌《がん》のために息を引きとった息子、チャドの墓。そしてもうひとつは、八年のあいだ夫婦として連れ添った夫、ピートの亡骸《なきがら》をおさめた墓だ。寄り添いあって永遠の眠りについている父と息子。ジャネットはいまも週に一度は墓参を欠かさなかったが、毎回自分もふたりといっしょにいたい、という思いを禁じえなかった。ジャネットはふたつの墓石を同時に撫《な》でながら、低い声で話しはじめた。「こんにちは、おふたりさん、母さんよ。きょうは、あなたたちにも信じられないようなことがあったの……」

オットは静かにその場を離れた。ジャネットにはひとり涙を流させ、思いにふけらせ、静かな言葉を口にさせてやりたかったし、その言葉をあえてききたくはなかった。ゲートの前で待っていると、時がたつにつれて月明かりが雲間から射《さ》しこみ、墓石の列のあいだを歩く人影が見えてきた。牧師はすでにチャドとピートの葬式をとりおこなった。これまでで十六人……しかもその数は増えつづけている。十六人の無言の被害者……いや、いまはもう無言ではないのかもしれない。パイングローブ教会の白い杭垣に囲まれた墓地からあげられたひとつの声が、ようやく聞きとどけられた。だれかに聞きとどけられることを願い、正義を求める大きな怒りの声が。

いまもジャネットの影が見えて、その声がきこえていた。

オットは、ピートがいよいよ息を引きとる数分前にともに祈りを捧《ささ》げた。余命わずか数時間になったチャドのひたいにキスもした。ふたりの棺《ひつぎ》や葬儀のために金をあつめもした。二名の教会執事と力をあわせ、ふたりの墓穴を掘りもした。父と息子の葬儀は、八カ月のあいだをおいておこなわれた。

ジャネットが立ちあがって別れの言葉をかけ、歩きはじめた。

「そろそろ教会にもどりましょう」オットはいった。

「はい。いろいろとありがとうございます」ジャネットは頬の涙を拭《ぬぐ》いながら答えた。

トルドーがテーブルを確保するために支払った金額は五万ドル。それだけ払ったとなれば、同席者を自分の好きに選べるのは当然だろう。左の席には妻のブリアンナ、その隣は妻の親友でもあるサンディ。この女も例によって骸骨《がいこつ》同然の体つき、しかも婚姻関係から契約上も正式に解放されたばかりで、いまは第三の夫とするべき男を虎視眈々《こしたんたん》と物色中だった。トルドーの右は元銀行家夫妻。芸術の話題のほうを好む、いっしょにいて楽しい夫婦だった。そして真正面にすわっているのが、トルドーかかりつけの泌尿器科医《ひにょうき》夫妻。このふたりを招いたのは、どちらも口数が極端に少ないからだ。連れもなくひとりですわっているのは、トルドー・グループ中でも格下の重役。運わるく外れ籤《くじ》を引き当てて強制されたので、この場に出席したにすぎなかった。

有名《セレブ》シェフが考案したコースメニューは、まずキャビアとシャンペンから幕をあけた。おつぎはロブスターのビスク。贅沢《ぜいたく》な目玉料理は、つけあわせを添えたフォアグラのソテー。さらに肉食人種にはスコットランド産の軍鶏《しやも》、菜食人種には花束のごとき海草サラダ。デザートは幾層にも重ねられた豪華絢爛《けんらん》たるジェラートの饗宴《きようえん》。デザートをふくめて、それぞれの段階ごとに異なるワインが供された。

トルドーは前に置かれた料理を残らずたいらげ、また気前よく酒を飲みもした。話し相手にしたのは元銀行家だけだった。すでに南部からのニュースを耳にしていた元銀行家は、トルドーに同情的だったからだ。ブリアンナとサンディは不作法にもこそこそ囁《ささや》きかわし、ディナーコースのあいだじゅう、パーティーに参加しているほかの成りあがりを誰彼となくくさしていた。ふたりとも皿の上の料理をあちらこちらと押しやるだけで、ほとんど食べていないも同然だった。ほろ酔い気分になっていたトルドーは、海草をつつきまわしている妻を見て思わず、ひとこといいたくなった。本音では、「その料理の値段がどのくらいかを知ってるのか?」といってやりたい。しかし、ここで口喧嘩《げんか》をはじめてもしかたがなかった。

有名シェフ《セレブ》――といってもトルドーには初耳の名前だった――が紹介され、四百人の客のスタンディングオベーションを浴びた。五品からなるコースを食べおわってもなお、四百人のほぼ全員が腹をすかせていた。しかし、今宵《こよい》の主眼は食事ではない。金だ。

ふたりが短いスピーチをしたあとで、競売人が登場してきた。ついで《凌辱《りようじよく》されたイメルダ》がアトリウムに運びこまれてきた――それも小型クレーンで吊《つ》りあげられ、だれからもよく見えるよう、床から六メートルの高さに宙づりにされたまま。コンサート・スタイルのスポットライトが当てられているせいで、作品はいやがうえにもエキゾティックに見えた。黒い上着を着てネクタイを締めた不法滞在外国人の一団によってテーブルの上が片づけられるあいだ、パーティー参加者たちは静まりかえっていた。

競売人が《凌辱されたイメルダ》について話すのを、人々はじっときいていた。ついで競売人が彫刻家本人のことを話しはじめるなり、人々は本腰をいれて耳をそばだてた。作者はほんとうに頭がおかしいのか？　精神が破綻《はたん》しているのか？　近々、自殺するのか？　聴衆は詳細な話をききたがっていた。しかし競売人は、下世話な話を口にしなかった。なんといってもイギリス人であり、折り目正しい紳士だからだ。この点が、最終落札価格を最低でも百万ドルは押しあげる結果に通じるのだろう。

「開始価格は五百万ドルがいいと思われますな」競売人が鼻にかかった声でいい、人々はいっせいに息を飲んだ。

ブリアンナは唐突にサンディとの話に飽きたらしい。トルドーに身をすり寄せ、さかんに目をしばたたき、上目づかいに夫を見あげ、さらには太腿《ふともも》に手をかけてきた。トルドーは最寄りのフロアアシスタントにうなずきかけることで、これに応じた。アシスタントとはもう話をつけてある。アシスタントが演壇にむかってカードをかかげ、《イメルダ》に息が吹きこまれた。

「五百万ドルの声をいただきました」競売人が宣言し、万雷の拍手が響きわたった。「幸先のいいスタートをありがとうございます。さあ、六百万の声はあがりますかな？」

六百万、七百万、八百万、そして九百万。一千万ドルで、トルドーはうなずいて合図を送った。顔には笑みをたもっていたが、胃がよじれるような気分だった。あの忌《い》まわしい代物《しろもの》に、いったいいくら払わせられるのか？　この部屋には少なくとも億万長者が六人いるし、将来そうなりそうな者はもっと多い。だから肥大したエゴにはこと欠かないし、現金の不足もない。しかし、いまこの瞬間、新聞の見出しに名前が載ることをカール・トルドーほど強く欲している者はひとりとしていなかった。

しかもピート・フリントは、それを見越していた。

一千百万ドルにいたるまでに、ふたりの入札者が脱落した。

「あと何人残ってる？」トルドーは、パーティー参加者を見わたしながら競争者の姿を目で探していた元銀行家に耳打ちしてたずねた。

「ピート・フリントだ。もうひとりいるかもしれん」

あの下衆《げす》男めが。トルドーがうなずいて一千二百万ドルの入札に承諾したときには、ブリアンナは夫の耳に舌を突き入れんばかりだった。

「一千二百万ドルが出ました」競売人の言葉に、参加者がいっせいに拍手とやんやの歓声をあげた。競売人は賢明にもこうつづけた。「さあ、みなさん、このへんでひと息入れようではありませんか」

だれもが飲み物のグラスを口に運んだ。トルドーはワインをがぶ飲みした。ピート・フリントは背後、ふたつうしろのテーブルについている。しかし、うしろをふりかえって両者のささやかな戦いをみずから認める勇気はなかった。

クレイン社の株を空売りした話が事実なら、例の評決でフリントは数百万ドル儲《もう》けることになる。当然ながらトルドーは、評決のせいで数百万ドルをうしなったばかりだ。儲けも損も、すべては書類上のこと。しかし、ひるがえって考えれば、すべてがそうなのでは？

しかし、《凌辱されたイメルダ》はちがう。手を伸ばせば触れることのできる実体ある芸術作品であり、カール・トルドーが競《せ》り負けるわけにはいかない品だ。とにかく、ピート・フリントにだけは負けられない。

一千三百万、一千四百万、そして一千五百万ドルを賭《か》けたラウンドは、毎回競売人の手腕で華麗に引き延ばされ、いずれも拍手喝采《かっさい》で幕を閉じた。噂《うわさ》はたちまち広がり、これがカール・トルドーとピート・フリントの戦いであることは全員に知れわたった。

拍手喝采がおさまると、ふたりのヘヴィウェイト級選手はさらなる戦いに乗りだした。トルドーが一千六百万ドルの入札をうなずいて承諾し、ふたたび喝采を浴びた。

「一千七百万の声はかかるでしょうか？」競売人が、自身もかなり昂奮《こうふん》して大声を張りあげた。

長い沈黙。場内に電気が流れるような緊張が立ちこめた。

「さてさて、ただいまの最高額は一千六百万ドルです。さあ、一回め。さあ、二回め――おっと、一千七百万ドルの声をいただきました」

この試練のあいだ、トルドーはいくつもの誓いを立てては破ってきたが、一千七百万ドルの線だけは越えまいと決心していた。喝采が静まっていくと、トルドーは数十億ドルを賭けたゲームをする会社乗っ取り屋にも負けないほど冷静な顔で、椅子《いす》にすわりなおした。これでおしまいだ。不満はない。フリントは、は、っ、たりをかけてきただけ。それがいまでは、一千七百万ドルを出して年寄り女を買うしかないところに追いつめられている。

「一千八百万ドルの声は出ませんか?」またしても拍手があがった。そしてトルドーには、さらに考える時間が与えられた。どうせ一千七百万ドルまで出す気だったのだ、いっそ一千八百万でもおなじことではないか? もしここで一千八百万の声をあげれば、さしものフリントもこの自分、カール・トルドーこそが、血まみれの終幕までもちこたえる男であることを悟るだろう。

やってみるだけの価値はある。

「一千八百万ドルは?」競売人がたずねた。

「入札だ」トルドーは、多くの人間にきこえるほど大きな声でいった。この作戦が成功した。ピート・フリントは現金を支払わずにすむ安全圏に退却して、偉大なるカール・トルドーがこの卑《いや》しい戦いをおわらせるのを、ほくそ笑みながら見まもっていた。

「一千八百万ドルでミスター・カール・トルドーが落札いたしました」競売人が獅子《しし》のごとく吠《ほ》え、パーティー参加者がいっせいに立ちあがった。

《凌辱されたイメルダ》が床に降ろされた。新たな所有者たちが、その前でポーズをとるためだった。それ以外の多くの人々が——羨望《せんぼう》と喜びを同時に感じながら——トルドー夫妻と夫妻の新たな購入物を大きくひらいた丸い目で食いいるように見つめていた。バンドの演奏がはじまり、ダンスタイムが幕をあけた。ブリアンナは体を熱くさせており——この女は、大金が動くと決まって燃える性質《たち》だ——最初のダンスが半分おわるかおわらないかのころには、トルドーはブリアンナの体をそっと押して一歩ぶん離れさせなくてはならなかった。いまブリアンナは燃えあがり、淫《みだ》らになり、全身のあらゆる皮膚を火照《ほて》らせていた。まわりの人々が視線をむけていた。それもブリアンナの望むところだった。

「そろそろ引きあげよう」二度めのダンスのあと、トルドーはそういった。

4

夜のあいだに、ウェスはなんとかソファを確保することに成功していた。床にくらべれば、ずっと柔らかな寝場所だった。夜明け前にふと目を覚ますと、息子のマックがすぐ横の狭い場所に体を押しこめて眠っていた。メアリ・グレイスとライザは、その下の床に横たわって毛布にくるまり、外の世界のこともまったく知らぬげに眠っていた。昨夜はみんなで遅くまでテレビを見ているうち、やがて子どもたちが眠りこんだ。それから夫婦は、この機会のためにしまってあった安物のシャンペンのコルクを静かに抜いて、中身をあけた。アルコールと疲労の相互作用でふたりは目をあけていられなくなり、永遠に眠っていようと誓いをたてた。

ところが五時間後、目をひらいたウェスは、もうその目を閉じられなくなった。いまふたたび、あの法廷に舞いもどっていた——汗をかき、不安にさいなまれ、列をつくって入廷してくる陪審を見つめながら、評決内容をうかがわせる兆候に目を凝らし……ついで、ハリスン判事のすばらしい言葉が耳にきこえてきた。この先も永遠に耳の奥で響きつづけるはずの言葉が。

　きょうはいい一日になりそうだ。そんな一日を、これ以上は一分でもソファで無駄にしたくない。

　ウェスはそっとマックから離れて毛布をかけてやり、足音を殺してちらかった寝室にはいっていくと、ジョギング用のショートパンツと靴、スエットシャツに着替えた。正式事実審理の期間中も、ウェスは毎日のジョギングを心がけた。真夜中に走ることも、朝の五時に走ることも珍しくなかった。一カ月前には、気がつくと夜中の三時に家から十キロ近く離れたところを走っていたこともあった。ジョギングは頭を澄みわたらせて、ストレスを軽減してくれた。暗闇《くらやみ》でアスファルトを蹴《け》って走りながら、法廷戦略を立案し、証人に反対尋問をおこない、ジャレッド・カーティンと議論し、陪審に訴えかけるなど、十以上の仕事をこなしていた。

　しかしきょうのジョギングでは、裁判以外のことならなんにでも集中できるかもしれない。休暇旅行のことかもしれない。リゾートビーチ。しかし、早くも上訴の件が頭にとり憑《つ》きはじめているのも事実だった。

　ウェスが足音を殺してアパートメントから出てドアの鍵《かぎ》を閉めたときには、メアリ・グレイスは身じろぎひとつせずに眠っていた。時刻は五時十五分だった。

ストレッチングを省いて走りだすと、すぐにハーディ・ストリートに出た。ここから南ミシシッピ大学のキャンパスにむかう。ウェスはこの場所の安全な雰囲気が好きだった。かつて住んでいた寄宿舎のまわりを走り、かつてプレーしていたフットボール・スタジアムのまわりを走ってから、キャンパスとは筋向かいにある行きつけのコーヒーショップ、〈ジャヴァワークス〉にはいった。カウンターに二十五セント硬貨を四つ置いて、オリジナルブレンドの小さなカップを受けとる。硬貨を数えながら財布から出すときには、あやうく笑いがこみあげかけた。いつもこのコーヒーを飲むために前もって計画をたて、二十五セント硬貨が財布に残るようにしていたのだ。

カウンターの端に、各紙の朝刊が置いてあった。ハティズバーグ・アメリカン紙の見出しが金切り声で、《クレイン化学に四千百万ドルの賠償金支払命令》と叫んでいた。疲れは見えるが、うれしそうな顔で裁判所をあとにするウェスとメアリ・グレイスのすばらしい写真が紙面を飾っていた。それよりは小さいが、まだ泣いているジャネットの写真。さまざまな弁護士たちの発言。陪審員数名の発言も紹介されていた。そのなかには、明らかに陪審室で牽引《けんいん》力になっていたとおぼしきレオナ・ロッカ博士の、短いが雄弁なスピーチもあった。「クレイン社が傲慢《ごうまん》にも計算ずくで土地を汚染し、安全性を軽視し、さらにそれを隠蔽《いんぺい》しようとした卑劣な態度に、わたしたちは怒りを禁じえませんでした」

ウェスはこの女性への愛を感じていた。コーヒーには手をつけぬまま、記事をむさぼり読む。ミシシッピ州最大の新聞といえば、州都ジャクスンで発行されているクラリオン‐レッジャー紙――その見出しはいくぶん控えめだったが、それでも充分に印象的だった。《陪審、クレイン社の責任を認定――巨額の賠償命令》。こちらの新聞にも写真が掲載され、数々の発言や裁判の詳細な部分が紹介されていた。数分後、気がつくとウェスはつぎつぎと新聞をめくっていた。ビロクシで発行されているサン・ヘラルド紙が、これまでのところ最高の見出しを掲載していた。いわく――《陪審、クレイン社に告げる――金を払え》。

大部数の日刊紙の一面に、記事と写真が掲載される――ペイトン&ペイトンという小さな法律事務所にとってはいい日だ。いよいよこれからカムバックだ――ウェスにはその気がまえができていた。事務所には離婚や破産をはじめとする数百ものさまざまな問題で弁護士を必要としている依頼人候補から、ひきもきらずに電話がかかってくるだろう。ただし、そうした案件を手がけようとは思わなかった。鄭重《ていちょう》に断わって、彼ら依頼人候補をおなじような小さい事務所に紹介するつもりだった。幸い、紹介のあてはいくらでもある。そして自分は毎朝ネットをチェックして、もっと大きな案件をさがすとしよう。評決での巨額の賠償金支払命令、新聞への写真掲載、街の噂《うわさ》……となれば、これから仕事の規模は大幅に拡大するだろう。

ウェスはコーヒーを飲み干すと、外の通りに出ていった。

カール・トルドーもまた、夜明け前には家を出ていた。終日ペントハウスに身を隠し、大災害への対処を広報部門のスタッフにまかせてしまう手もある。弁護士たちを立てて、そのうしろに隠れてもいい。自家用ジェット機に飛び乗って、西インド諸島のアングィラ島の別荘なり、フロリダ州パームビーチの別邸なりに行く手もある。しかし、それはトルドーの流儀ではなかった。これまで争いの場から尻尾《しっぽ》を巻いて逃げたことはなかったし、いまさらそんなことをするつもりもなかった。

それに、妻のブリアンナから離れていたくもあった。ゆうべは妻のせいでひと財産つかってしまった。朝になってそれが悔やまれてならなかった。

「おはよう」トルドーはベントレーの後部座席にすばやく乗りこみながら、運転手のトリヴァーにいきなり声をかけた。

「おはようございます」トリヴァーはそう答えたが、「けさのご気分は?」とかなんとか、その手の愚問を発するつもりはなかった。時刻は朝の五時半。トルドーにとっては珍しい時間ではないが、いつもの出勤時間でもない。ふだんは、車は六時半にここを出発する。

「車を出してくれ」ボスにいわれて、トリヴァーは五番街に車を進ませた。二十分後、トルドーはステューとともに専用エレベーターに乗っていた。個人秘書のステューの唯一《ゆいいつ》の仕事は、偉大なるトルドーがなにかを必要としたときにそなえ、週七日、一日二十四時間ずっと待機していることだった。一時間前、そのステューのもとに電話で指示が伝えられていた。コーヒーと全粒粉ベーグルのトースト、搾《しぼ》りたてのオレンジジュースを用意しておくこと。さらにトルドーのデスクに用意しておくべき新聞六紙のリストをわたされ、評決についての記事をインターネットで検索している最中だった。トルドーはステューに目もくれなかった。

オフィスにはいると、ステューはトルドーの上着をうけとってコーヒーを淹《い》れた。ベーグルとジュースを急いでもってくるようにとの指示が飛ぶ。

トルドーは最高級の空気力学応用の椅子《いす》に腰を落ち着けると、ぽきぽきと拳《こぶし》の関節を鳴らし、椅子を転がしてデスクの前についた。ついで深呼吸をひとつして、まずニューヨーク・タイムズ紙を手にとる。第一面の左側だ。ビジネス・セクションの一面ではない。この忌《い》まいましい新聞全体のトップ記事だ！　泥沼化した戦争や上院のスキャンダル、それに中東ガザ地区での死者などのニュースといっしょに。

第一面。見出しには、《毒物死でクレイン化学の責任認定》とある。きつく歯を食いしばったトルドーのあごから、しだいに力が抜けていった。見出しにつぐリードはこんな具合だった――《夫と息子の死の責任はクレイン化学にあるとして、年若い未亡人が同社を訴えていた裁判で、ミシシッピ州の地方裁判所の陪審は訴えを認め、同社に三百万ドルの現実的損害賠償金、および三千八百万ドルの懲罰的損害賠償金の支払を命じる評決をくだした》。トルドーはすばやく記事に目を通した――不愉快きわまる詳細な事実については、読む前から知っている。そしてタイムズ紙は、その大部分を正確に伝えていた。弁護士たちの発言は、どれもこれも予測できるものだった。たわごと、はったり、馬鹿《ばか》話。

しかし、どうして一面記事なのか？

卑劣なあてこすり記事としか思えなかった。ついでトルドーは間を置かず、ビジネス・セクションの二ページめで第二の卑劣なあてこすり攻撃を受けた。なにやらを専門とするアナリストがクレイン社のかかえる他の法律問題、すなわちジャネット・ベイカーの訴えと大同小異の主張をもつ人々から数百もの訴訟を起こされる可能性があることを、わざわざ指摘していたのである。この専門家は――きわめて珍しいことに、トルドーの記憶にない名前だった——そうなったらクレイン社が支払う賠償金は現金で〝数十億ドル〟になるだろうし、同社の〝賠償責任保険への加入についての方針に諸問題がある〟ことが〝暴露された〟以上、それだけの出費が〝壊滅的なものになる〟と分析していた。

　トルドーが罵《ののし》りの声をあげているさなか、ステューがジュースとベーグルをもってオフィスにはいってきた。「ほかにご用はございますか？」

「ない。さあ、早くドアを閉めてくれ」

　ついでトルドーは、美術セクションにざっと目を通した。一ページめの半分よりも下に、ゆうべの抽象美術館でのイベントについての記事が掲載されていた。イベントのクライマックスはオークションにおける入札合戦だった、うんぬんかんぬん。紙面の右下の隅には、新しく購入した彫刻とともにポーズをとるトルドー夫妻のつつましいサイズの写真が掲載されていた。つねに変わらずフォトジェニックなブリアンナは——そうなって当然ではないか——魔性の魅力を発散していた。トルドーはいかにも裕福、しかもすらりと引き締まって若々しく見える——と本人は思った。《凌辱《りょうじょく》されたイメルダ》は、現物同様、写真でも形容しがたい代物《しろもの》にしか見えなかった。本当に芸術作品なのか？　自分を懊悩《おうのう》している人間のように見せかけることに汲々《きゅうきゅう》としているだけの悩める魂のもちぬしが、青銅とセメントを適当に投げつけた、ごたまぜ細工にすぎないのでは？

タイムズ紙専属の美術評論家、ほかならぬトルドー自身が夕食前にちょっと話をした人あたりのいいあの紳士によれば、後者の答えが正解らしい。この作品の購入に一千八百万ドルを投じたミスター・トルドーにとって、これは賢明な投資なのかと記者に問われて、評論家は、「いいえ。しかし美術館の募金キャンペーンにとっては大いなる貢献です」と答えていた。評論家はつづけて、抽象彫刻の市場はこの十年ずっと縮小傾向にあり、少なくとも私見では好転の兆候がないことがその理由だ、と述べていた。《凌辱されたイメルダ》に未来はない、という意見なのだそうだ。記事は七ページにつづいていた――しめくくりの二段落には、彫刻家パブロがカメラにむかって笑顔を見せている写真が添えてあった。写真のパブロはじつに元気そうで……そう……正気そのものに見えた。

それでもトルドーは――一時的にせよ――晴ればれとした気分を味わった。この記事は明るい材料を提供している。記事でトルドーは、評決にも動ぜずに不撓《ふとう》不屈の精神を発揮し、おのれの大宇宙を掌握しているかに描かれている。好意の報道にはそれなりに値打ちがある。とはいえ、それが一千八百万ドルの足もとにもおよばないことをわかっている。トルドーは味わうこともしないまま、ベーグルをむしゃむしゃと食べた。

そしてまた虐殺《ぎゃくさつ》現場に逆もどり。ウォールストリート・ジャーナル紙、フィナンシャル・タイムズ紙、それにUSAトゥデイ紙のどれもが、評決を一面で派手派手しく報じていた。四紙を読みおえるころには、トルドーは弁護士たちのおなじ発言や、専門家たちのおなじ予言を読むことにすっかり飽きあきしてしまった。デスクを押して体を離し、コーヒーを少しずつ飲みながら、自分がいかに記者たちをきらっているかを改めて考える。しかし、いまでも生きていることに変わりはない。マスコミによるバッシングはたしかに激烈だし、今後しばらくはつづくだろうが、この自分、偉大なるカール・トルドーは彼らの全面攻撃を受けても、しっかりと立っている。

きょうは企業人としての人生でも最悪の一日になるだろう。しかし、あしたはましになるはずだ。

時刻は午前七時。株式市場の取引開始は午前九時半だ。クレイン社株のきのうの終値は五十二ドル五十セントで、前日よりも一ドル二十五セントあがっていた。というのも陪審評議が永遠と思えるほどに長びき、このまま評決不能になるものと見られていたからだ。朝刊各紙の専門家は、パニックでの売り注文が殺到すると予測していたが、彼らの予想損失額はあまりにもとっぴだった。

広報部門の責任者から電話がかかってきた。そこでトルドーは、記者だろうとジャーナリストだろうとアナリストだろうと、そのほかどんな身分を名乗る者だろうと取材に応じる意向はないし、たとえ電話が何本かかってこようが、何人がロビーでキャンプをしていようが、その立場に変わりはない、と説明した。とにかく、会社の基本姿勢だけを答えておけ──「わが社は全力で上訴することを検討しており、わが社の主張が認められることを期待している」、それ以外に一語たりとも無駄口を叩《たた》くな。

午前七時十五分、ボビー・ラッツラフが最高財務責任者のフェリックス・バードをともなって姿をあらわした。どちらも二時間も寝ておらず、ふたりとも前夜ボスがパーティーに行く時間をひねりだしたことに驚かされていた。ふたりは分厚いファイルを広げ、必要不可欠な堅苦しい挨拶《あいさつ》をおえたのち、トルドーともども会議用テーブルをかこんだ。これから十二時間は、ここに縛りつけられることになる。話しあうべきことが多々あったのも事実だが、この会議がひらかれた真の理由は、いざ株式市場がひらいて地獄のすべてがいっせいに解き放たれたような騒ぎになるにあたり、トルドーがこの避難壕《ごう》に同席者を望んだことにあった。

まず口をひらいたのはラッツラフだった。審理後申立てをトラックに積みこむほど大量に裁判所に提出するが、これでなにかが変わるはずはない。そののち本件は、ミシシッピ州最高裁判所で争われることになる。「州最高裁は原告に肩入れする傾向にありますが、それも変わりつつあります。われわれは過去二年間における、規模の大きな損害賠償請求訴訟についての判決を調べてみました。裁判官団の意見は割れていますが、おおむね五対四で原告支持の判決が出ています。しかし、いつもではありません」

「上訴手続が最終的におわるのはいつになる？」トルドーがたずねた。

「一年半、ないし二年後です」

ラッツラフはさらに話を進めた。目下クレイン社はボウモア工場の騒動が原因で、ほかに百四十件の裁判で訴えられていた。そのうち三分の一が死亡事件である。ラッツラフとその部下たち、およびニューヨークとアトランタとミシシッピにいる配下の弁護士たちの広範かつ現在も進行中の調査によれば、〝適格な〟原告候補者はさらに三百人から四百人はいるという。ここには、死者か死亡確実な者、あるいは症状が中程度から重い患者までが含まれる。発疹《ほっしん》や皮膚の病変、しつこくつづく咳《せき》などのごく軽微な疾患を主張する者も含めれば、訴訟の火種はさらに数千単位で増加するが、目下これらは些事《さじ》訴訟に分類されていた。

法廷で企業側の責任を立証して病気と関連づけることはむずかしく、また費用が必要になるために、これまでのところ提訴ずみの案件もそれほど積極的に推進されていたわけではなかった。しかし、当然ながら風向きは変わるだろう。

「きょうの朝、あっちで原告の代理をつとめている弁護士たちはみんなふつか酔いになってるでしょうな」ラッツラフは冗談をいったが、トルドーはにこりともしなかった。笑ったことはない。発言している人間をいっさい見ないで、いつも資料に目を通しているのだが、それでもなにひとつきき逃さなかった。

「ペイトン夫妻がいま担当している案件の数は？」トルドーはたずねた。

「約三十件です。ただし、正確な数字は確認できません。じっさいにすべての案件で提訴手続をとったわけではないからです。提訴待ちの案件が数多くあります」

「ある新聞の記事で、ベイカー裁判がふたりを破産寸前にまで追いこんだとあったな」

「事実です。あのふたりは全財産を質に入れたようなものですね」

「銀行からの融資は？」

「しているという噂《うわさ》です」

「どこの銀行かはわかるか？」

「把握しているかどうかは不明です」

「突きとめろ。融資番号や融資条件をはじめ、一切合財の情報が欲しい」

「わかりました」

有効な選択肢は見あたらない――ラッツラフは自分が作成した概略のメモを見ながらそういった。ダムはすでに決壊し、まもなく大洪水が襲ってくる。弁護士たちは徹底的に戦うが、その場合の弁護費用は一年に一億ドルは軽く必要だ。つぎの案件の準備がととのって提訴されるのは八カ月後だろう。おなじ法廷、判事もおなじだ。またしても巨額の賠償金支払命令が出れば……いや、先のことはだれにもわからない。

トルドーはちらりと時計を見て、電話をかけなくてはならないとかなんとか、その手のことをつぶやいた。テーブルを離れてオフィスをうろうろと歩きまわったのち、南向きの窓の前で足をとめる。目を引き寄せられたのはトランプ・ビルディングだった。住所はウォール街四十番地。ニューヨーク証券取引所のすぐ近くだ。その取引所では、ほどなくクレイン化学の普通株式が話題をさらうことだろう。沈みゆく船から逃れる鼠《ねずみ》のように投資家たちが急いで逃げていき、野次馬たちは死屍累々《しし るいるい》のありさまを心ゆくまで見物する。偉大なるカール・トルドーが――これまでいくつもの不運な会社が派手にしくじるのを高みの見物としゃれこみ、ほくそ笑むのも珍しくなかった当人が——いま、禿鷹《はげたか》どもを追い払う立場に追いこまれてしまうとは、なんと残酷で皮肉なことだろうか。株価の急落を仕掛け、機を逃さずに舞いおりていってその株を捨て値で買いたたいたことが、これまで何度あっただろう？　トルドーの伝説は、そうした血も涙もない戦略があってこそ築かれたのだ。

どの程度の損害になるのか？　最大の問題はそこだ。そしてこの最大の問題には、決まってすぐに第二の問題がつづく。いつまでつづくのか？

トルドーは待った。

5

ハフィことトム・ハフはとっておきのいちばん黒っぽいスーツを身につけると、さんざん迷った末、いつもよりも数分遅く勤務先のセカンドステート銀行に出社することにした。早めに顔を出すのはいかにも見えすいているし、鼻を高くしているように見えてしまう。むしろ自分がオフィスにはいっていったとき、ほかの全行員が所定の位置についていることのほうが大事だ——一階の年寄りの出納係たちも、二階の愛らしい秘書たちも、三階に陣どっている肩書に副の字がついたライバルたちも。できるかぎり大勢の観客に見まもられながらの凱旋《がいせん》出社が望みだった。雄々しくもペイトン夫妻に賭《か》けてきたのである。きょうこそ、自分が主役の日になるはずだ。

しかしじっさいには、出納係全員から無視され、秘書たちはこぞって冷淡そのもの、しかもライバルたちから底意地のわるさがうかがえる笑みをむけられ、あまりのことにハフィは疑念をいだかされた。デスクには、〝至急〟ミスター・カークヘッドのもとに行くように、というメモが残されていた。なにかがあったらしい。ハフィの意気揚々とした気分はかなり萎《しぼ》んでしまった。派手な凱旋出社の夢は消えた。どんな問題なのか？

カークヘッドはオフィスで待っていた。しかもドアをあけはなしたまま——これはいつも決まって凶兆である。ボスはあけっぱなしのドアが大きらいだし、それどころかドアを閉めての管理スタイルを推進してさえいる。辛辣《しんらつ》で無遠慮、皮肉っぽく、自分の影にもびくつくような性格だ。だからこそ、閉まったドアが性に合っているのである。

「すわりたまえ」カークヘッドは嚙《か》みつくようにいった。「おはよう」のひとことも、「やあ」のひとこともないばかりか、なんたること、「おめでとう」の影も形もなかった。大げさに飾りたてたデスクの反対側に陣どったまま精算表を広げ、紙のにおいを嗅《か》いでいるかのように顔を近づけて数字の羅列に目を走らせているだけだった。

「ごきげんはいかがですか、ミスター・カークヘッド？」ハフィは愛想よくたずねた。本心ではどれほど〝空《から》っぽヘッド〟と呼びたかったことか。ボスを話題に出すときには、いつでもこの呼び名をつかうからだ。一階にいる年寄りの出納係たちさえ、この綽名《あだな》を口に出すことがあるほどだ。

「上々だよ。ペイトン夫妻のファイルはもってきたかな？」

「いいえ。ペイトン夫妻のファイルを持参しろという指示は受けていませんので。なにか問題でも？」

「きみが話題を出してくれたからいわせてもらうが、問題はふたつある。まず当行はその両者に総額四十万ドルというきわめて高額の融資をしている。むろん返済期限は過ぎているし、担保物件はとうてい引きあわないほどお粗末だ。どう見ても、当行の運用資産一覧では最悪の融資だね」

〝その両者〟という部分は、ウェスとメアリ・グレイスがクレジットカード詐欺師《さぎし》であるかのような口調だった。

「いまにはじまったことではありませんが」

「さいごまでいわせてもらえるかね？　しかも、陪審が不謹慎な評決を出しおった。金を貸している銀行としては喜ぶべきなのかもしれないが、この地域社会で事業主に金を貸しだす立場であり、ビジネスの牽引役《けんいん》をになっている立場からすると、腹立たしいことこのうえない。こんな評決が出されたいま、将来的に優良顧客になりそうな企業にはどのようなメッセージを送ったらいい？」

「この州内には有毒廃棄物を捨てるべからず――とでも？」

空っぽヘッドことカークヘッドはあごの下に垂れ下がった肉をまっ赤にしながら、

ハフィの返答をさっと手で払いのけ、咳《せき》ばらいをした。唾液《だえき》がからんでいたのか、まるでうがいのような音だった。

「これは銀行の商売にとっても逆風だよ」カークヘッドはつづけた。「けさは世界じゅうの新聞の一面がこの話でもちきりだ。本社からはもう何本も電話がかかってきてる。最悪の一日だな」

ボウモアには、これまでだって最悪の日が数えきれないほどあったぞ——ハフィは思った。とりわけ、たくさんあった葬式の日だ。

「四千百万ドルか」空っぽヘッドはつづけた。「それをトレーラーハウス住まいの貧乏女にくれてやるとは」

「トレーラーハウス住まいがわるいということはありませんよ。このあたりでも、トレーラーハウスに住んでいる善良な人はいっぱいいますし、当行もそういった人たちに融資をしています」

「きみには論点がわかっていないな。とにかく不謹慎なほど巨額の金だよ。社会全体がいかれているんだ。だいたい、どうしてここでそんなことが起こった？　どうしてミシシッピが〝司法制度の地獄の穴〟という悪名を馳《は》せていると思う？　なぜ法廷弁護士どもが、このちっぽけな州を愛している？　そのへんの調査結果をちょっと見ればわかる。商売には逆風なんだよ、ハフ――われわれの商売にはね」

「ごもっともです。しかし、けさはペイトン夫妻への融資について、もっと明るい気分になるべきかと思いますよ」

「とにかく返済をしてほしい。それも早急に」

「その気持ちはわたしもおなじです」

「スケジュールを出してくれ。あと両名と話しあって、返済計画をまとめてほしい。それも、綿密な審査にも耐えうる計画を。いますぐに」

「かしこまりました。しかし、あのふたりがふたたび自立するまでには、なお数カ月かかるかもしれません。目下あの夫婦の事務所は、実質的にほかの仕事をなにもしていない状態で――」

「あのふたりの事情などに関心はない。とにかく、彼らへの融資をきれいさっぱり帳簿から消したいだけだ」

「わかりました。話は以上ですか?」

「ああ。それから、もう訴訟がらみでの融資はしないように。わかったね」

「ええ、ご心配なく」

銀行の三軒先では、これからジャレッド・カーティン閣下がアトランタに引き返して、彼《か》の地で冷淡な出迎えを受ける前に、部下たちのさいごの点検に余念がなかった。指令室はフロント・ストリートの改装されたばかりの建物にあった。金に糸目をつけないクレイン社の弁護チームは二年前にここを借り受け、そののちだれもが目を見張るハイテク機器と人的スタッフの双方で大改修をほどこしたのだ。

雰囲気は、予想されるとおりに沈鬱《ちんうつ》なものだった。しかし、地元から雇われていたスタッフの大多数にとっては、今回の評決も決して不愉快ではなかった。カーティンとアトランタからやってきた傲慢《ごうまん》な家来連中の下で数カ月も働いたいま、地元民たちは裁判に負けて退却していく彼らの姿に、胸のすく思いを味わっていた。ただし、いずれはこの連中も帰ってくる。今回の評決は、ほかの被害者の面々に新たな熱意を吹きこむものだし、そうなればさらに訴訟が起こされ、陪審審理だのなんだのがつづくことを確実にもしたのだから。

去っていく彼らを見おくったのは、地元弁護士のフランク・サリーだった。法廷での弁護を専門とするハティズバーグの事務所のパートナーである。この事務所は最初クレイン化学に代理を依頼されたものの、アトランタの〝大規模事務所〟が乗りだしてくるにおよんで降格された。サリーはかなり混みあっている被告側テーブルに席を与えられたが、四カ月におよぶ陪審審理のあいだ、公開法廷でひとことも発言しないという不名誉を強いられた。サリーはカーティンが採用する戦術や戦略のほぼすべてに反対だった。アトランタから来た弁護士たちを憎む気持ちと不信がつのるあまり、事務所のパートナーたちに秘密の覚え書をまわし、そこで巨額の損害賠償金支払命令がおりることを予言してもいた。いまサリーは内心で快哉《かいさい》を叫んでいた。

しかし、サリーはプロだった。依頼人から許された範囲で精いっぱい依頼人につくし、カーティンから指示されたことはすべて実行した。おまけに、またおなじことをやれといわれたら、喜んで最初からするつもりでもあった。というのも、クレイン化学はサリーの所属する小さな法律事務所に百万ドル以上の金を払ってくれていたからだ。

サリーとカーティンは建物の玄関で握手をかわした。ふたりとも、きょうのうちにまた電話で話をすることになるとわかっていた。どちらも、内心では相手と別れられることに喜びを感じていた。リースで借りた二台のヴァンが、カーティンと十人の弁護士を空港まで運んでいった。アトランタまでの七十分間のフライトのため、空港では高級ジェット機が待機していた。とはいえ、急ぐ旅ではない。自宅にもどって家族と過ごしたい気持ちこそあれ、無名の田舎町から尻尾《しっぽ》を巻いてすごすご帰ること以上の屈辱があるだろうか？

ウォール街で噂《うわさ》が噂を呼んでいるあいだも、カール・トルドーは四十五階という安全な場所にこもったままだった。九時十五分にゴールドマン・サックス証券でトルドーを担当している幹部社員が――朝から三度めの――電話をかけてきて、証券取引所がクレイン社の普通株式の取引を開始しないかもしれない、といってよこした。情勢があまりにも不安定だからだ。売りたいという圧力があまりにも多いせいだ、という。

「まるで火事の焼け残り品の投げ売りセールみたいだよ」相手が無遠慮にいう言葉に、トルドーはこの男を罵《のの》りたい気分になった。

午前九時半に取引開始になったが、クレイン株の売買は延期されていた。トルドーとラッツラフとフェリックス・バードの三人は会議用テーブルを囲んでいた。三人とも疲労困憊《こんぱい》、みんなシャツの袖《そで》をまくりあげて、書類と瓦礫《がれき》の山に埋《うず》もれつつ、両手に電話をもち、半狂乱の会話をくりひろげていた。ついに爆弾が落ちてきたのは午前十時すぎ。取引開始時のクレイン社の株は四十ドル。買い手はまったくつかなかった。三十五ドルでも買いの声はまったく出ない。株価はさらに二十九ドル五十セントまで下落したが、この騒ぎに乗じて投機家が介入、株を買いはじめた。それから一時間、株価は乱高下をくりかえした。正午には大商いの結果二十七ドル二十五セントになった。事情をさらに悪化させたのは、クレイン社がけさの経済界の大ニュースだったことだ。市場の最新ニュースをつたえるケーブルテレビの番組は、嬉々《きき》としてウォール街の証券アナリストに画面を切り替えた。アナリストたちは口をそろえて、クレイン化学の崩壊についてしゃべりちらしていた。

そのあと話題は見出しになるような重大ニュースに移った。イラクでの死者数。毎月のように発生する自然災害。そしてまたクレイン化学。

ボビー・ラッツラフは、自分のオフィスにもどる許可を求めた。それから階段をつかって一フロア下にむかい、かろうじて洗面所に間にあった。どの個室も無人だった。ラッツラフはいちばん奥の個室に飛びこむと、便器のふたをあけて、激しく吐いた。

ラッツラフが所有しているクレイン社の株は、時価四百五十万ドルから一気に二百五十万ドルになってしまった。しかも、これで崩壊がおわったわけではない。ラッツラフはこの株を担保にありったけのおもちゃを買っていた――ハンプトンズの別荘、ポルシェ・カレラ、豪華なクルーザーの所有権の半分。私立学校の教育費やゴルフクラブの会員権などの経費はいわずもがな。いわばラッツラフは、非公式ながら破産したのである。

みずからのキャリアでいま初めて、ラッツラフは一九二九年の大恐慌《きょうこう》のさいにビルから投身自殺をした人々の気持ちがわかるようになった。

ペイトン夫妻はふたりで車を走らせてボウモアにむかうつもりだったが、出発の瀬戸ぎわになって銀行の担当者が来訪したため、予定を変更せざるをえなくなった。ウエスがあとに残って、担当者のハフィと話しあうことになった。メアリ・グレイスはトーラスに乗って、生まれ故郷にむかった。

まずパイングローブ地区へ、そのあと教会にむかう。教会ではジャネット・ベイカーとデニー・オット牧師、それにペイトン夫妻の事務所が代理をつとめているほかの被害者数名がメアリ・グレイスを待っていた。一同は信徒ホールで仲間うちだけの会合をひらき、そのあとサンドイッチの昼食をとった。その席ではきわめて珍しいことに、ジャネットがサンドイッチをひとつ食べた。ジャネットは動揺もおさまって心身ともに休息もとり、裁判所や訴訟手続のあれこれから離れられたことを喜んでいた。

評決のショックは薄れはじめていた。賠償金支払の可能性が出てきたことで雰囲気が明るくなり、同時に洪水のような疑問が引き起こされた。メアリ・グレイスは高まる期待に慎重な言葉づかいで予防線を張り、ベイカー裁判の評決を待ちうける厄介な上訴についてつぶさに説明した。和解についても、不法投棄現場の土壌浄化についても、つぎに控える正式事実審理についても楽観的にはなれなかった。率直にいえばウエスとメアリ・グレイスには、クレイン社を相手どった長期にわたる新たな審理にあたれるだけの資金の余裕も体力もなかったが、このことは同席者に明かさず、胸にしまっておいた。

メアリ・グレイスは自信に満ちており、その言葉は人々を安心させるものだった。わたしの依頼人のみなさんは正しい立場にいる……自分とウェスがそのことを証明したばかりだ。まもなくボウモア周辺にはたくさんの弁護士がやってきて、あちこち嗅ぎまわり、クレイン社の被害者をさがしては約束の言葉を口にするだろうし、金を差しだそうともしてくるかもしれない。それも地元の弁護士だけではない。西海岸から東海岸まで、全国くまなく裁判にできそうな事件を追いかけ、消防車よりも先に飛行機の墜落現場に到着していることも珍しくない、損害賠償裁判専門の禿鷹《はげたか》弁護士だ。だれも信用しないように──メアリ・グレイスは柔らかな口調ながらも、きっぱりと話した。さらにクレイン社はこのあたり一帯に調査員や密告屋、情報提供者をどっさりと送りこんでくるだろう。そのだれもが鵜《う》の目鷹の目で、いずれ法廷でみなさんに不利な方向で利用できるような情報を探し求めることになる。マスコミの取材にも応じてはならない。なんの気なしに話したひとことでも、法廷ではまったくちがう意味にとられかねないからだ。どんな書類であれ、署名をする前にかならずペイトン夫妻に見せること。ほかの弁護士と話をしないこと。

メアリ・グレイスは彼らに希望を与えた。あの評決はいま、司法制度の世界に響きわたっている。関係省庁で業界監査を担当している役人たちも、評決を重く受けとめたはずだ。これで化学業界も彼らを無視できなくなる。いまこの瞬間もクレイン社の株は暴落しているし、かなりの損をすれば、株主たちが会社に経営方針の転換を求めるはずだ。

メアリ・グレイスの話がおわると、オット牧師の指揮で一同は祈りを捧《ささ》げた。メアリ・グレイスは依頼人のそれぞれを抱擁し、お大事にとの言葉をかけ、近いうちにまた会おうと約束した。それからつぎの約束のために、オット牧師と肩をならべて教会の正面へと歩いていった。

約束していたジャーナリストは、名前をティップ・シェパードといった。いまから一カ月ほど前に当地にやってきて、度重なる努力の末、ようやくオット牧師の信頼を得ることができた。そして牧師がこの男を、ウェスとメアリ・グレイスに紹介したのだ。シェパードはだれもが目をみはる立派な経歴のフリーランサーで、数冊の著書があり、ボウモアの人々のマスコミ不信を多少は中和する効果をそなえたテキサス訛《なまり》のもちぬしだった。ただしペイトン夫妻は——多くの理由から——正式事実審理のあいだは取材を拒否していた。しかし、いま審理はおわった。メアリ・グレイスは最初のインタビューを受けることにしていた。これが上首尾に運べば、またインタビューがあるはずだった。

「ミスター・カークヘッドが金の返済を求めているんだよ」ハフィはそう話していた。いまハフィがいるのはウェスのオフィスだった。オフィスといっても壁は塗装されていない石膏《せっこう》ボードで、床は染《し》みだらけのコンクリート、家具はどれも軍の余剰物資だった。

「それはそうだろうな」ウェスは言葉を返した。評決から一日もたっていないというのに、銀行の担当者が横柄《おうへい》な態度をちらつかせて顔を見せたことに、ウェスは早くも苛立《いらだ》ちを感じずにいられなかった。「順番待ちの列にならぶようにいってくれ」

「いいかい、ウェス、返済の期限はとっくの昔にすぎてるんだぞ」

「もしかしたら、カークヘッドは馬鹿《ばか》なのか？　陪審が支払命令を出したら、翌日には被告企業が小切手を書くとでも思ってるのかな？」

「ああ、あいつは馬鹿だ。でも、そこまで馬鹿じゃない」

「カークヘッドにいわれて来たのか?」

「そうだよ。朝いちばんで嚙《か》みついてきたんだ。この先何日も、おなじように嚙みつかれる気がするね」

「一日か二日、いや、一週間だけ待ってくれないか? ひと息つかせてほしいし、ちょっと羽根を伸ばさせてくれてもいいじゃないか」

「カークヘッドは計画を出せといってるんだ。ちゃんと書類にしたものをね。返済予定だのなんだの、その手の計画だよ」

「予定なら出してやる……」ウェスの言葉は尻切《しりき》れとんぼになって消えていった。ハフィといい争いをするのは本意ではなかった。厳密な意味での友人ではないにしても、ハフィはこれまで友好的に接してくれていたし、おたがいいっしょの時間を楽しんでもいた。思いきった賭《か》けに出ることに前向きな態度を示してくれたことでは、ハフィに深い感謝の念をいだいてもいた。ハフィのほうは、すべてを賭けて、すべてをうしなったペイトン夫妻の態度を賞揚していた。夫妻が家やオフィスを、車を、そして老後の資金までをも差しだしていくあいだ、ハフィは何時間も何時間も夫妻と過ごしていたのである。

「じゃ、今後の三カ月のことを話しあおう」ハフィはいった。すわっている折りたたみ椅子《いす》の四本の足が不ぞろいなため、話をしているあいだも体が揺れていた。

ウェスは深々と息を吸いこんで、目玉をぎょろりとまわした。どっと疲れに襲われた気分だった。「これでも昔は税込五万ドルの月収があって、そのうち三万ドルをつかっていたんだ。暮らし向きは上々だった——きみも覚えてるだろう？　あのころの習慣にもどすには一年ばかりかかるかもしれない。でも、ちゃんともどせるとも。選択の余地がないんだから。とにかく、上訴が一段落するまでは生きのびてやる。今回の評決が上訴審でも支持されれば、カークヘッドにはちゃんと金がもどるし、どこへなりとも好きに行けばいい。ぼくたちは引退、いよいよクルーザー遊びをすることになる。その反対で評決が破棄されたら？　ぼくたちは破産、お手軽な離婚専門弁護士として広告を出すしかないね」

「しかし、今度の評決で依頼人が増えるのは確実だろう？」

「もちろん。でも、そのほとんどは箸《はし》にも棒にもかからない案件だな」

〝破産〟という単語をウェスがつかったのは、それによってハフィを老いぼれの空っぽヘッドとその銀行ともども、静かに箱におしもどすためだった。評決は、現状のままではとうてい資産に分類できない。評決を勘定に入れなければ、ペイトン夫妻のバランスシートは前日と変わらず悲惨なままだ。ふたりはすでに事実上すべてをうしなっている。このうえさらに破産宣告という不名誉がくわわっても、ふたりは耐え忍ぶつもりだった。毒を食らわばなんとやら。

あの連中が反撃してくるのだし。

「いまは計画を出せないんだ、ハフィ。こんな返事で心苦しいよ。ひと月後に来てもらえれば、ちゃんと話しあえると思う。でもいまは、もう何カ月も応対していない依頼人が何人もいるんだ」

「じゃ、ミスター空っぽヘッドにはどういえばいい？」

「簡単だよ。もうちょっとだけ強く押せば、カークヘッドは書類で汗を拭《ぬぐ》える。肩の力を抜いて、ぼくたち夫婦にちょっと時間をくれ。そうすればちゃんと借金は返すとも」

「じゃ、そう伝えるよ」

メアリ・グレイスとジャーナリストのティップ・シェパードはメイン・ストリートのコーヒーショップ、〈ベイブズ〉にはいって、正面の窓に近いボックス席にすわり、まずは街のことを話題にしていた。メアリ・グレイスはいまでも、このメイン・ストリートが買物に来る人々や、ここにつどってくる人々でにぎわっていた当時のことを覚えていた。ボウモアは大型ディスカウントストアが出店できるほどの規模ではなかったので、街の中心部の商店街が生き残っていた。メアリ・グレイスが子どものころは通りを走る車がもっと多く、駐車スペースを見つけるのに苦労させられるほどだった。それがいまでは商店街の半分の店は閉店してベニヤ板を打ちつけられ、残る半分は青息吐息の商売を強いられていた。

エプロン姿の十代の少女は、ブラックコーヒーのはいったカップをふたつ運んでくると、なにもいわずに去っていった。メアリ・グレイスはコーヒーに砂糖を入れたが、そのあいだもシェパードは用心深い目をむけていた。

「このコーヒーは本当に安全ですか？」シェパードはたずねた。

「もちろん。市当局はようやく、飲食店での水道水の使用を禁じる条例を可決させたのだもの。それに、店主のベイブのことは三十年前から知ってるの。あの人はまっさきに水を買うことにした人のひとりよ」

シェパードはおそるおそるコーヒーをひと口飲み、テーブルにテープレコーダーとノートをならべた。

「では……なぜ今回の訴訟を引きうけたか、そのあたりからきかせてください」

メアリ・グレイスは微笑《ほほえ》み、頭を左右にふって、コーヒーをかきまぜつづけた。

「わたし自身、その疑問をこれまで千回は自分に投げかけたわ。でも、答えは本当に簡単なの。ジャネットの旦那《だんな》さんのピートは、わたしの叔父のところで働いていたのね。被害者のなかには知人が何人もいるのよ。ここは小さな街だし、そんな街であれだけ多くの病人が出れば、そこに理由があるに決まっている。癌《がん》は波状攻撃みたいに襲いかかってきたわ。街には苦しむ人や悲しむ人が大勢出てきた。で、三回めか四回めのお葬式に出たときに、なにか手を打たなくてはならないと感じたの」

シェパードはノートにメモをとっており、この言葉の間《ま》も無視していた。

メアリ・グレイスはつづけた。「このあたりではクレイン社は最大の雇用主よ。工場周辺で廃棄物を不法投棄しているという噂《うわさ》は、何年も前から囁《ささや》かれていた。工場で働いていて病気になった人もたくさんいる。いまでも覚えているの――大学二年生のときに里帰りしたら、街の人たちが水道の水が本当にまずいと話していたのよ。うちは街から一キロ半ばかり離れたところに住んでいて、自前の井戸があったから、水道が問題になったことはなかった。でも、街ではどんどん水がまずくなっていたのね。不法投棄の噂のほうは何年も膨れあがる一方で、やがては街のだれもが真実だと信じるようになった。それとおなじころ、いよいよ水道の水が悪臭をはなちはじめて、とても飲めなくなったの。そのあと癌が発生しはじめた——肝臓、腎臓《じんぞう》、尿路、胃、膀《ぼう》胱《こう》、それに白血病になる人もたくさん。ある日曜日に両親と教会に行ったら、そこで頭がつるつるに禿《は》げた人を四人も見かけた。化学療法のせいよ。なんだかホラー映画の世界にいるような気分にさせられたわ」

「訴訟を起こしたことを後悔しましたか？」

「いいえ、そんなことは一回もないわ。わたしたちは多くをうしなったけど、それはわたしの故郷の街もおなじ。でもすべてがうまくいったなら、うしなうばかりの日々はもうおわりね。ウェスもわたしもまだ若い——これからも生きていける。でも、この街にはすでに死んでしまったか、そうでなくても病気がとても重い人がまだたくさんいるの」

「お金のことは考えていますか？」

「お金ってなんの話？　上訴には一年半かかるのよ。いまこの瞬間は、その一年半が永遠にも思えるわ。あなたも、もっと広い視野で物事を考えないと」

「といいますと？」

「いまから五年後のこと。不法投棄現場の土壌が浄化されて、有毒廃棄物が捨てられることが二度となくなり、毒物の被害者がひとりも出なくなったころのこと。そのころには和解も成立する。巨額のお金が動く和解よ。これによってクレイン化学とその保険会社は、貯《た》めこんだ莫大《ばくだい》な額のお金をもって和解のテーブルに引きずりだされ、彼らが破壊したいくつもの家庭にその損害を償うことになる。だれもが、それぞれの被害に応じて補償を受けられるようになるの」

「弁護士も含めて」

「もちろん。もし弁護士たちがいなかったら、クレイン社はいまでもピラマー5という農薬を製造し、その過程で出る廃棄物を工場裏の穴に捨てつづけていたでしょうし、だれもあの会社の責任を認めさせることもできなかったでしょうね」

「ただし、いまではあの会社はメキシコに工場をつくり――」

「そのとおり――メキシコに工場をつくってピラマー5を生産し、その過程で出る廃棄物を工場裏の穴に捨てつづけている。おまけに、だれもそんなことに関心をもっていない。あの国には、わが国のような裁判制度がないからよ」

「上訴での勝ち目はどのくらいあるとお考えですか?」

メアリ・グレイスは風味が失《う》せたうえに砂糖をいれすぎたコーヒーをひと口飲んでから、いまの質問に答えようとした。しかしちょうどそのとき、保険代理店をひらいている男が通りかかって足をとめ、メアリ・グレイスと握手と抱擁をかわし、何度もくりかえし感謝の言葉を述べはじめた。テーブルから離れていくとき、男はいまにも涙を流しそうな顔をしていた。つづいて出身中学校の校長で、いまはもう引退しているミスター・グリーンウッドが店に来るなりメアリ・グレイスの姿を目にとめ、体がつぶれるほど力強く抱きしめた。グリーンウッドはシェパードには目もくれないまま、自分がいかにメアリ・グレイスを誇りに思っているかを長々としゃべりたてた。そればかりか感謝の言葉をならべ、メアリ・グレイスのために祈ると約束し、家族の近況をたずね、いつまでもしゃべりつづけていた。ようやく元校長が大仰な別れの言葉とともに離れていくと、今度は店主のベイブがあらわれてメアリ・グレイスを抱擁し、またしても長々とつづくお祝いの儀式が繰り広げられた。

シェパードはしまいに立ちあがって、静かにドアから店の外に出た。数分後、メアリ・グレイスも店をあとにして、シェパードにいった。

「さっきはごめんなさい。この街にとっては大事件だったから」

「みんな、評決をすごく誇りに思っているんですね」

「さあ、工場を見にいきましょう」

正式名称でいうところのクレイン化学ボウモア第二工場は、市境界線の東側にある遺棄された工業団地内にあった。工場は、列をなしてならぶ平屋根のコンクリートブロックづくりの建物から構成されており、建物同士は巨大なパイプとベルトコンベアでつながれていた。建物群の背後には、給水塔と貯蔵サイロが高くそびえていた。いまではどこもかしこも、生い茂った葛《くず》や雑草で覆《おお》われている。訴訟が起こされたため、クレイン社は工場の敷地全体を全長何キロにもおよぶ高さ三メートル半の金網フェンスで封鎖していた。フェンスの最上部には、ぎらぎらと輝く鉄条網が設置されていた。頑丈なゲートには鎖がかけられ、さらに南京錠《ナンキンじょう》がおろされていた。工場は――なにやら忌《い》まわしい出来ごとがあった刑務所さながら――外界を完全に締めだして、おのれの秘密を内側に埋めこんでいた。

裁判のあいだメアリ・グレイスはこの工場を、少なくとも十数回は訪れていた。とはいえ、毎回大人数といっしょだった――ほかの弁護士、エンジニア、クレイン社の元従業員、警備員、さらにはハリスン判事ともいっしょに来たことがある。さいごに来たのは二カ月前――陪審員が実地見学の機会を与えられたときだった。

いまメアリ・グレイスはシェパードとともにメインゲートの前で足をとめて、南京錠を調べていた。崩れかけた大きなプレートが、工場とその所有者の名前を宣言していた。金網フェンスのあいまから敷地内をのぞきながら、メアリ・グレイスは話しはじめた。

「いまから六年前、裁判が避けられないとなると、クレイン社はメキシコに逃げたの。従業員には三日前に知らされて、解雇手当が出たわ――大多数がここで三十年も働いていた人たち。にわかには信じられないほど愚かな作戦よ――だって、解雇された従業員から、わたしたち原告側の最上の証人が何人も出たんですもの。当時も驚くほどの敵意が生まれたし、いまもその敵意は残ってる。クレイン社の友人がボウモアにいたとしても、従業員にうしろ足で砂をかけて逃げていく真似《まね》をしたときに、全員を敵にまわしてしまったわけね」

シェパードといっしょに仕事をしているカメラマンが正面ゲートで落ちあい、写真を撮影しはじめた。そのあと三人でフェンスにそってそぞろ歩くあいだ、メアリ・グレイスはこの短時間のツアーの案内役をつとめた。

「何年ものあいだ、ここには鍵《かぎ》がかかっていなかった。だから、不法侵入者がはいりこむのはいつものこと。十代の若者がうろついて、酒を飲んだりドラッグをやったりしてた。でも、いま人々は少しでもここから遠ざかろうとしてる。こんなゲートやフェンス、ほんとは必要ないの。だって、この跡地に近づこうとする人はひとりもいないんですもの」

敷地北側からのぞむと、工場の中央から太い金属製のシリンダーが何本も、ずらりと一列にならんで突きだしているのが見えた。メアリ・グレイスがそこを指さして説明した。

「あれが第二抽出ユニットと呼ばれていたところ。二重塩化ナイレンはあそこで副産物として濃縮され、いま見ているタンク群に貯蔵されていた。一部はそこから適切な投棄場に運ばれていったけれど、大部分は敷地のずっと奥の森に運ばれて、小さな谷に無造作に捨てられていたのね」

「それが〈プロクターの穴〉？」

「そう。ミスター・プロクターは、廃棄物処理の責任者。わたしたちが召喚令状で呼びだすつもりだったのに、その前に癌で死んだわ」三人はフェンスにそって、二十メートル弱歩いていた。「ここからその現場は見えないけど、森のずっと奥深くには小さな谷間が三つあった。工場の関係者はそこにタンクを運んでいって、泥や土をかぶせて隠したのよ。それから何年もたつうちに、タンク内の物質が洩《も》れはじめた。適切な密閉処置さえとっていなかったのね。それで化学物質が土壌に滲《にじ》みだしていった。それが何年もつづいて、二重塩化ナイレンやカルトリクスやアクラルをはじめとする確認ずみの発癌性物質が、何トンも何トンも洩れていった。もしあなたが原告側の専門家証人の証言を信じるなら——陪審は明らかに信じてくれたようだけど——やがてそうした毒物が、ボウモア市水道局が水道用の水を汲《く》みあげている帯水層を汚染したというわけ」

警備スタッフがゴルフカートに乗って、フェンスの反対側から近づいてきた。銃をもったふたりの肥満ぎみの警備員がカートをとめ、三人をにらみつけてきた。

「あの連中は無視していればいいから」メアリ・グレイスはささやいた。

「なにをさがしているんだね？」ひとりの警備員がたずねてきた。

「わたしたちがいるのはフェンスの外側よ」メアリ・グレイスは答えた。

「なにをさがしているんだ？」警備員がくりかえした。

「わたしはメアリ・グレイス・ペイトン。弁護士のひとりよ。さあ、もう行きなさい」

ふたりの警備員はすぐにうなずき、ゆっくりとカートでその場を離れていった。

メアリ・グレイスは腕時計に目を落とした。「そろそろ行かないと」

「つぎはいつ会えます？」シェパードはたずねた。

「そのうちに。でも約束はできないわ。いまは目のまわるような忙しさだから」

ふたりは車でパイングローブ教会に引き返し、そこで別れた。シェパードが去っていくと、メアリ・グレイスは三ブロック歩いてジャネットのトレーラーハウスにむかった。ベティは仕事に出ており、家は静かだった。メアリ・グレイスはそれから一時間、依頼人であるジャネットと小さな木の下にすわり、ペットボトルのレモネードを飲んで過ごした。涙もティッシュペーパーも出番がなかった。ただ日々の暮らしや家族のこと、それに恐ろしい法廷でともに過ごした四カ月間のことについて、女同士が気さくにおしゃべりをしただけだった。

6

取引終了まで一時間を残した時点で、クレイン社の株価は底値の十八ドルになった。そのあと弱々しいながらも、多少もちなおした――〝もちなおす〟といえるものならば。株価はそれから三十分ほど二十ドル前後をうろついたのち、ようやくその値段で多少の買い注文がはいるようになった。

これだけでは大破滅に足りないというかのように、投資家たちはなぜか、カール・トルドー帝国傘下《さんか》のほかの企業にも復讐《ふくしゆう》をくわだてようとしていた。トルドー・グループはクレイン社の株式を四十五パーセント保有しているが、割合こそ小さいものの、ほかにも六社の株式を保有している――化学会社が三社、油田探査企業と自動車部品の製造会社、およびホテルチェーンがそれぞれ一社だ。昼休みがおわった直後から、この六社の株もじりじりと値を下げはじめた。まったく筋の通らない話だったが、証券市場では説明のつかないことがまま起こるものだ。ウォール街では悲運に伝染力がある。パニックは珍しくなく、理由がわかることはめったにない。

こんな連鎖反応が起こることをトルドーは予見していなかったし、抜け目ない財務の魔術師と謳《うた》われたフェリックス・バードにとっても予想外だった。時間が一分また一分とのろのろ過ぎていくなかで、彼らは市場価値にして十億ドルもの金がトルドー・グループから滑りでていくのを恐怖にふるえながら見まもっているばかりだった。責任追及の声が派手にあがった。もちろん、すべてミシシッピ州での評決のせいであることにまちがいはない。しかし多くのアナリストは――とりわけケーブルテレビでおしゃべり披露に余念のない専門家諸兄は――クレイン化学が総合賠償責任保険を利用することなく、大胆不敵に突き進む道を選んだという事実を格段に重視していた。それによって巨額の保険料を節約したものの、いまになって容赦なくつけを払わされているのだ、と。ボビー・ラッツラフは部屋の隅にあるテレビでひとりの専門家のそんな話をきいていたが、トルドーがいきなり鋭い声でいった。「そいつを消せ!」

まもなく午後四時、取引がおわり、流血の惨事に幕がおろされる〝魔法の時刻《マジック・アワー》〟だった。トルドーは自分のデスクで耳に電話を押しあてていた。バードは会議用テーブルで二台のモニターに目を光らせ、株価を記録している。破産の傷がさらに深くなったラッツラフは、すっかり青ざめて吐き気を感じつつ、身投げをする場所を物色してでもいるみたいに窓から窓へと歩いていた。

ほかの六社の株は、取引終了ブザーと同時にもちなおした。株価がかなり落ちこんだのは事実にしても、壊滅的というほどではなかった。どの会社も堅実に業績をあげているので、いずれ適正価格にまでもちなおすだろうと予測された。一方クレイン社は、まるで列車衝突事故のようなありさまだった。終値は二十一ドル二十五セント。前日とくらべると、三十一ドル二十五セントの大暴落だった。社の市場価値は三十二億ドルからいっきょに十三億ドルに下落した。トルドーが所有する四十五パーセントの株式にとっては、八億五千万ドルの巨額の損失だった。バードはほかの六社の株の値下がりもすばやく加算して、きょう一日でのボスの損失額を十一億ドルと算定した。世界新記録ではないにしても、トルドーの名前をどこかのだれかがベストテン・リストに入れるに足る金額である。

終値をざっと見たあとで、トルドーはバードとラッツラフに上着を着てネクタイをととのえ、自分についてくるように命じた。

四フロア下では、クレイン化学の幹部社員たちが専用に予約されていた小さなダイニングルームで身を寄せあっていた。料理が味気ないことでは悪名高いが、眺望はすばらしかった。しかし、この日ばかりは昼食も問題にならなかった――だれひとり食欲がなかったからだ。彼らはかれこれ一時間も待っていた――だれもが砲弾ショック状態のまま、上のフロアからの爆発を予期していたのだ。大人数の合同葬式のほうが、まだしも華やかなイベントといえるような場になるだろう。しかし、トルドーはそんな部屋の雰囲気を明るくさせることに成功した。ふたりの配下――合成物めいた笑顔を顔に貼《は》りつけたバードと、吐きそうなほど青ざめた顔のラッツラフ――を引き連れ、決然とした足どりで部屋にはいってきたトルドーは、怒鳴り声をあげることもなく、その場にいた男たちに（そう、全員が男だった）むけて、骨身を惜しまぬ働きと会社への献身に感謝するという言葉を口にしたのである。

トルドーは満面の笑みでこういった。「諸君、きょうはあまりいい日とはいえないね。きょうはまた、われわれの記憶に長く残る一日になりそうだ」

あくまでもなごやかな口調。まるでトップにある人間が、下のようすを見にちょっと立ち寄って親しげに言葉をかけているだけ、といった声だった。

「しかし、ありがたいことにきょうはおわり、われわれはいまもまだ立っている。あしたには、われわれはケツを蹴《け》り飛ばしはじめるんだ」

不安げな表情がちらほら。微笑をのぞかせた顔もひとつかふたつはあったかもしれない。というのもほとんどの者は、いまこの場でのお払い箱を覚悟していたからだ。

トルドーはつづけた。「この歴史的な瞬間にあたって、わたしがこれから話す三つのことをよくよく肝に銘じておいてほしい。ひとつ、この部屋にいる者が職をうしなうことはない。ふたつ、クレイン化学は今回のような司法の誤りにあっても生きのびていく。三つ、わたしにはこの戦いに負けるつもりは毛頭ない」

いまトルドーは自信に満ちた指導者の模範そのもの、塹壕《ざんごう》で兵を叱咤《しった》激励する大尉《たいい》そのものだった。勝利のVサインを出して細長い葉巻をくわえたら、得意の絶頂にあったチャーチルにも見えたはずだ。トルドーは胸を張れ、敵に背を見せるな……などと命じた。

これにはボビー・ラッツラフでさえ、気分が明るくなりかけた。

その二時間後、ラッツラフとバードの両名は部屋から追いだされ、家に帰ることを許された。というのも、トルドーが考えをめぐらせて傷を舐《な》め、頭をすっきりと澄みわたらせる時間を必要としたからだ。その一助とするためにトルドーはスコッチを用意して、靴を脱いだ。太陽はニュージャージーのさらに先に沈みつつある。忘れがたいさんざんな一日がおわってせいせいした——トルドーはつぶやいた。

コンピュータに目を走らせ、昼間かかってきた電話の一覧を確かめる。ブリアンナから四回も電話があったが、いずれも緊急の用件ではない。重要な用件なら、秘書が電話を記録するさいに〝ブリアンナ〟ではなく〝奥さま〟と入力したはずだ。妻への電話はあとまわしでいい。妻の日課のワークアウトの話をききたい気分ではなかった。

かかってきた電話は四十本以上あった。トルドーの注意を引いたのは、そのうち二十八番めの電話だった。ワシントンからグロット元上院議員が電話をかけてきている。面識こそないも同然だったが、ひとかどの企業経営者ならば〈議員〉のことはだれもが知っていた。グロットはニューヨーク州選出の上院議員を三期つとめたのち、みずから議員の座をしりぞき、強大な影響力をそなえる法律事務所にくわわって、そこでひと財産つくった。別名ミスター・ワシントン——すなわち窮極のインサイダーであり、ウォール街とペンシルヴェニア・アヴェニューのオフィスにとっては——いや、それをいうならグロット自身が白羽の矢をたてた会社なら、所在地は関係なく——海千山千の弁護士であり助言者だった。だれよりも多くの伝手《つて》やコネをもち、おりおりのホワイトハウスの主人とゴルフ仲間になり、さらなるコネを求めて世界じゅうを飛びまわり、アドバイスを授ける相手は権力を有している者だけ、一般的には大企業国家アメリカと政界トップとのパイプ役だとみなされていた。〈議員〉から電話があれば、十億ドルうしなった直後であっても返事の電話をするのがマナーだ。どのみち〈議員〉はこちらがどのくらいの損失をこうむったのかを正確に知っており、そのことを懸念《けねん》しているのだ。

トルドーは私用電話の番号に電話をかけた。八回の呼出音ののち、ぶっきらぼうな声がいった。「グロットだ」

「グロット議員、こちらはカール・トルドーです」トルドーは丁寧に名乗った。もとより、頭をさげて恭順の意を示す相手がほとんどいない身分である。しかし〈議員〉は相手からの敬意を求めるばかりか、それにふさわしい大物だった。

「ああ、カールか」という答えが返ってきた。ともに何度もゴルフをプレーした仲であるかのような親しげな口調。ただの昔なじみ同士。トルドーはその声をききながら、〈議員〉の顔を目にした無数のニュース映像を思い出していた。「エイモスは元気かな?」

エイモスというのは仲立ちの男、〈議員〉とトルドーの両者をこの電話に結びつけた男である。

「元気ですよ。先月、いっしょに昼食をとりました」これはまっ赤な嘘《うそ》。エイモスは、トルドーがこの十年つかいつづけている企業法務専門の法律事務所の管理経営パートナーだ。〈議員〉の事務所の人間ではない。しかし、エイモスはかなり顔がきく――〈議員〉その人の口から名前が出るほどの大物だ。

「よろしく伝えてくれ」

「かしこまりました」さて、いよいよ本題だぞ、とトルドーは思っていた。

「さて、きょうがきみにとって長い一日だったのは知っているので、わたしも話を手短にとどめよう」間《ま》。「フロリダ州のボカラトンにきみが会うべき男がいる。名前はバリー、バリー・ラインハートだ。電話帳をいくらめくっても名前は見つからないが、バリーはある種のコンサルタントでね。選挙対策を専門にしている会社だよ」

長い間。なにかいわなくてはならないと思ったトルドーは、とりあえずこういった。

「ええ、興味ぶかいお話ですね」

「じつに有能で頭も切れるうえ、隠密行動が得意だ。これまでに多くの仕事を成功させた、すこぶる金のかかる男だよ。もし今回の評決を正せる者がいるとすれば、バリー・ラインハートをおいてほかにいないな」

「評決を正す……」トルドーはくりかえした。

〈議員〉は話をつづけた。「興味があるのなら、わたしからバリーに電話をしてドアをあけておくよ」

「ええ、興味があります」

評決を正す。そのひとことは妙《たえ》なる楽の音だった。

「けっこう。では、また連絡する」

「ありがとうございます」

会話はそれでおわりだった。典型的な〈議員〉の流儀である。こっちに恩を売り、あっちから見返りを得る。あちらとこちらを遺漏なく結びつけて、だれもが背中の痒《かゆ》いところをきちんと掻《か》いてもらえるように手をつくす。いまの電話そのものは無料だが、いずれ〈議員〉は報酬を受けとることになるだろう。

トルドーは指でスコッチをかきまわし、それ以外の電話の着信記録に目を通した。しかし残りは、どれも惨《みじ》めな気分を煽《あお》るものばかりだった。

評決を正す……そのフレーズを頭のなかで嚙《か》みしめる。

几帳面《きちょうめん》に整頓《せいとん》されているデスクの中央には、《機密》と大書された報告書が置いてあった。そもそも自分あての報告書はすべてが機密情報ではないのか？　表紙にはだれかが黒いマジックで、《ペイトン》という苗字《みょうじ》を走り書きしていた。トルドーは報告書を手にとると、デスクに両足を乗せてページをめくっていった。まずは写真。最初は、きのうの審理をおえたのち、勝利の栄光に包まれて手に手をとって裁判所をあとにする夫妻の写真だった。さらにもっと以前のメアリ・グレイスの写真もあった。法曹界の刊行物に略歴とともに掲載されていた写真だ。ボウモア生まれ、ミルサップス大学を経てミシシッピ大学のロースクール卒。その後二年間、連邦裁判所で書記官をつとめたのち、二年を公選弁護人局で過ごしている。郡法曹協会の元会長。公認の法廷弁護士。教育委員会。民主党州支部メンバーであるほか、いくつかの自然保護団体に名をつらねてもいる。

おなじ刊行物からとられたジェイムズ・ウェスリー・ペイトンの写真と略歴もあった。ルイジアナ州モンローの生まれ。ハティズバーグにある南ミシシッピ大学ではフットボールの優秀選手として表彰された。その後ニューオーリンズのテューレーン大学ロースクールに進む。卒業後は検事補を三年間つとめた。現在は、およそありとあらゆる法廷弁護士の団体をはじめ、ロータリークラブとシヴィタンクラブといった社会奉仕団体の会員でもある。

片田舎で救急車を追いかけているような手あいふたり。そのふたりが、フォーブス誌選定のアメリカの資産家四百人のリストからカール・トルドーを退場させるがごとき離れわざをやってのけたのだ。

子どもはふたり。世話は不法滞在外国人のシッターがおこなっている。公立学校。アメリカ聖公会の教会。自宅とオフィスは抵当流れになる寸前、二台の車はローンを払えずに引き揚げられる寸前、十年前からおこなっている法律実務は（ほかにパートナーはおらず、サポートスタッフがいるだけだ）かつては業績も上々だったが（といっても、しょせん田舎の基準でいえばの話）、いまは廃業した雑貨店あとを避難所代わりにしているにすぎず、そこの賃料も最低三カ月は滞納がつづいていた。そしてついに、うれしい情報が記載されていた。夫妻はかなり多額の——最低でも四十万ドルの——借金がセカンドステート銀行にある。それも、ろくな担保もない信用貸しだ。この五カ月間は、利息を含めても返済が一回もおこなわれていない。セカンドステート銀行はミシシッピ州南部に十あまりの支店をもつ地方銀行である。クレイン化学を相手どった訴訟の費用にあてるという、それだけの目的で四十万ドルの借金をしたわけだ。

「四十万ドルか」トルドーはいった。これまで自分があの忌《い》まいましい裁判で支払った弁護費用はほぼ一千四百万ドルだ。

銀行口座は空っぽ、クレジットカードはもう利用していない。ほかの依頼人たち（ボウモアでの被害者以外の人々）のあいだには、無視されていることへの不満がつのっているという噂もある。

ほかに評決で巨額の賠償金支払命令が出た担当案件はなかった。百万ドルに近い命令はひとつもない。

要約――このふたりは多額の借金をしており、ぎりぎりのところで踏みとどまっている状態である。ちょっと押してやるだけで、まっさかさまに転落するはずだ。戦略――とにかく上訴を引き延ばし、引き延ばし、引き延ばしまくること。銀行からこれまで以上の圧力をかけさせる。セカンドステート銀行そのものを買収し、融資完済を要求する手もある。そうなれば破産宣告しか道はない。上訴が重大局面を迎えているときなら、それで集中力を大幅に乱してやれる。そうなればペイトン夫妻はクレイン化学を相手どって起こしているほかの三十（ばかり）の訴訟をつづけることができなくなり、新しい依頼人があらわれても代理を辞退するしかなくなるはずだ。

結論――この夫妻の小さな法律事務所を叩《たた》きつぶすことも不可能ではない。

報告書にはサインがなかったが、これは驚くにあたらない。そもそもトルドーは、これを書いたのが、ラッツラフのオフィスでもっぱら敵の中傷材料にもちいる情報あつめを担当しているふたりの片方の仕事だとわかっていた。どちらが作成したのかを突きとめて、昇給させてやろう。いい仕事だ。

偉大なるカール・トルドーはこれまでにも巨大コングロマリットを分解し、敵対的な取締役会を乗っ取り、名の通った最高経営責任者を馘《くび》にし、業界全体を憤慨させ、銀行家を丸裸にし、株価を操作し、数十人もの敵対者のキャリアを破滅に追いこんできた男だ。

ミシシッピ州ハティズバーグくんだりの、夫婦だけのちっぽけな法律事務所など簡単に破滅に追いこめるに決まっている。

トリヴァーの運転する車でトルドーが家に帰ったのは、もう午後九時をまわった時刻だった。この時間はトルドーがみずから指定した。この時間なら、なんの関心もない幼児に、義務で甘い言葉をかける必要はないからである。もうひとりの子どものほうは避けようがなかった。ブリアンナは忠実にトルドーの帰りを待っていた。ふたりは煖炉《だんろ》のそばでいっしょに夕食をとることになっていた。

ドアをくぐるなり、トルドーは《凌辱《りょうじょく》されたイメルダ》と鉢あわせした。早くも玄関ホールに永遠の居場所を見つけたかのごとく鎮座している。しかも、前夜よりもさらに凌辱されたように見えていた。トルドーは思わず、あんぐりと口をあけて彫刻に見いった。この青銅の棒の山が、本当に若い女に似ているというのか？　胴体はどこにある？　手足はどこだ？　どこが頭だって？　こんな得体の知れない抽象芸術とやらに、自分は本当にあれだけの大金を支払ったのか？

この先どれほどのあいだ、自分のペントハウスでこのイメルダなる女につきまとわれることになるのか？

雑用係に上着とブリーフケースを手わたしながら、自分の所有物となった〝傑作〟を悲しい思いで見つめているところに、あの忌まわしい言葉がきこえてきた——「お帰りなさい、ダーリン」という言葉が。

ブリアンナが赤いドレスの裾《すそ》をなびかせながら、滑るような足どりで部屋にはいってきた。ふたりは頬をふれあわせた。

「気が遠くなるほどすばらしい作品だとは思わない？」ブリアンナが《凌辱されたイメルダ》のほうに腕をふりながら、声を弾ませた。

「ああ、確かに気が遠くなるよ」トルドーは答えた。

まずブリアンナを、つづいて《凌辱されたイメルダ》に目を移すと、両者まとめて首を絞めあげてやりたいという衝動がこみあげてきた。ややあって、その衝動は去っていった。決してみずから敗北を認めるわけにはいかない。

「夕食の準備はもうできてるわ、ダーリン」ブリアンナが甘い声でいった。

「食欲がないんだ。酒にしよう」

「でも、せっかくクローデルがあなたの大好物をつくってくれたのに——舌平目のグリルよ」

「食欲がないんだよ」トルドーはいいながらネクタイを引きちぎるように抜いて、雑用係に投げた。

「わかってる、きょうはひどい一日だったんですもの」ブリアンナはいった。「スコッチ？」

「ああ」

「話をきかせてくれる？」

「ああ、喜んで」

ブリアンナ個人の資産管理人――トルドーが知らない女性――は、きょう一日何回も電話で、大崩壊の現状を時々刻々報告していた。それゆえブリアンナは数字をすでに把握していたし、夫がきょう一日で約十億ドルの損失をこうむったという報告も口頭で受けていた。

ブリアンナはキッチン関係のスタッフをさがらせると、もっと肌を露出させるナイトガウンに着替えた。それから煖炉の前に夫婦ですわり、あれこれとおしゃべりをしているあいだに、トルドーは寝入ってしまった。

7

評決後二日めの金曜日の午前十時、ペイトン法律事務所の面々は〈あなぐら〉に集合した。〈あなぐら〉とは、まわりを囲んでいる塗装されないままの石膏《せっこう》ボードの壁に沿って手づくりの本棚をならべただけの、がらんとした空間のことだった。その空間には、大量の航空写真で構成された大きなコラージュや医学文献の要約、陪審員それぞれの身上調査書、専門家証人による報告書をはじめ、裁判関係の百もの書類や証拠物件などが雑然と置いてあった。部屋のまんなかには、テーブルと呼べなくもない品がある――ならべた木挽《こびき》台の上に大きなベニヤ板を四枚広げたものだ。そのまわりを囲んでいるのは、見るだけで物悲しくなる金属製と木製をとりまぜた数脚の椅子《いす》のコレクション。大半が、どこかしら部品が欠けている。このテーブルが過去四カ月のあいだ嵐《あらし》の中心だったことは、書類の山やうずたかく積みあげられた法律書を見ればひと目で明らかだった。じつをいえば、これでも補助職員のシャーマンがきのう一日かけて、コーヒーの紙コップやピザの空き箱、中華料理のテイクアウト容器や、水を飲んだあとのペットボトルを片づけたのだ。そればかりか床も掃いてはいたが、だれも気づかなかった。

以前のオフィスはメイン・ストリートに面した三階建ての建物にあり、美しく飾りつけされていたほか、設備も充分にととのっており、毎晩清掃業者がきれいに整えていた。あのころはまだ、外見や整理整頓《せいとん》が大事だったのである。

しかしいま、彼らは生きていくための努力だけで手いっぱいだった。

周囲の環境こそみじめだったが、雰囲気は明るかった。理由はいうまでもない。マラソンがついにおわったからだ。衝撃的な評決には、だれもがいまもまだ信じられない気持ちだった。汗と骨を惜しまぬ勤勉な姿勢という固い絆《きずな》で結ばれた彼らの小さな法律事務所が巨獣に戦いを挑み、善人たちのために巨額の賠償金を勝ちとったのである。

メアリ・グレイスが会議の開始を告げた。電話はすべて保留にされた。というのも、受付係のタビーは事務所の立派なメンバーであり、それゆえ会議に参加するのが当たり前だとみなされていたのだ。ありがたいことに、ふたたび仕事の電話がかかりはじめていた。

シャーマンも、もうひとりの補助職員のラスティも、ともにジーンズとスエットという服装で、どちらも靴下を履いていなかった。もともと雑貨店があった場所で働くというのに、ドレスコードを気にする者がいるだろうか？　タビーともうひとりの受付係であるヴィッキーは、どちらも中古の家具に生地をひっかけて鉤裂《かぎ》きをつくって以来、高級な服を着るのをすっぱりとやめていた。たったひとり、落ち着いた年配の女性であり会計係をつとめるオリヴィアだけは、毎日オフィスにふさわしい服装で出勤していた。

一同はベニヤ板のテーブルを囲み、いまでは全員がすっかり中毒になってしまった不味《まず》いコーヒーを飲みながら、メアリ・グレイスの要約に笑顔で耳をかたむけていた。

「お決まりの正式事実審理後の申立てがなされるはずよ。ハリスン判事は三十日後に審問会を予定しているけれど、意外な驚きに見舞われることはないと思うわ」

「では、ハリスン判事に乾杯」シャーマンの音頭で、一同はコーヒーで乾杯した。

いつしか、事務所は民主的そのものの雰囲気になっていた。いまも出席者のだれもが、全員平等だと感じていた。だれであれ、発言したくなれば自由に発言できた。おたがいの呼びかけにも、苗字《みようじ》ではなく名前だけがつかわれていた。まこと、貧困こそは階級格差を解消するための最良の道具である。

メアリ・グレイスが話をつづけた。「これから数カ月のあいだ、シャーマンとわたしは引きつづきベイカー裁判を担当し、それ以外のボウモアの依頼人たちの案件を先に進めるようにする。ウェスとラスティはほかの案件すべてを担当して、いよいよ現金を稼ぎはじめる予定よ」

拍手。

「では現金に乾杯」シャーマンがいい、ここでも乾杯がおこなわれた。夜学に通って法学の学位こそ取得したものの、シャーマンが司法試験に合格することはかなわなかった。四十代なかばのいまはベテランの法律家補助職員として、おおかたの弁護士以上に豊富な法律知識をそなえた人材になっていた。ラスティはシャーマンよりも二十歳若く、メディカルスクールへの進学を検討していた。

「その話題が出たついでにいっておけば」メアリ・グレイスはつづけた。「オリヴィアから、最新の赤字報告を受けとったわ。いつもありがとう」そういって一枚の書類を手にとり、そこに書かれた数字に目を通す。「わたしたちはこれで正式に、ここの家賃を三カ月滞納したことになった。合計額は四千五百ドル」

「頼む、ぼくたちを強制的に立ち退《の》かせてくれ」ラスティがおどけていった。

「でも、ここの家主はいまでもうちの依頼人で、心配はしていないの。それ以外の請求書はどれもこれも最低二カ月遅れ——といっても電話代と電気代だけは例外ね。給与の支払は四週間とどこおっていて――」

「五週間」シャーマンがいった。

「ほんとに？」メアリ・グレイスはたずねた。

「きょうの時点でね。きょうは給料日だよ――というか、以前ならね」

「ごめんなさい、給料の遅配期間は五週間。一週間後にレイニー訴訟で和解が成立すれば、多少の現金もはいってくる。遅れをとりもどすようにしましょう」

「わたしたち、なんとか生きのびてるわ」タビーがいった。事務所ではただひとりの独身者だった。ほかの面々にはみな、仕事をもっている配偶者がいた。経済的には身動きもままならない窮状だったが、それでも一同は生きのびる決意を固めていた。

「ペイトン家はどうなの？」ヴィッキーがたずねた。

「ぼくたちなら大丈夫だよ」ウェスは答えた。「みんなの心配はありがたい。でも、ぼくたち一家も、きみたちとおなじくなんとかしのいでいる。もう百回も口にした言葉だけど、もう一回くりかえさせてもらう。メアリ・グレイスとぼくは、事情が許すようになりしだい、すぐきみたちに給料を支払うとも。これからは事情も好転するはずだからね」

「わたしたちは、むしろみんなのことが心配なの」メアリ・グレイスはいった。

事務所を去ろうとする者はひとりもいなかった。辞職をほのめかす者さえいなかった。

文書が作成されることこそなかったが、もうずいぶん前にひとつの契約が成立していた。ボウモアの住民を原告とするいくつもの裁判で収入があれば、そのときには事務所の全員でわかちあうという契約だ。全員が同額とはいかないかもしれないが、この場にいる全員が報酬を得ることになるはずだった。

「銀行はどうなってます？」ラスティがたずねた。いまではもう秘密はひとつもなかった。前日ハフィがここを訪れたことも、セカンドステート銀行から事務所がいくら借金をしているのかも、全員が知っていた。

「逆に銀行を押しのけてやったよ」ウェスは答えた。「もし向こうが圧力を増してきたら、破産法第十一条の適用を申請して、あいつらに逆襲してやる」

「銀行に逆襲してやるほうに賛成の一票」シャーマンがいった。

銀行に逆襲するべきだというのは全員の一致した意見のようだったが、全員がまた真実を知ってもいた。ハフィが事務所の味方としてロビイストとしての活動に精を出し、支店長の空《から》っぽヘッドことカークヘッドを説得して信用貸しに同意させたからこそ、今回の訴訟を乗り切れたのである。銀行からの借金を完済しないことには、ペイトン夫妻が肩の力を抜けないことは全員が知っていた。

「レイニー訴訟では一万二千ドルは固いわ」メアリ・グレイスはいった。「それに、犬に嚙《か》まれた人の事件でも一万ドルはいるし」

「一万五千はいくかも」ウェスはいった。

「そのあとは？　そのつぎに和解が成立するのはどの案件？」メアリ・グレイスがこの問題をテーブルに投げ、全員に考えさせた。

「ギーターかな」シャーマンがいった。事実を述べる口調というよりは推測に近かった。

ウェスはメアリ・グレイスに目をむけ、ついでふたりそろってシャーマンにうつろな目をむけた。「ギーターってだれ？」

「依頼人になった人だよ。ほら、スーパーの〈クローガー〉で足を滑らせて転倒した人。八カ月前に代理を引きうけたんだ」

テーブルのまわりで怪訝《けげん》な視線がかわされていた。どうやらふたりの弁護士は、自分たちの依頼人のひとりのことをすっかり忘れてしまったらしい。

「思い出せないな」ウェスは認めた。

「どのくらいが見こめるの？」メアリ・グレイスがたずねた。

「たいして見こめないね。責任が曖昧《あいまい》なんだ。せいぜい二万あたり。週明けの月曜日にいっしょにファイルを調べよう」シャーマンがいった。

「いい考えね」メアリ・グレイスはそう答え、急いでつぎの話題に移った。「仕事の依頼の電話がかかってきていることも、わたしたちが事実上は破産していることも知ってる。でも、だからといって些細《ささい》な事件まで引きうけるつもりはないわ。不動産取引がらみの案件や破産関係の案件は引きうけない。よほど多額の報酬が見こめないかぎり、刑事事件もお断わり。離婚係争もね——略式離婚なら千ドルで引きうけるけど、なにを引きうけるにしても全員の同意が必要よ。うちは人身被害を専門にしている事務所なの。それなのに小さな案件をたくさん背負いこんだら、いい案件を手がける時間がなくなってしまうわ。なにか質問は？」

「おかしな電話がたくさんかかってくるんです」タビーがいった。「それも全国から」

「基本線から離れないようにしてくれ」ウェスが答えた。「フロリダやシアトルの仕事は受けられない。いま必要なのは、地元で迅速に和解成立にもちこめそうな案件だ——すくなくとも、これから一年間は」

「上訴にはどれだけかかります？」ヴィッキーがたずねた。

「一年半から二年というところ」メアリ・グレイスが答えた。「いくら速めたくても、わたしたちには打つ手がないの。上訴は一連の訴訟手続なのよ。だからこそ、いましばらくはここにこもって、ほかの案件で現金を稼ぐことが重要なの」

「そこからつぎの話題になるな」ウェスはいった。「例の評決で、ぼくたちをとりまく情勢ががらりと一変した。人々の期待値が屋根を突き抜けてもっと高いところにまで上昇したし、まもなくほかのボウモアの依頼人たちがぼくたちをせっついてくるはずだ。それぞれが法廷に主役として出ていき、巨額の賠償金支払を命じる評決を得ることを求めてね。ぼくたちは耐えなくてはならないが、だからといってあの人たちに頭がおかしくなりそうな思いをさせられるのはまっぴらだ。第二に、禿鷹《はげたか》どもがボウモアの街に舞いおりつつある。いずれ弁護士たちが依頼人を求めて、たがいに追っかけあいを演じるだろうね。なんでもありの場外乱闘みたいなことになるぞ。ほかの弁護士からなんらかの接触があった場合には、ただちに報告してほしい。第三、先の評決でクレイン社はますます窮地に追いこまれた。となれば、もとより汚い手をつかうあいつらが、これまで以上に汚い手に訴えてくることも考えられる。いまも手下をつかって、ぼくたちを監視させているしね。だから、だれも信用するな。だれともしゃべるな。このオフィスからは、なにももちだすな。書類はすべてシュレッダーで処分すること。金銭的な余裕ができしだい警備員を雇って、夜のあいだここを見張らせるようにする。結論——あらゆる人間に目を光らせ、つねに背後を確かめること」

「楽しいわ」ヴィッキーがいった。「なんだか映画みたい」

「ほかに質問は？」

「あります」ラスティがいった。「シャーマンとぼくで、また救急車を追いかけはじめてもいいですか？　正式事実審理がはじまって以来だから、もう四カ月もごぶさただ。そろそろ本気で、あの昂奮《こうふん》が恋しくなってるんです」

「そういえば、何週間も救急救命室のなかを見てないね」シャーマンがいった。「いわれてみるとサイレンの音が恋しくなったよ」

ふたりが冗談をいっているのかどうかは定かでなかったが、いまこの瞬間の空気はユーモアに満ちており、笑い声がふさわしかった。やがて一段落すると、メアリ・グレイスはいった。「あなたたちがなにをしようとかまわない。でも、すべてを知らせてほしくないだけ」

「これにて会議は終了」ウェスはいった。「それにきょうは金曜日だ。だから全員、早めに帰るべきだな。さてと、これからみんなで戸締まりだ。また月曜日に」

ふたりはマックとライザを学校に迎えにいき、ファストフードの店で昼食をすませた。そのあと南を目ざして田園地帯を一時間ほど走ると、ガーランド湖が見えてきた。道の幅がどんどん狭まり、さいごには未舗装路になった。キャビンはこの未舗装路の突きあたり、森林と湖の岸とが出あう狭い空間に押しこめるように、水面から突き立った土台柱の上に建っていた。ポーチから短い桟橋が湖に突きだして、その先には湖が何キロにもわたって広がっているかのように見える。湖上だろうと、そのまわりのどこだろうと、人間の活動している気配はいっさいない。

キャビンの所有者は、ハティズバーグに住んでいる弁護士の友人だった。かつてウェスが下で働いていたこともあるその友人は、ボウモアでの訴訟騒ぎに関与することを拒否したのだ。これはこれで賢明な判断に思えていた――四十八時間前までは。いまでは、その判断が正しかったかどうかにはそれなりに疑問の余地が生じていた。もともとは家族でデスティンまで車でいって、海岸でゆっくりと週末を過ごすつもりだった。しかし、単純にそれだけの金がなかった。

一行は車から荷物を降ろし、広々としたキャビンを探険してまわった。正面からはA字形に見えるキャビンには広い屋根裏部屋があり、ここを調べたマックは、今夜もまた〝キャンプ〟をするのにうってつけの場所だ、と宣言した。

「いま決めないほうがいいぞ」ウェスはいった。キャビンの一階には狭いながらも三部屋の寝室があり、ウェスは寝心地のいいベッドにありつくつもりだった。週末の目標は、なんといってもたっぷりと眠ることにある。睡眠、そして子どもたちと過ごすことだ。

約束どおり、釣り道具はポーチの床下の物置にしまってあった。ボートは桟橋の突端にウィンチで引き揚げてある。子どもたちが期待のまなざしで見まもるなか、ウェスはボートを湖面に降ろしていった。メアリ・グレイスが救命胴衣をとりだし、ふたりの子どもの安全を期した。かくして到着してから一時間後には、メアリ・グレイスは膝《ひざ》にキルトをかけてポーチのラウンジチェアにゆったりと腰を落ち着け、片手に本をもったまま、ガーランド湖の青い水平線にむかって少しずつ進んでいく家族を――ブリームやクラッピーといった魚を釣りあげようとしている三つの小さなシルエットを――見おくっていた。

十一月中旬、赤や黄色に変わった葉が木から落ち、そよ風に吹かれて舞い踊り、キャビンや桟橋や、まわりの湖面を覆《おお》っていった。なんの音もきこえてこない。小型ボートも遠くなって、もうエンジン音はきこえなかった。風は弱く音をたてていない。このときばかりは、鳥やほかの野生動物もここにはいないようだった。完璧《かんぺき》な静寂。どんな人でもめったに体験できることではないが、これがいまの自分にはことのほか大切な瞬間に思えた。メアリ・グレイスは本を閉じて目をつぶり、過去数カ月以外のことを考えようとした。

いまから五年後、わたしたち家族はどうなっているのだろう？　過去が徹底してベイカー裁判に埋めつくされていたので、メアリ・グレイスは未来のことに考えを集中させようとした。五年後には一軒家に住んでいることだろう。ただし、郊外住宅地の小さな城めいた豪勢な家に住んで、そのため多額の住宅ローンに人生を縛りつけられるようなことは、もう二度とあるまい。いまの望みは家庭だけ、それ以上は望まなかった。いまではもう外車や金をかけた豪華なオフィスなどの、かつて大事に思えていたおもちゃには、すっかり関心がなくなっていた。いまは子どもたちの立派な母親になりたかったし、その子どもたちを育てる環境としての家庭が欲しかった。

家族と資産をべつにすれば、あとは弁護士の増員が望みだった。五年後には事務所も大きくなって、有能で切れ者の弁護士をたくさんかかえていることだろう。彼らの仕事はただひとつ、有毒廃棄物や悪質な薬品や欠陥商品をつくりだした企業の責任を追及することだ。いつの日かペイトン＆ペイトン法律事務所は、評決で勝ちえた損害賠償金の額だけでなく、正義の裁きのために法廷に引きずりだした悪党の数でも名前を轟《とどろ》かせることだろう。

いまは四十一歳で、ぐったりと疲れていた。しかし、疲れはいずれとれる。昔はフルタイムの母親になって、安楽な引退生活を送ることを夢見ていたのだが、その夢はもう永遠に忘れられた。クレイン化学がメアリ・グレイスを、急進派にして聖戦の戦士につくりかえたのである。過去四カ月間の経験で、メアリ・グレイスはそれまでとはちがう人間になっていた。

もうたくさんだ。そう思って目を大きく見ひらいた。

なにを考えても、結局行きつく先は裁判とジャネット・ベイカー、陪審審理とクレイン化学だ。これほど静かで美しいところで週末を過ごせるというのに、その手のことばかり考えてはいけない。メアリ・グレイスはふたたび本をひらいて、読みはじめた。

夕食には、湖畔にある石づくりのバーベキューピットでソーセージとマシュマロを焼いた。そのあと一家は闇《やみ》につつまれた桟橋にすわって、星空をながめた。空気は澄みきって肌に冷たく、一家はキルトの下で肩を寄せあっていた。遠く水平線のあたりでちらちらとまたたく光があった。多少の話しあいのすえ、ただのボートの明かりだろうということで意見が一致した。

「父さん、なにかお話をきかせてよ」マックがいった。いま少年は姉と母親のあいだの狭い空間に体を押しこめていた。

「どんなお話がいい？」

「お化けの話。おっかない話がいいな」

とっさに頭に浮かんできたのは、ボウモアの犬の話だった。もう何年も前から、街の郊外を野良《のら》犬の群れがうろついていた。群れはしばしば、それも真夜中になるとやかましく吠《ほ》えたり、きゃんきゃん鳴き声をあげたりして、コヨーテの群れ以上に騒ぎたてた。噂《うわさ》によれば野犬はみな水を飲んだばかりに、恐水病にかかって頭がおかしくなってしまったということだった。

しかし、ウェスはもうボウモアには食傷していた。そこで思い出したのは、夜になると、溺死《できし》してしまった愛する妻を探して湖面を歩く幽霊の話だった。ウェスが話をはじめると、ふたりの子どもたちはそれまで以上に両親に体をすり寄せてきた。

8

制服姿の警備員が邸宅のゲートをひらいた。車体の長い黒のメルセデスがいつものようにせわしなく走りすぎていくと、警備員は小粋なしぐさで運転手にうなずきかけた。後部座席にはカール・トルドーがひとりですわって、早くも朝刊にすっかり没頭していた。朝の七時半。ゴルフやテニスに行くには早すぎる時間だし、パームビーチの土曜の朝の渋滞にもまだ早すぎる時間だった。数分後、車は州間高速道路九五号線を一路南下していた。

トルドーは株式市場の現況記事を無視した。ありがたいことに、一週間がようやくおわってくれた。前日のクレイン社株の終値は十九ドル五十セントで、いまだに底値に達する気配はない。トルドーの名前は〝一日で十億ドル損した数少ない男〟のひとりとして、これからも永遠に人々に記憶されるだろうが、当人はすでにつぎの新しい伝説の計画を着々とつくりつつあった。今後一年で、十億ドルをとりもどした男になる。二年後には、それをさらに倍にするつもりだった。

四十分後、トルドーを乗せた車はボカラトンで運河にかかる橋をわたり、ビーチにそってぎっしりと立ちならぶ高層コンドミニアムやホテル群を目ざしていた。目的のオフィスビルは、まばゆく輝く十階建てのガラスの円筒だった――ゲートがあり、警備員が配され、いかなる種類の看板類も出ていない。警備員から手をふられてゲートを通過したメルセデスは、エントランスに張りだした屋根の下でとまった。黒いスーツを着たいかめしい顔つきの若い男が後部座席のドアをあけて、こういった。「おはようございます、ミスター・トルドー」

「やあ、おはよう」トルドーはそういいながら車から降り立った。

「どうぞ、こちらへ」

トルドー自身が手早く調べたところでは、トロイ-ホーガン社は目だたないことに非常に神経をつかっている会社だった。ウェブサイトもなければ、会社紹介のパンフレットのたぐいもなく、広告をどこにも出していない。電話帳に番号を公開してもいない。とにかく、顧客を引き寄せそうなことはいっさいしていなかった。一般の法律事務所ではなかった。というのも、フロリダ州にはその旨《むね》の登記がなかったからだ。それをいうなら、全米のどこの州でも法律事務所としての登記はなかった。公認ロビイストを擁してもいなかった。合資会社でも、いかなる種類の法人格のない団体でもなく、営利法人だった。社名の由来は判然としなかった——というのも、トロイなりホーガンなりの苗字《みょうじ》をもった人物についてのいかなる記録もなかったからだ。この会社がマーケティングやコンサルティング業務をおこなっていることは知られていたが、具体的な内容の手がかりはひとつもなかった。本社所在地は北大西洋のバミューダで、フロリダ州での登記は八年前。アメリカ国内での代理はマイアミのある法律事務所がつとめていた。また株式非公開会社のため、だれも所有者を知らなかった。

この会社について入手できる情報が少なければ少ないほど、トルドーの賞賛の念はいやました。

会社の現代表はバリー・ラインハートという男で、ここから調査の道筋にも多少は収穫が出はじめた。ワシントンの友人や接触相手から得た情報によれば、ラインハートはいまから二十年前、指紋ひとつ残すことなくワシントンを通過していっていた。そのあいだこの男は某下院議員のもとで働き、国防総省で働き、さらには中規模のロビイスト事務所二社での勤務経験があった——同類百万人の典型的な経歴である。一九九〇年にこれといった理由もなくふっつりとワシントンから姿を消し、つぎに人前に出てきたのはミネソタ州だった。政界で無名だった人物の選挙運動を成功に導き、その人物を合衆国下院議員に当選させたのだ。そののちオレゴン州におもむき、上院議員選挙でその魔法の手腕を発揮した。こうして名声が高まりはじめたそのとき、ラインハートはいきなり選挙運動から手を引き、同時に表舞台から姿を消した。経歴はここでふっつりと途絶えていた。

ラインハートはいま四十八歳、二回の結婚歴と二回の離婚歴があり、子どもはいない。犯罪歴はなし。職業上の交際もなければ、加入している市民団体もない。学歴面でいえばメリーランド大学で政治学の学位を、さらにネヴァダ大学で法学の学位を取得していた。

そのラインハートがいまどんな仕事をしているのかは、だれも知らないようだった。しかし、仕事は順風満帆にちがいない。円筒形のビルの最上階にある続き部屋になったオフィスは、現代ミニマルアートの絵と家具とで美しく装飾されていたからだ。自分のオフィスの飾りつけには金を惜しまないトルドーでさえ、思わず目をむいたほどだった。

ラインハートはオフィスの入口で待っていた。ふたりの男は握手し、お決まりの挨《あい》拶《さつ》の言葉を口にしつつ、相手のスーツとシャツとネクタイと靴をつぶさに品さだめした。既製品はひとつもなかった。フロリダ州南部の土曜日の朝だというのに、両者の服装には一分の隙《すき》もない。初対面の印象はきわめて重要だった——とりわけ、利益をもたらしてくれそうな新規の顧客を獲得できる見とおしに胸をときめかせているラインハートにとっては。

トルドーのなかには、悪趣味なスーツを着た、口先が巧みなだけの車のセールスマンめいた男を予想している部分も半分はあったが、うれしい驚きを喫することになった。ラインハートは堂々とした風采《ふうさい》で語り口が穏やか、身なりをきちんとととのえた男であり、しかも自分のような権力のある大物を前にしても、しごく落ち着いたふるまいを見せていたからだ。同等の立場でないのは確実だが、トルドーのような人物と同席していてもリラックスできる器をそなえているようだった。

秘書がコーヒーについてたずねる声をききながら、ふたりはオフィスに足を踏みいれて……そこで大海原と対面することになった。ビーチサイドの十階のオフィスからは、大西洋が永遠に広がっているかに見えた。一日に数回はハドソン川の光景を見ているトルドーも羨《うらや》ましく思ったほどの景観だった。

「すばらしく美しい景色だね」トルドーは、横にならぶいくつもの高さ三メートルのガラスの窓から外を見ながらいった。

「仕事をするにはわるくない環境ですよ」ラインハートはいった。

ふたりが革ばりの椅子《いす》に腰を落ち着けると、コーヒーが運ばれてきた。秘書が出ていってドアを閉めると、プライバシーが保たれた心地よい雰囲気がオフィスに満ちた。

「急な話だったにもかかわらず、土曜日の朝早くに会ってもらって感謝しているよ」トルドーはいった。

「いえ、感謝しなくてはならないのはこちらです」ラインハートはいった。「とにかく、大変な一週間でしたね」

「わたしもここまでひどい一週間は初めてだよ。で、そちらはグロット元上院議員とは直接話をする仲なんだね？」

「ええ、そうです。おりおりに話をしています」

「グロット元議員は、きみの会社のことや、きみの仕事の性質について、はっきりしたことを教えてくれなくてね」

ラインハートは笑い声をあげて足を組み、「わが社の専門は選挙運動です。これをごらんください」というと、リモコンを手にとってボタンを押した。天井から大きなホワイトスクリーンがするすると降りてきて壁一面を覆《おお》い、そこにアメリカ全土の地図があらわれた。州の大多数は緑色、残りのわずかな州は黄色で表示されている。

「全米で三十一の州が、上訴裁判所と最高裁判所の裁判官を選挙で選出しています。

緑色で表示されている州です。黄色の表示は、賢明にも指名制をとっている州です。わが社は緑色の州で商売をさせてもらっています」

「裁判官選挙か」

「そうです。わが社はその種の仕事を専門におこなっています――それも、きわめて目立たない形で。顧客が助力を必要とした場合、あまり友好的とはいえない州裁判所の裁判官を標的として、その人物をいまの地位から引きずりおろすのです」

「そういうことか」

「そういうことです」

「顧客というのは？」

「具体的な名前は申しあげられませんが、どちらもみな、あなたとおなじ側にいる人々ですよ。エネルギー業界や保険業界、製薬業界、化学業界、製材業界、そのほかあらゆる種類の製造業の企業のほか、医師や病院や介護施設、銀行などです。われわれは潤沢な資金をあつめてスタッフを雇い、現地で精力的な選挙運動にあたらせています」

「ミシシッピ州で仕事をした経験は？」

「ありません」ラインハートがまたべつのボタンを押すと、ふたたびスクリーンにアメリカ地図が表示された。緑色で表示されていた州が、しだいに黒く変わりはじめた。

「いま黒く変わったのは、わたしたちが仕事をした経験のある州です。おわかりのように、東海岸から西海岸まで網羅しています。わたしたちは合計三十一の州で活動しているのです」

トルドーはコーヒーをひと口飲むと、相手に話しつづけることをうながすかのようにうなずいた。

「わが社の社員はおおよそ五十人ほどで、このビルすべてがわが社の所有であり、厖《ぼう》大《だい》なデータの蓄積があります。情報は力ですから、われわれはあらゆる情報を把握しています。緑色の州すべてにおいて、上訴審の裁定をつぶさに分析しています。上訴裁判所の裁判官については、経歴も家族構成も、前職や離婚歴や破産歴の有無など、ありとあらゆる裏情報までつかんでいます。われわれはあらゆる判決を吟味していますし、ほぼどんな上訴案件でも、裁判所の判決を予測できます。全国あらゆる立法府の動向も追い、民事裁判に影響のありそうな法案には目を光らせています。さらに、重要な民事裁判の動向もつねに追っています」

「ハティズバーグの裁判については？」

「もちろん。あの評決も、われわれには驚きではありませんでした」

「だったら、うちの弁護士たちはなぜ驚いていたんだろう?」

「そちらの弁護士たちはたしかに有能ですが、優秀とまではいかないからです。さらに、原告側主張に分があったという事情もあります。有毒物質の不法投棄については多くの事例を研究してきましたが、ボウモアのケースは最悪のひとつです」

「では、わが社はこの先も負けると?」

「いまの予測では。大洪水が迫っています」

トルドーは大海原に目を走らせて、コーヒーを飲んだ。「上訴ではなにが起こる?」

「ミシシッピ州最高裁判所の裁判官の顔ぶれによります。現在のところでは、五対四で原判決が支持される可能性がきわめて高いといえます。過去二十年間、ミシシッピ州は原告側に同情的なことで悪名を馳《は》せてきましたし、これもまたご存じでしょうが、訴訟の温床という当然といえば当然の名声を高めていました。アスベスト、タバコ、ダイエット薬のフェンフェンをはじめとする、あらゆる常軌を逸した集合代表訴訟がありました。損害賠償金目あての弁護士たちがミシシッピを愛しているのもわかります」

「では、われわれは一票差で負ける?」

「そんなところです。法廷の判断は完全に予測できるものではありませんが……ええ、ほぼ毎回、裁判官団の意見は五対四にわかれます」

「つまりわれわれには、こちらに友好的な裁判官がひとり必要だ……ということか？」

「そうです」

トルドーはカップをテーブルにもどすと、すばやく立ちあがった。上着を脱いで椅子の背にかけると、窓ぎわに歩みよって海に目をむける。一キロ半ばかり沖合を貨物船がゆっくりと進んでいた。トルドーがそのまま数分ほど貨物船を見つめているあいだ、ラインハートはコーヒーをゆっくりと飲んでいた。

「心あたりの裁判官がいるのかね？」しばらくしてトルドーは口をひらいた。

ラインハートはリモコンのボタンを押した。スクリーンが空白になり、天井に吸いこまれていった。ラインハートは腰が痛むとでもいいたげに背すじを伸ばすと、こういった。「その前にまず、ビジネスの話をすませたほうがよろしいかと」

トルドーはうなずいて椅子にもどった。「話をきこう」

「わが社はこのようなご提案をさせていただきます。正式に仕事の依頼をいただき、資金が電信送金によって適切な口座に入金した段階で、わたしからミシシッピ州最高裁判所の再構築計画をお話ししましょう」

「金額は？」

「手数料は二種類です。まず着手金として百万ドル。こちらは全額を収入として申告します。これで御社は正式にわれわれの顧客になり、わが社は対政府関係の分野でのコンサルティングを提供いたします――〝対政府関係の分野〟というのは、事実上あらゆる領域をカバーする、すばらしいほど曖昧《あいまい》な言葉ですね。もうひとつの手数料は七百万ドルで、こちらの資金はオフショア銀行の口座に入金していただきます。一部は選挙運動資金に充当しますが、大部分は手つかずのままにしておきます。会計記録に記載されるのは、最初の手数料だけです」

トルドーは話の内容を理解し、しきりにうなずいていた。「つまりわたしは八百万ドルで、最高裁判所の裁判官をひとり買うわけだ」

「ええ、そういうことです」

「で、裁判官の年収は？」

「十一万ドルです」

「十一万ドルね」トルドーはくりかえした。

「相対的な問題ですよ。たとえば、そちらのニューヨーク市の市長は七千五百万ドルを注ぎこんで当選しましたが、もらえる給与は比較にもならないほどの少額です。それが政治というものです」

「政治か」トルドーは唾《つば》を吐き捨てるような口調だった。重いため息をつき、椅子にさらに二、三センチほど体を沈ませる。「たしかに、陪審の裁定額よりは安くあがるだろうな」

「ずっと安くあがりますよ。これからも類似の評決がおりることを思えばなおさらです。ええ、八百万ドルは結果から見れば安い投資でしょう」

「話だけきくと、じつに簡単そうだな」

「簡単ではありません。選挙戦はじつに苛酷《かこく》ですからね。しかしわれわれには、勝つための心得があります」

「金がどのようにつかわれるのかを知りたいね。計画の基本的な部分を教えてほしい」

ラインハートは立ちあがって歩き、銀の保温ポットからコーヒーのお代わりをカップにそそいだ。ついで、だれもが目をみはるはずの窓に歩みより大西洋に目をむける。トルドーは腕時計を確かめた。パームビーチ・カントリークラブでのプレー開始は十二時半の予定だ——とはいえ、ゴルフがそれほど重要だというのではない。トルドーがゴルフをするのは社交上のつきあいの一環だ。他人からゴルフをするのが当たり前だと見られているからしているにすぎない。

ラインハートはコーヒーを飲み干すと、ふたたび椅子に引き返した。「率直に申しあげます、ミスター・トルドー。金の使途については、あなたは知らないほうがいい。あなたの望みは勝つことだ。いまから一年半後にベイカー対クレイン化学訴訟の判決がおりるとき、あなたは確実に有利な結果を得たい、そのため自分に肩入れしてくれる裁判官を州最高裁に送りこみたがっている。それがあなたの願いですね。われわれはその願いをかなえます」

「八百万ドルも払うのだから、そのとおりの結果になることを期待するね」

そうはいっても、おまえは三日前の夜に愚作としかいえない彫刻に一千八百万ドル出したばかりじゃないか——ラインハートは内心そう思っていたが、そんな言葉を口にするつもりはなかった。一機あたり四千万ドルの自家用ジェット機を三機も所有している。ハンプトンズの別荘の〝リフォーム〟とやらでは、最低でも一千万ドルの出費を強いられるはずだ。これだって、おまえの所有しているおもちゃのごく一部にすぎない。いいか、いまはおもちゃの話ではなくビジネスの話をしているんだ。ラインハートの手もとにあるトルドー関連ファイルは、トルドーの手もとのラインハートに関するファイルよりもずっと分厚かった。しかし公平を期していうなら、ラインハートが自分に耳目があつまらないよう非常な努力を払っているのにひきかえ、トルドーは世間から注目されることにそれ以上の努力を払っているのだ。

そろそろ話をまとめる頃合いだった。ラインハートは静かに圧力をかけた。「ミシシッピ州の裁判官選挙は一年後、来年の十一月におこなわれます。確かに時間はたっぷりとある。しかし、無駄にしている時間はありません。あなたのタイミングはすこぶる好都合で、しかも幸運に恵まれています。われわれが来年の選挙戦の決着まで全力をかたむけているあいだも、上訴手続はのろのろと進行します。われわれが当選させる新しい裁判官は再来年の一月に就任し、約四カ月後にベイカー対クレイン化学訴訟にむきあうことになります」

このとき初めて、トルドーは相手の男に自動車セールスマンの面影をちらりと見てとった。しかし、まったく気にならなかった。政治は汚いビジネスだ――そこでは、勝者が街でいちばん清廉《せいれん》高潔な士とはかぎらない。そんな世界で生き残りたければ、多少は悪党にならなくてはならない。

「わたしの名前を危険にさらすわけにはいかないな」トルドーはいかめしくいった。

この言葉を耳にした瞬間、ラインハートはまたしても高額の手数料が懐《ふところ》に転がりこんできたことを悟った。

「そのようなことはぜったいにありません」と、上辺だけの笑みをたたえて答える。「われわれはあらゆるところに防火壁を張りめぐらせています。配下の工作担当者が出すぎた行動をとるなり、まちがった行動をとるなりした場合でも、べつのスタッフに確実にその穴埋めをさせる決まりです。まちがっても、トロイ‐ホーガン社の名前に傷がつくことはありません。われわれがつかまらないのですから、あなたの名前が出るはずはありません」

「書類はいっさいつくらないでほしい」

「最初の手数料についての書類だけは作成しますよ。なんといっても、わが社はコンサルティングと対政府関係折衝を業務にしている合法的な企業ですからね。われわれは御社と正式な関係を結ぶわけです。コンサルティング、マーケティング、対外広報などの面で——まあ、どれもこれも、それ以外の仕事をすべて隠しておける絶妙に曖昧な言葉ですね。しかし、オフショア銀行関係については、いっさいを極秘にします」

トルドーは長いあいだ考えをめぐらせてから……破顔一笑した。「気にいったよ。ああ、じつに気にいったね」

9

F・クライド・ハーディン&アソシエイツ法律事務所といいながら、事務所にはアソシエイトがひとりもいなかった。事務所にいるのはクライド本人と、体の弱い秘書のミリアムのふたりだけ。ミリアムが秘書でありながらクライドよりも身分が上なのは、クライドよりキャリアが長く、四十年以上も前から事務所にいるからである。もともとミリアムは、クライドの父親のもとで不動産取引関係の書類文書や遺言状をタイプする仕事をしていた。父親は第二次世界大戦に出征し、帰国したときには片足をうしなっていた。この父親は陪審の注意をそらしたいとなると、彼らの目の前で木製の義足をはずすことで有名だった。その父親もいまではとうの昔に故人になり、遺言で自分のオフィスと年代物の家具と、おなじく年代物の秘書をひとり息子のクライドに譲ったのだった。クライドはいま五十四歳、かつての父親同様に年老いていた。

ハーディン法律事務所のオフィスは、六十年以上の長きにわたってボウモアのメイン・ストリートに面している建物にあった。街はいくたびかの戦争や大不況や不景気を乗りこえ、人種差別に抗議する座りこみデモやボイコットや差別待遇廃止などの荒波も乗り越えてきた。しかし、クレイン化学という試練の前に街が生きのびられるかどうかは疑問だ、とクライドは思っていた。まわりでは街が日々干あがりつつあった。キャンサー郡という綽名《あだな》は、とうてい払拭《ふっしょく》できないほど重い。クライドは、小売店やカフェや地元の地方弁護士や医者などがつぎつぎとタオルを投げては街を去っていく姿を、リングサイドから目《ま》のあたりにしていた。

クライドは弁護士になりたいと思ったためしなどなかったが、父親が選択の余地を与えなかった。不動産関係の書類や遺言状の作成や離婚裁判などをあつかって食うに困ったことはないし、いつも心から幸せそうな顔をして、シアサッカーのスーツとペイズリーの蝶《ちょう》ネクタイに麦わら帽子というこざっぱりした服装でもあったが、内心ではひそかに法律と田舎町での弁護士稼業《かぎょう》を呪《のろ》わしく思っていた。報酬の支払にもこと欠くような貧しい人々の相手をしたり、そういった依頼人をかすめとろうとしている、同様に一文なしの弁護士どもと争ったり、判事であれ書記官であれ、とにかく前に立ちふさがる者のほぼ全員と口汚く口論したり、その種の日々の苦行がつらくてたまらなかった。いまではボウモアに残っている弁護士はわずか六名、しかもクライドがいちばん年下だった。引退して湖畔か海辺か、とにかくここではない土地に住むことを夢想してはいたが、それが決してかなわぬ夢であることもわかっていた。

　クライドは毎朝八時半に、オフィスの七軒右隣にある〈ベイブズ〉で、砂糖を入れたコーヒーと目玉焼ひとつの朝食をとり、正午には七軒左隣の〈ボブズ・バーガーズ〉でグリルドチーズ・サンドイッチとアイスティーの昼食をとる。そして毎日午後五時にミリアムが机を片づけて事務所から出ていくなり、オフィスに隠してある酒瓶を引っぱりだして、ウォッカのオンザロックを飲んだ。おおむねはひとりで——一日のうちで孤独になれる、最良の時間だった。自分だけのささやかな〝ハッピーアワー〟ともいうべきこの時間を、クライドは慈《いつく》しんでいた。きこえる音といえば天井の扇風機が静かに空《くう》を切る音、グラスの氷がとけて〝ちりん〟と鳴る音だけというときも、決して珍しくなかった。

　クライドがグラスからふた口飲んで——二回あおって、というべきか——アルコールが脳の一部を温めはじめたそのとき、事務所のドアをかなり激しい剣幕で何者かがノックしはじめた。客が来る予定はなかった。街の中心部は毎日午後五時ともなると、すっかり人けがなくなってしまうが、それでもおりおりに弁護士をさがしに来る依頼人候補もいないではない。窮乏しているクライドには、その手の飛びこみ客を逃す余裕はなかった。クライドはタンブラーを書棚に置くと、歩いて玄関に出ていった。待っていたのは身なりのいい紳士で、スターリング・ビッチとかなんとか、そんなような名前を名乗った。〝真正の売女《スターリング・ビッチ》〟に首をかしげながら、クライドはわたされた名刺に目を落とした。苗字《みょうじ》はビンツだった。スターリング・ビンツ。弁護士。住所はペンシルヴェニア州フィラデルフィア。

ビンツは四十歳ほど、痩《や》せた小男で生まじめな雰囲気だったが、勇を鼓して深南部の斜陽の街に足を踏みいれた北部人《ヤンキー》がいやでも発散してしまう、周囲を見くだしたような雰囲気もあった。

よくもまあ、こんな暮らしのできる連中がいるものだ――北部人の薄笑いは無言でそう語っているかに見える。

クライドは即座にこの男への反感をいだいたが、同時にウォッカのもとに引き返したくもあったので、ビンツを酒に誘った。そうですか、では遠慮なく。

ふたりはクライドのデスクをはさんですわり、酒を飲みはじめた。数分ほど退屈な世間話がつづいたのち、クライドはいった。「そろそろ本題をきかせてもらえるかな?」

「もちろん」歯切れのいいきびきびしたアクセントは、耳ざわりでしかたなかった。「うちの事務所は、大規模不法行為での集合代表訴訟を専門としています。それ以外の仕事は引きうけていません」

「で、突如としてわれらがこの小さな街に興味をもったというわけか？　いやはや、これは驚いた」

「ええ、興味をもちましたよ。わたしどもの調査では、この地域には被害者として訴訟を起こせそうな人が千人はいるかもしれないとのことで、できるかぎり多くの人に集合代表訴訟に参加する旨《むね》のサインをいただきたいのです。しかし、そのためには地元の弁護士が必要です」

「それにはいささか出遅れたようだね。救急車の追いかけ屋連中が、もう五年も前からこの地域一帯を漁《あさ》りまわっていたんだから」

「ええ。死亡事例がもうあらかた、ほかの弁護士のものになったことは知ってます。しかし、それ以外にもさまざまなタイプの被害がありますね。わたしたちは、肝機能障害や腎《じん》機能障害、胃の障害、大腸の障害や皮膚病はもちろん、そのほか十指にあまるほかの病気を——もちろん、すべてクレイン化学によって引き起こされた病気を——かかえた被害者をあつめたいと思っています。そののち、こちらの医者の診断で選別《スクリーニング》をおこない、数十人単位で被害者があつまりしだい、クレイン社を相手どった集合代表訴訟を起こします。うちの専門なんですよ。いつもやっていることです。

和解金は巨額になることでしょう」

クライドは真剣に話をきいてはいたが、いかにも退屈している演技をしていた。

「つづけて」

「クレイン社はいわば股間《こかん》を蹴《け》り飛ばされました。あの会社はもう訴訟をつづけていられない。となったら、いずれは和解に応じるしかありません。最初に集合代表訴訟を起こせば、われわれは運転席にすわることができます」

「われわれ？」

「ええ。うちの事務所は、あなたの事務所と提携関係を結びたいと考えています」

「うちの事務所……、きみの目の前に全員そろっているよ」

「実際の業務は、うちの事務所のスタッフが担当します。地元弁護士として、あなたのお名前が必要なんですよ――くわえて、あなたのボウモアでの人間関係や存在感も」

「報酬は？」クライドはぶしつけなほど率直なことで有名だった。それに、北部のほうからやってきたこのちびの三百代言相手に言葉を飾っても意味はない。

「依頼人ひとりあたり五百ドル、さらに和解成立時には報酬の五パーセントを支払いします。くりかえしますが、実務はすべてわれわれが担当します」

クライドはグラスのアイスキューブを鳴らしながら、暗算をしようとした。

ビンツがつづけた。「そういえば、隣の建物は空き家ですね。わたしは――」

「ああ、そうとも。ボウモアには空き家がどっさりとあるさ」

「では、この隣の建物の所有者は？」

「わたしだよ。あれはこの建物の一部なんだ。いまから千年ばかり前に、わたしの祖父が買ったんだよ。ほかにも、ここの向かいに建物を一軒所有していてね。そっちも空き家だ」

「隣の建物のオフィスは、スクリーニング用の診療所を設立するのにうってつけです。われわれが改修工事をおこない、医療機器をそろえて、医者たちをこちらに呼んできたら、いよいよ自分は病気だと思う人を呼びあつめるべく、大々的な宣伝を打ちます。きっと人が群れをなしてやってきますよ。その人たちと契約をかわして、必要な頭数がそろったら、連邦裁判所に集合代表訴訟を起こすわけです」

わずかながら詐欺《さぎ》に通じる響きがあるような言葉ではあったが、これまでにもクライドは大規模不法行為がらみの訴訟についての話を耳に入れており、それゆえここにいるビンツなる男がちゃんと知識のうえに立って話していると判断することもできた。ひとりあたり五百ドルで五百人の依頼人、くわえて大当たりをあてたときには報酬の五パーセント。クライドはオフィス用酒瓶に手を伸ばして、ふたりのグラスにお代わりをそそいだ。

「なかなか魅力的な話だな」クライドはいった。

「かなりの収入が見こめますよ」

「しかし、わたしは連邦裁判所で仕事をしたことがないんだよ」

ビンツは致死性毒物同然の酒を飲み、相手に笑顔を見せた。いま目の前にいる田舎町の法螺《ほら》吹き男の限界は、すでに充分すぎるほど知っていた。たとえ市裁判所で万引き事件の被告人を弁護する仕事でも、クライドの手にあまるはずだ。「先ほど話したとおりです。実務はわれわれがすべてやります。われわれは妥協を知らない訴訟集団ですからね」

「しかし、倫理にもとることや違法行為は困るぞ」クライドはいった。

「もちろん。われわれの事務所は、過去二十年、大規模不法行為における集合代表訴訟で勝ちつづけています。なんならお調べください」

「調べさせてもらうよ」

「それから行動は迅速に。例の評決が注目をあつめつつあります。これからは、だれが依頼人を見つけて最初に集合代表訴訟を起こすのか、という競争になりますからね」

ビンツが去ったあとで、クライドは酒量の限界である三杯めのウォッカを飲み、ほとんど飲み干すころになってようやく、地元の連中すべてに〝くたばれ〟という言葉をぶつける勇気を奮い起こすことができた。あの連中がどれほど嬉々《きき》として、おれをこきおろしにかかるだろうか！　郡の週刊新聞に被害者／依頼人の募集広告を出し、オフィスを改装してベルトコンベア式診察のための安手の診療所にし、北部からやってきた胡散《うさん》くさい弁護士と手を組んで、土地の仲間の不幸から利益という甘い蜜《みつ》を吸う。悪口のリストはどんどん長くなり、ゴシップはボウモアじゅうを吹き荒れるだろう。酒を飲めば飲むほど、クライドは警戒心をかなぐり捨てて、今回ばかりは金を儲《もう》けてやろうという気持ちになっていった。

居丈高にふんぞりかえることの多い性格の反面、クライドは法廷をひそかに恐れていた。もう何年も前に数回ほど陪審の前に立つ機会があったが、そのときはあまりにも恐怖を感じたせいで、ろくに口もきけなくなった。それ以来、安全で居ごこちのいいオフィス内で進められ、請求書の支払にあてられるだけの仕事に身を落ち着けたのだが、それはまた本物の大金が生まれたりうしなわれたりする恐るべき戦いの場から遠ざかることでもあった。

今回ばかりは、思いきった賭《か》けに出てもいいのではないか？ それに、これは仲間である街の人々を助けることにもなるのでは？ クレイン化学から金を巻きあげ、それがボウモアのどこかに落ち着くのなら、一セント単位ですべてが勝利といえるのではないか？ クライドはこれでおわりだと誓いながら、四杯めのウォッカをグラスに注ぎ、ついに決断をくだした。よし、どうとでもなれ。スターリング・ビンツと集合代表訴訟専門の泥棒一味と手を組んで、正義のための強力な一撃を見舞ってやろう。

二日後、これまでに少なくとも三回の離婚裁判でクライドが代理をつとめたことのある下請の施工業者が、いずれものどから手が出るほど仕事を欲しがっていた大工や塗装業者や下働きなどを引き連れて朝早くに到着、さっそく隣の建物の特急リフォーム工事にとりかかった。

クライドはひと月に二回、この郡では唯一《ゆいいつ》の新聞であるボウモア・ニューズ紙の社主とポーカーをしていた。ボウモアの街そのものとおなじく、この新聞もいまや衰退の一途、かろうじて生きている状態だった。最新号の一面はハティズバーグの裁判所で出された評決に関係するニュースで埋めつくされていたが、街の弁護士クライド・

ハーディンがフィラデルフィアに本拠を置く全国的な大規模法律事務所と提携関係を結んだという景気のいいニュースも報じていた。さらに新聞の内側のページには、メイン・ストリートに新しく〝検診センター〟ができたので、ぜひとも完全無料のスクリーニングを受けに立ち寄ってほしい、とケイリー郡の全住民に呼びかけているも同然の全面広告が掲載されていた。

クライドは人があつまり、自分が注目を浴びることが楽しくてならなかった。そればかりか、早くも金勘定をはじめていたくらいだった。

時刻は早朝四時、いまにも雨が降りだしそうな底冷えのする暗い朝だった。バック・バールスンは、ハティズバーグ揚水場の狭い従業員用駐車場に自分のトラックをとめた。それからコーヒーのはいった保温ポットとハムをはさんだ冷えたビスケットと口径九ミリの自動拳銃《けんじゅう》を受けとり、そのすべてをもって十八輪トラックに引き返した。ドアになんの表示も出ていない、最大積載量三十八キロリットルの給水用タンクローリー。バックはエンジンをかけると、各種の計器やタイヤや燃料の点検をしはじめた。

夜間責任者がディーゼルエンジンの音をききつけて、センターの二階にある監視室から出てきて声をかけた。「やあ、バック」

「おはよう、ジェイク」バックはうなずいて答えた。「水は積みこみずみだな？」

「ああ、すぐにでも出発できるさ」

　この会話のやりとりは、もう五年前から変わっていなかった。いつもならこのあとに天候の話題があって、出発の挨拶《あいさつ》がかわされる。しかしけさジェイクは、ふたりの会話にちょっとした変更を加えようと思い、すでに数日前から考えていた科白《せりふ》を口にした。「ボウモアの連中は、これ以上無理なほど喜んでるんじゃないのか？」

「そんなこと、おれが知るかよ。あっちでぶらぶらしてるわけじゃないし」

　会話はそれでおわった。バックは運転席のドアをあけ、「じゃあ、またあとで」というお決まりの言葉をいい、シートにすわってドアを閉めた。ジェイクはタンクローリーがドライブウェイを走っていき、左折で道路に出て姿を消すまでずっと見おくっていた。早朝の寂しい時間ということもあって、道路を走っている車はほかに見あたらなかった。

　州道に出るとバックは慎重な手つきで保温ポットをあけ、プラスティック製のキャップ兼用のカップにコーヒーをそそいだ。ちらりと助手席の拳銃に目を落とす。ビスケットを食べるのはあとにしよう、と思った。ケイリー郡の標識が目にとまると、バックはまたちらりと拳銃を見やった。

バックはこの道を週に四日、一日三回往復している。週のうち残る三日は、べつの運転手が担当していた。ふたりは長期の休暇や休日をとるため、しじゅう勤務日を交換していた。決してこの仕事に就きたいと願っていたわけではない。もともとはクレイン化学のボウモア工場で十七年間も職長をつとめており、こうして生まれ故郷に飲料水を運ぶ仕事でもらう給料の三倍の金を稼いでいた。

ボウモアの水をあそこまで汚染した当人が、いまこうして新鮮な水を街に運ぶ仕事についているとは、とんだ皮肉ではないだろうか。ただし、バックはもうそんな皮肉を感じなくなっていた。いまでは、街から逃げだしていくと同時に自分から職を奪った会社を深く恨んでいるだけだ。ボウモアの街も憎らしかった――街が憎しみをぶつけてきたからだ。

バックは嘘《うそ》つきだった。これまでにもその嘘は数回にわたって証明されていたが、もっとも華々しく立証されたのは一カ月前の苛烈《かれつ》きわまる反対尋問のときだろう。反対尋問でメアリ・グレイス・ペイトンはバックに充分な量のロープをさりげなく手わたしてから、陪審の前でバックがみずから首を吊《つ》っていくさまを見物したのである。

何年も前から、バックをはじめクレイン社工場の現場監督たちの大半は、化学物質の不法投棄をきっぱりと否定しつづけていた。上司たちから否定するように命令されていたのだ。社内報告書でも否定した。会社の顧問弁護士の前でも否定した。宣誓供述書でも否定した。さらに環境保護庁と連邦地区検事局が工場内の立入調査をおこなったときにも、やはり否定した。ついで訴訟がはじまった。これだけの長きにわたって強く否定していながら、いまになって証言をあっさりとひるがえして真実を打ち明けることなどできただろうか？　しかも、あれだけ嘘をつけと強く圧力をかけつづけたクレイン社は、あっという間に姿を消した。ある週末に逃げだしていき、メキシコに新たな工場をつくったのだ、いまごろメキシコではトルティーヤ食いのぼんくら男が、バックの仕事を日給五ドルでやっていることだろう。バックはコーヒーをちびちび飲みながら、思わず悪態をついた。

管理職のなかには前非を悔いて、真実を打ち明ける者もいた。しかし大多数は、それまでの嘘にしがみついた。それも問題にならなかった。というのも、陪審審理の場では全員が——少なくとも証言をした者が——馬鹿《ばか》に見えたからである。身を隠そうとした者もいた。おそらくもっとも厚顔無恥な嘘つきだったアール・クラウチは、テキサス州ガルヴェストン近郊にあるクレイン社の工場に異動になった。クラウチが不可解な情況下で姿を消して行方不明になっている、という噂《うわさ》も流れていた。

バックはふたたび、口径九ミリの拳銃に視線を投げた。

これまでのところ、脅迫電話は一回しかかかってきていない。ほかの現場管理職の地位にあった者の場合にはどうなのか、いっさい知らなかった。すでに全員がボウモアを去っていたし、連絡をとりあう関係ではなかったからだ。

メアリ・グレイス・ペイトン。あの反対尋問のときにこの拳銃が手にあったら、女弁護士とその亭主をまとめて撃ち殺し、ついでにクレイン社の弁護士も何人か射殺したのち、一発だけとっておいた銃弾を自分につかったことだろう。あの苛烈きわまる四時間の反対尋問のあいだ、ミズ・ペイトンはつぎからつぎに嘘を暴《あば》きたてていった。ついても大丈夫な嘘もある――バックはそうきかされていた。クレイン社が埋《うず》めたままにしている報告書や宣誓供述書に真実が隠されている嘘もある、と。ところがミズ・ペイトンの手もとにはすべての報告書や宣誓供述書がそろっていたばかりか、それ以上の資料があった。

反対尋問という試練がおわりかけ、バックがだらだらと血を流していたころ、陪審が怒り狂い、ハリスン判事の口から偽証がどうのこうのという話が出るころには、バックはいまにも切れそうになっていた。疲労困憊《こんぱい》し、さんざん恥辱を味わわされ、意識もなかば朦朧《もうろう》としていたバックは、いきなり弾《はじ》かれたように立ちあがって、あやうく陪審にこんな言葉をぶつけそうになった。

「真実が知りたい？　じゃ、教えてやる。おれたちは山ほどのクソ物質をあの小さな谷に捨てたさ。爆発しなかったのが嘘みたいなほど大量にね。毎日毎日、何十リットルと捨てた――二重塩化ナイレン、カルトリクス、アクラル、どこに出しても恥ずかしくない発癌《はつがん》性物質ばっかりさ。何百リットル、何千リットルという毒物をじかに地面に捨てたんだよ。バットやバケツ、樽《たる》やドラム缶から流して捨てた。夜も昼も関係なく捨てた。ああ、そうそう、その手の毒物はちゃんと密封したドラム缶で大量に保管してもいてね、会社はひと財産払って専門の業者に引きとらせていたよ。クレイン社は法令を遵守《じゅんしゅ》する企業だからね。環境保護庁にはおべっかをつかった。あんたたちも書類を見ただろう？　なにもかも、きちんと適切にしていたって書類を。まるで完全に合法的みたいじゃないか。糊《のり》のきいたシャツを着こんだ連中が会社の表側で書類をつくっているあいだ、おれたちは裏山の穴に毒を埋めてたんだ。ただそのへんに捨ててたほうが、ずっと簡単、ずっと安あがりだからね。いい話をききたいか？　会社の表側にいた連中だって、おれたちが裏でなにをしているのかをすっかり承知していたんだよ」ここでバックは、クレイン社の重役連中とその弁護士たちに死の指をつきつけたはずだ。「こいつらが隠蔽《いんぺい》したんだ！　で、いまはあんたたちに嘘をついてる。

だれもかれも嘘をついてやがる！」」

毎日ではなかったが、バックはトラックを走らせながらこのスピーチを実際に口に出していた。あの場で口にすべきだったにもかかわらず口にできなかった言葉を、いまさらではあれ口にすると、奇妙にもなぜか心が安らいだからだ。バックは魂の小さな断片と、男らしさの大部分を法廷に置き忘れてしまった。こんなふうにひとりで大きなトラックを走らせることには、セラピーにも似た効果があった。

しかし、ボウモアに行くこと自体にはそんな効果はなかった。もともとボウモア出身ではなかったし、街が好きになったこともなかった。工場での職をうしなったあとでは、街を出るしかなかった。

州道が名前をメイン・ストリートと変えるあたりで、バックはハンドルを右に切り、さらに四ブロック進んだ。給水ポイントには、いまでは〝市営タンク〟という綽名《あだな》がついている。場所は昔の給水塔の真下だ——塔はもうつかわれない、錆《さ》びついた過去の遺物でしかなかった。塔内のタンクの金属板は市の水道水によって内側から腐食していた。いま街に飲料水を提供しているのは、アルミニウムの巨大な貯水タンクだ。バックは一段高くなった場所にトラックを滑りこませてエンジンを切り、ポケットに拳銃を突っこんでトラックから降り立った。それから、トラックの積荷である水をタンクに注入する作業にとりかかる。水をすっかりタンクに移すには三十分かかった。

水はこの貯水タンクから街の学校や会社、教会などに供給されていく。ハティズバーグでは充分に飲用が可能な水質だが、それでもボウモアには水への大きな恐怖がまだ宿っていた。というのも、ここから水を各所に運んでいく水道管は、その大部分が昔の水を運んでいたころから交換されていなかったからだ。

昼のあいだこの給水ポイントには、ひっきりなしに人々がやってきた。人々は車からありとあらゆる種類のポリタンクや金属の缶や小さなドラム缶を運びだして水を入れ、家にもち帰った。

金に余裕のある住民は、民間の給水業者と契約を結んでいた。水はいまや、日々の暮らしの最大の難関になっていた。

タンクローリーの水がすっかり貯水タンクに移るのをバックが待つあいだも、まだあたりは暗かった。バックはドアをロックしてヒーターをつけた車内にすわり、拳銃を手近なところに置いた。毎朝、こうやって時間をつぶしているあいだ、バックはくりかえしパイングローブに住むふたつの家族のことを考えた。どちらも荒っぽい家風の一家で、刑務所暮らしの経験がある男がいた。どちらも、おじや従兄弟《いとこ》が何人もいる大家族だった。どちらの家族も子どもを白血病でなくしていた。どちらの家族も裁判を起こしていた。

そしてバックは、広く知られた嘘つきだった。

クリスマスを八日後に控えた日のこと、戦闘員たちがさいごにもういちどハリスン判事の統《す》べる法廷に集結した。未解決の諸問題を解決するための、とりわけ正式事実審理後の申立てについて話しあうための審問会だった。

ジャレッド・カーティンは二週間もメキシコでゴルフ三昧《ざんまい》を送ってきたあとだって、体が引き締まり、顔は日焼けしていた。カーティンはウェスをあたたかく歓迎したばかりか、メアリ・グレイスに笑顔をむけさえした。メアリ・グレイスはジャネットとの話をつづけることで、カーティンを無視した。ジャネットはいまでもやつれて不安そうな表情だったが、少なくとも泣いてはいなかった。

カーティンが引き連れてきた取り巻き集団は、一時間あたり数百ドルで書類をがさがさとめくっていた。一方地元弁護士のフランク・サリーは、薄笑いを浮かべた顔で彼らを見ていた。なにもかも演技に過ぎない。ハリスン判事がなんらかの救済をクレイン社に与えるはずはないし、そのことは全員がすでに知っていた。

ほかにも見まもっている者がいた。銀行員のハフィは定番の場所にすわり、いつもどおり好奇心を感じつつ、融資と自分の将来についての不安も感じていた。記者も数人来ていたし、法廷画家さえ来ていた——この画家は審理の報道を担当しており、人々の顔をスケッチしていたが、だれの似顔絵なのかがわかる者はひとりもいなかった。ほかの裁判で原告の代理をつとめている弁護士の顔もちらほらと見うけられた。ベイカー裁判の動向を見まもるためだ。彼らはみな、ペイトン夫妻が耐え忍んできたような荒模様つづきの陪審審理を避けつつ大金持ちになれるよう、巨額の賠償金が支払われる和解成立を夢見ていた。

ハリスン判事が審問会の開始を宣言し、そのまま話しはじめた。「諸君に再会できて喜ばしいかぎりだ」そっけない口調。「本法廷に提出された申立ては合計十四通。うち十二通が被告から、残り二通が原告からのものだ。そのすべてを昼までに片づけてしまおうではないか」

そういってハリスン判事は、〝叩《たた》けるものなら無駄口のひとつも叩いてみろ〟と挑発するような目で、ジャレッド・カーティンをにらみつけた。

「わたしはすでに、申立てと添えられた摘要書のすべてに目を通している。だから、どうかすでに文字になっていることを発言しないでくれたまえ。ミスター・カーティン、意見を述べてもらおう」

最初の申立ては正式事実審理のやりなおしを求めるものだった。カーティンは手早く、依頼人であるクレイン社が不公平な裁判しか受けられなかった理由を説明し、その手はじめに最初から除外したかったふたりの陪審員のことを話しはじめた。しかし、ハリスンは説明を拒否した。カーティンのチームは合計で二十二もの審理での誤謬《ごびゅう》を数えあげ、そのどれもが苦情をいうにふさわしい由々しきものだと主張したが、ハリスン判事の考えはちがった。弁護士たちの議論を一時間ほどきいたのち、判事は審理のやりなおしを求める申立てを却下した。

これ以外の裁定が出たら、ジャレッド・カーティンは驚いたはずだ。いまではこの種の問題のすべてが、形式上のものでしかないからだ。戦闘にはすでに負けている――しかし、戦争そのものにはまだ負けていない。

ほかの申立ての審理がつづいた。どの申立ての場合も、数分ほど気のない論戦がつづいたところで、ハリスン判事がこういった。「却下する」

弁護士たちがその口を閉ざし、一同が書類をまとめてブリーフケースを閉じると、ジャレッド・カーティンが法壇にむきなおった。「閣下、大変お世話さまでした。三年後、われわれがすべてを一からやりなおすことになると、わたしは確信しております」

「これにて閉廷」ハリスン判事はぶっきらぼうにいい、小槌《こづち》を大きく打ち鳴らした。

クリスマスの二日後、風が強く、肌寒いある日の夕方近く、ジャネット・ベイカーは自分のトレーラーハウスをあとにすると、パイングローブを通って教会に行き、裏手の墓地におもむいた。ジャネットはまず愛息チャドの小さな墓石に口づけをし、それから夫ピートの墓にもたれかかった。きょうはピートが五年前に世を去った命日だった。

この五年間でジャネットは楽しかった思い出に耽《ふ》けるすべを身につけていたが、つらい思い出を追いはらうことは無理だった。ピートは大柄な男だったが、体重は五十五キロを切り、食事もとれなくなって、さいごにはのどと食道にできた腫瘍《しゅよう》のあいだにチューブを通して水を流しこむしかなくなった。当時三十歳だったというのに、死にかけた男としてげっそりやつれて青ざめたその姿は、二倍の年齢に見えた。かつてはタフガイそのものだったピートが絶え間のない激痛に泣き叫び、もっとモルヒネがほしいとジャネットに懇願した。大法螺《ぼら》吹きの大口叩きだった男の口からは、苦痛のうめき声しか出なくなった。ピート……苦しみにすっぱり片をつけるのを手伝ってくれと妻に懇願していたピート。

夫にくらべたら、チャドのさいごの日々はまだしも平穏だった。ピートの場合には恐怖の一語に尽きた。ジャネットは見たくないものまで見てしまっていた。

悲しい思い出はもうたくさん。自分がここに来たのは、ふたりがともに歩んだ人生について語るためだった。ふたりのロマンス、ハティズバーグで最初に借りたアパート、チャドの誕生、もっと子どもをつくって、もっと広い家に引っ越そうと計画していたこと……そして、ともに声をあげて笑いあったふたりの夢のすべて。片手に釣竿《つりざお》、片手にジャネットの叔父の池で釣りあげたのち、紐《ひも》で結んだ驚くほど多くのブリームをもった幼いチャド。ティーボールのチームのユニフォームを初めて身につけて、コーチである父ピートとならんで立っていたチャド。クリスマス、感謝祭、そして父子《おやこ》がともに病魔におかされて死にかけていたときに行ったディズニーワールドへの旅行。いつものようにジャネットは、あたりがすっぽりと暗くなるまで墓場にすわっていた。

デニー・オット牧師は、牧師館のキッチンの窓からジャネットを見まもっていた。オットが丹念な管理を欠かさないささやかな墓地は、このところその規模以上に人足が繁《しげ》くなっていた。

10

新年の幕開けには、また葬式がおこなわれた。ミス・アイネズ・パーデューが、腎《じん》不全で長期にわたって苦しめられたのちに世を去ったのである。享年《きようねん》六十一。未亡人で、すでに成人しているふたりの子どもがいたが、幸運なことにふたりともそれなりの年齢になるなりボウモアを出ていた。保険に加入していなかったミス・アイネズは、街の郊外にある小さな自宅で友人や教会のデニー・オット牧師にみとられて息を引きとった。ミス・アイネズを見おくると、オット牧師はパイングローブ教会裏手の墓地に行き、このときも教会執事の手を借りて死者のために墓穴を掘った——十七番めの墓穴を。

弔問客が一段落すると、ミス・アイネズの遺体はただちに救急車に積みこまれて、ハティズバーグにあるフォレスト郡医学センターの遺体安置所にまっすぐ搬送された。安置所ではペイトン夫妻の要請を受けた医師が三時間を費やして組織や血液のサンプルを採取し、検死解剖をおこなった。一年前にペイトン夫妻との法的代理人契約書に署名したさい、ミス・アイネズはこの悲しい措置にも同意していた。死者の内臓から採取されたサンプルや組織の検査結果が、いつか法廷で決定的な証拠になるかもしれない。

死後八時間にして、ミス・アイネズはボウモアに帰ってきた――パイングローブ教会という聖なる場所で一夜を過ごすため、安物の棺《ひつぎ》におさめられた姿で。

オット牧師はもうずいぶん前から、ひとたび肉体が死んで魂が天国へと昇れば、地上での儀式は愚かしく、ほとんど意味のないものだと信徒たちを納得させていた。仰々しい葬儀、通夜《つや》、遺体保全措置《エンバーミング》、供花、高価な棺――すべて時間と金の無駄だ、と。灰は灰に、塵《ちり》は塵に。神はわれら人間を裸でこの世に送りだした、だからこの世を去るときにも、おなじ流儀が望ましい。

翌日、オット牧師は満員になった教会でミス・アイネズの葬式を執りおこなった。信徒席にはウェスとメアリ・グレイスのペイトン夫妻のほか、関心をもって見まもっている弁護士たちの顔も見うけられた。オット牧師は葬式を人々に希望を与える場に、ときにはユーモアの雰囲気さえたたえる場にするための手だてを模索していたし、いやでも経験を積んでいたために熟練していたことは疑いなかった。ミス・アイネズは教会では控えのピアノ伴奏者だった――動きの鈍い手で熱をこめてピアノを演奏してはいたが、音の半分ははずしていた。おまけに耳がほとんど不自由になっていたせいもあり、自分の演奏がどれほど調子はずれなのかも気づいていなかった。ミス・アイネズのピアノの思い出が、場の雰囲気を明るくしていった。

クレイン化学やこの会社がおかした無数の罪を弾劾《だんがい》するのは簡単だったが、オット牧師は会社のことを話に出さなかった。ミス・アイネズはすでに死に、もはやなにをもってしてもその事実を変えることはできない。ミス・アイネズを殺した犯人の名前はだれもが知っている。

一時間の式ののち、棺の担《にな》い手たちがミス・アイネズをおさめた棺桶《かんおけ》をミスター・アール・マングラムが所有していた昔ながらの四輪荷馬車の荷台に積みこんだ。この種の馬車は、郡全体でもこれ一台しか残っていない。ミスター・マングラムはクレイン社によるごく初期の犠牲者のひとりであり、デニー・オットが三人めに埋葬した死者となったが、自分の棺を教会から墓地に運ぶにあたって祖父から譲りうけたこの馬車に載せ、高齢の愛馬であるブレイズに牽《ひ》いてほしいという要望を残していた。短距離ながらこの馬車での葬列は好評を博し、たちまちパイングローブの慣例になった。

ミス・アイネズの棺が荷馬車に積みこまれ、ブレイズの横に立っていたオット牧師が手綱を手にとった。年老いたクォーターホースがのろのろと歩きだし、馬に先導された葬列は教会の正面を離れて横手の道に進み、墓地へとむかった。

南部の伝統に従って、ミス・アイネズとの別れの儀式のあとは、信徒ホールにそれぞれが料理をもち寄っての会食だった。人の死に慣れきっているはずの人々だったが、こうした埋葬のあとの会食は弔問客がおたがいを支えあい、悲しみをわかちあう好機だった。オット牧師は人々のあいだをまわって、全員と言葉をかわし、数名の人とともに祈りを捧《ささ》げていた。

こういった暗い場所でいちばん関心をあつめる疑問、それは——つぎはだれか？　いろいろな意味で、住民たちは囚人になった気分だった。周囲の世界から隔絶され、さまざまな苦しみにあえぎ、しかも死刑執行人がつぎにだれを選ぶのかもわからない。ローリー・ウォーカーはいま十四歳。かれこれ十年近くも白血病に苦しんで、いまや急速に衰弱しつつある。つぎはこのローリーだろう。いまは学校に行っていて葬式には参列しなかったが、母親と祖母が顔を見せていた。

ペイトン夫妻はホールの隅でジャネット・ベイカーといっしょに立っていた。話題はさまざまだったが、ただひとつ、裁判の話だけは出なかった。ブロッコリーとチーズのキャセロール料理を形ばかり載せた紙の皿をはさんでの会話で、夫妻はジャネットがコンビニエンスストアの夜勤の仕事をはじめ、いまよりも高級なトレーラーハウスへの転居を考えていることを知らされた。ジャネットと義姉のベティは仲たがいをしていた。というのもベティに新しい恋人ができたのはいいが、この恋人がしじゅうトレーラーハウスに泊まっていくばかりか、ジャネットの法的立場に過度な関心を寄せているかに見うけられたからだった。

ジャネットは前よりも元気そうに見えたし、頭も鋭くなっているようだった。体重も増え、いまでは抗鬱剤《こううつ》をまったく飲まなくなっていた。まわりの人々のジャネットへの接し方も前とは変わっていた。そのあたりをジャネットは、ホールにいるほかの人々を見ながら低く押し殺した声でこんなふうに話した。

「しばらくはみんな、とっても誇らしげでした。仕返しをしてやった。勝った。ようやく、外の世界にも自分たちの声に……貧しく小さな街に住む、貧しくちっぽけな自分たちの声に耳をかたむけてくれる人が出てきた、と。みんながわたしを囲んで、やさしい言葉をかけてくれました。料理をつくってくれる人がいて、トレーラーハウスを掃除してくれる人がいて、しじゅうだれかが訪ねてきました。かわいそうなジャネットに、なにかできることはないかって。でも、やがて日がたつうちに、お金の話題が耳にはいってきはじめたんです。上訴にはどのくらいの日数がかかるのか？　お金はいつ手にはいるのか？ ジャネットはそのお金をどうするつもりなのか？ そのたぐいの話です。ある晩ベティの弟がうちに来て泊まっていったんですが、その夜はお酒を飲みすぎたのか、わたしに千ドル貸してくれといってきました。それで口論になって……そのときベティの弟は、わたしが賠償金の一部をすでに受けとっていることは、街のだれもが知っている、といったんです。ショックでした。みんながそんな噂《うわさ》をしてるなんて。それもありとあらゆる噂を。二千万ドルでこれを買い、二千万ドルであれを買う。どれだけ寄付するのか？ どんな新車を買おうとしているのか？ 新築の大きな家をどこに建てようとしているのか？ まわりの人たちはみんな、わたしの買物すべてに目を光らせてます——といっても、たいした買物はしてません。それから男たち——四つの郡の女たらしどもが、こぞって電話をかけてきたり、家に寄らせてくれといってきたり、挨拶《あいさつ》をしたり、映画に誘ってきたりするんです。そのうちふたりは、まだ離婚さえしていないこと、わたしはちゃんと知ってるんです。ベティが、その男たちの従兄弟《いとこ》と知りあいだから。男のことなんか考えられません」

ウェスは目をそらせた。

「牧師さんには話した？」メアリ・グレイスはたずねた。

「少しは。すばらしい助言をいただきました。わたしのことをあれこれ噂している人たちのために祈りを捧げるようにと、そういわれたんです。ですから、祈りました。ほんとうに祈ったんですよ。でも、あの人たちのほうがずっと熱心に、わたしとお金のために祈っているんじゃないかという気分を拭《ぬぐ》えなくて」そういってジャネットは疑いのまなざしで周囲を見わたした。

デザートはバナナプディングで、これはまたペイトン夫妻がジャネットから離れる口実にもなった。この場にはほかにも数人の依頼人が出席していて、それぞれに対処が必要だったからだ。オット牧師とその妻がテーブルを片づけはじめると、弔問客たちはようやくドアにむかいはじめた。

そのあとウェスとメアリ・グレイスは、礼拝堂の隣にある書斎で牧師と顔をあわせた。法律にからむあれやこれやの、埋葬後現状報告会のためだった。だれが発病したのか？　新しい患者にどのような診断がくだったのか？　パイングローブでほかの法律事務所と契約をかわしたのはだれなのか？

「クライド・ハーディンの件はもう抑えようがありませんね」オット牧師はいった。「あの連中はラジオでコマーシャルを流し、新聞に週に一回の広告を出してます。全面広告をね。金が確実にはいると保証しているも同然ですな。人々が群れをなして事務所にはいっていってますよ」

ウェスとメアリ・グレイスの夫婦は、ミス・アイネズの葬式の前にメイン・ストリートを歩いていた。F・クライド・ハーディンの事務所の隣に新しくできたスクリーニング診療所を、自分たちの目で確かめたかったからだ。歩道には、水のペットボトルと氷をいっぱいに詰めた大きなクーラーボックスがふたつ置いてあり、ビンツ&ビンツ法律事務所の名前が刷りこまれたTシャツを着た十代の若者が、ふたりのそれぞれにペットボトルを手わたした。ラベルには《天然湧水《ゆうすい》。提供：ビンツ&ビンツ法律事務所》とあり、そのあとにフリーダイヤルの電話番号が記載されていた。

「これはどこの湧《わ》き水かな？」ウェスは若者にたずねた。

「ボウモアの水じゃありませんよ」若者は打てば響くように答えた。

メアリ・グレイスが若者と立ち話をしているあいだ、ウェスは診療所に足を踏みいれた。室内には、スクリーニングを待つ三人の依頼人候補者がいた。三人のだれひとり、病人には見えなかった。ウェスを出迎えた十八歳になるやならずの顔だちのととのった女は、パンフレットと問診票をはさんだクリップボード、それにボールペンを手わたして、問診表の裏と表の両方に記入するようにと指示した。パンフレットはその道のプロの手になる品で、クレイン化学を訴えるにあたっての主張の基礎部分を説明するものだった――パンフレットでクレイン社は、ボウモアとケイリー郡の飲料水を汚染したと〝法廷で立証された〟企業だ、とされていた。問いあわせはすべて、ペンシルヴェニア州フィラデルフィアのビンツ&ビンツ法律事務所へ。問診票の質問は、どれも記入者の背景や医学的な側面にかかわるものだったが、さいごの二問だけは例外だった。（一）紹介者がいる場合には、その方のお名前をお知らせください。（二）クレイン化学の被害者だという可能性のある方をご存じですか？　ご存じであれば、その方のお名前と電話番号をお教えください。ウェスが問診票に記入しているあいだに、ひとりの医者が診療所の奥から待合室に姿をあらわして、つぎの患者の名前を呼んだ。医者は白衣を着て、ご丁寧にも首に聴診器をぶらさげていた。見たところはインド人かパキスタン人のようで、どう見ても三十歳より年上ではなかった。

数分後、ウェスは口実をつくって診療所をあとにした。

「けちな商売です」ウェスはそうオット牧師に説明した。「まず数百人の依頼人と契約をかわします――ほとんどがきわめて軽症の者でしょうね。そのあと、連邦裁判所に集合代表訴訟を起こす。うまくいけば、いまから一年後にはひとりあたり数千ドルの賠償金で和解が成立します。弁護士たちはそこから、手数料をたんまりかきあつめるわけです。しかし、クレイン社が和解に応じない可能性もかなりある。そうなった場合、せっかくあつめた依頼人には一セントも支払われず、クライド・ハーディンはまた不動産取引の書類を書く仕事に逆もどりするしかありません」

「こちらの教会からは、何人があの事務所と契約をかわしたんです?」メアリ・グレイスはたずねた。

「わかりません。あの人たちも、すべてをわたしに打ち明けるわけではないのでね」

「ぼくたちも本気で心配してるわけじゃないんですよ」ウェスはいった。「率直にいえば、この先まだ何年も手いっぱいになるほどの訴訟をかかえているので」

「そういえば、きょうのお葬式にもふたりばかりスパイがまぎれこんでいたみたいですね」メアリ・グレイスはいった。

「ええ。ひとりはクランデルというジャクスンの弁護士です。正式事実審理のときから、このあたり一帯をうろついてます。そればかりか、うちの教会に立ち寄って挨拶までしていきました。カモをさがしている詐欺師《さぎ》ですな」

「その名前にはきき覚えがありますよ」ウェスはいった。「クランデルと契約をかわした人はいますか?」

「この教会の信徒にはいません」

三人は弁護士たちについてしばらく話しあったのち、ジャネットや、そのジャネットが新たに感じているプレッシャーといったいつもの話題に移った。ジャネットとふたりの時間を過ごしているオットは、自分の言葉が相手の耳にはいっていることに自信をもっていた。

一時間後、三人は話しあいをおえ、ペイトン夫妻は車でハティズバーグに帰った。こうして依頼人がひとり地中に葬《ほうむ》られたいま、それまでの人身被害事件の訴訟が不当死亡の訴訟に変わったのである。

準備書面類がミシシッピ州最高裁判所に到着したのは、一月第一週のことだった。一万六千二百ページにおよぶ正式事実審理の速記録を書記官たちがついに完成させ、そのコピーが最高裁の書記官と当事者双方の代理をつとめる弁護士たちに届けられたのである。上訴人クレイン化学には、上訴趣意書を九十日以内に裁判所に提出するべしという命令が出された。ペイトン夫妻による反証提出は、その後六十日以内と定められた。

アトランタではジャレッド・カーティンが、大量の書類を事務所の上訴担当部署にまわした。事務所内で〝インテリ集団〟と呼ばれているこの部署は、一般の社会ではまともに機能できず、図書館に閉じこめておくのが最上だという、頭脳優秀な法律学者の集団である。厖大《ぼうだい》な速記録が到着したときには、ふたりのパートナーと四人のアソシエイト、および四人の補助職員が精力的に上訴の準備を進めており、彼らは正式事実審理の場で記録された言葉のすべてをここで初めて目にした。これより彼らはこの記録を徹底的に解剖し、原判決破棄が妥当だと主張するための何十もの誤謬《ごびゅう》を見つけだすことになる。

ハティズバーグのあまり品がよくない地域では、〈あなぐら〉のベニヤ板のテーブルに速記録が積まれていた。メアリ・グレイスとシャーマンのふたりは、信じられぬ思いで大量の書類に目を見ひらいていた。手を触れることさえ恐ろしかった。かつてメアリ・グレイスは丸々十日間を要した審理で、原告代理人をつとめたことがある。そのときの速記録は千二百ページだった。くりかえし何度も読んだせいで、しまいには見るだけで気分がわるくなった。そこにもってきて……これだ。

こちらに有利な点があるとすれば、正式事実審理のあいだ法廷にずっと身を置いていたので、すでに速記録の内容をあらかた知っていることだ。じっさいメアリ・グレイスの速記録への登場回数は、ほかのどんな関係者よりも多かった。

しかし速記録はこの先何回も読むことになるし、仕事を遅らせるわけにはいかなかった。クレイン社の弁護士たちが、これから審理手続と評決に狡猾《こうかつ》で容赦ない攻撃を仕掛けてくるに決まっているからだ。ジャネット・ベイカーの代理人としては、議論には議論で、言葉には言葉をもって戦うほかはなかった。

評決直後の昂奮《こうふん》の日々には、メアリ・グレイスがボウモアの諸訴訟に集中し、ウェスがほかの案件を手がけて現金を稼ぐ予定だった。評決には値段がつけられないほどの広告効果があった——電話はひっきりなしに鳴りつづけた。州南東部の頭のいかれた連中が、いきなりひとり残らずペイトン夫妻を必要としているかのようだった。勝訴の見こみなき裁判の泥沼にはまりこんだ弁護士たちが助けを求めてきた。愛する者を癌《がん》でうしなった遺族たちには、評決が希望の光に見えた。もちろんお決まりの連中——刑事被告人や離婚手続中の者や家庭内暴力の被害にあっている女性、会社が倒産した経営者、うっかり滑って転んだ詐欺師、それに勤務先から解雇された者が、こぞって電話をかけてきたり、有名な弁護士の代理を求めて事務所に立ち寄ったりした。まともに報酬を支払える者はほとんどいなかった。

しかしながら、まっとうな人身被害案件はきわめて稀《まれ》なことが実証された。〝でっかい案件〟——すなわち賠償責任が明々白々、被告がたんまりと現金をもっており、しばしば仕事からの引退の夢を育《はぐく》む土台になるような案件は、まだペイトン夫妻の法律事務所のドアをノックしてはいなかった。これ以外にも交通事故や労災補償の案件がいくつかあったが、陪審審理をひらく価値のあるものは一件もなかった。

ウェスはできるかぎり多くの訴訟をおわらせるべく精力的に仕事をこなし、多少の成功をものしていた。事務所の家賃はもう滞納していないし、未払いだったスタッフの給与もすべて支払った。ハフィと銀行はまだ崖《がけ》っぷちに立たされていたが、それでもこれ以上の圧力をかけるのを怖がっていた。銀行への返済は——元金であれ利息であれ——まったくなされていなかった。

11

彼らはロン・フィスクという名前の男に白羽の矢を立てた。ミシシッピ州ブルックヘイヴン以外の世界ではまったく無名の男である——この街はジャクスンから南に車で一時間、ハティズバーグからは西に二時間の距離にあり、ルイジアナ州との州境から八十キロ北にある。フィスクは、おなじような経歴をもつ多くの候補者から選ばれた——しかし、篩《ふるい》にかけられた候補者のだれひとり、自分の名前や背景がつぶさに評価されたことにまったく気づいていなかった。フィスクは若い白人男性、結婚しており子どもは三人、それなりに整った顔だちで、それなりに整った身なり、保守的で敬《けい》虔《けん》なバプテスト、ミシシッピ大学ロースクール出身で、法曹界でのキャリアを通じて道徳面での問題を起こしたことは一度もないばかりか、スピード違反の切符を切られたこと以上に重大な犯罪歴もないし、いかなる法廷弁護士の団体にも加入しておらず、物議をかもす事件の担当経験も、法壇にすわった経験もなかった。

ブルックヘイヴン以外の住民がロン・フィスクの名前を知っている理由はなかった。

それこそ、フィスクが理想的な候補者である理由だった。フィスクに白羽の矢を立てたのは、彼らが低く設定している法律の世界での経験値という基準をクリアする程度の年齢でありながら、まだ野心を抱くだけの若さをそなえてもいたからだ。

フィスクは当年三十九歳、交通事故や火事、労働災害をはじめ、定番ともいえる無数の損害賠償請求訴訟で訴えられた企業の弁護を専門にしている、五人の弁護士からなる法律事務所のジュニア・パートナーの地位にあった。事務所の依頼人である保険会社は時間あたりで報酬を払うため、五人の弁護士は大儲《もう》けとはいえないまでも、不自由なく暮らせるだけの給料を稼ぐことができた。ジュニア・パートナーとしてのフィスクの場合、昨年の年収は九万二千ドル。ウォール街ではとるにたりない額だが、ミシシッピ州の小さな街ではわるい金額ではない。

現在の州最高裁の裁判官の年収は十一万ドルだ。

フィスクの妻のドリーンは、民間のメンタルヘルス・クリニックの副院長として年に四万一千ドル稼いでいた。自宅、二台ある自動車、それにいくつかの家具にいたるまで、なにもかも担保にはいってはいたが、夫妻はともに、金融機関の与信等級では最高ランクだった。一家は年一回フロリダに休暇旅行に行き、そのときは高層コンドミニアムを一カ月千ドルで借りている。信託基金はないし、どちらの両親からも多額の遺産は見こめなかった。

フィスク夫妻は清廉《せいれん》潔白そのものだった。手段を選ばない選挙戦のさなかに鵜《う》の目鷹《たか》の目で穿鑿《せんさく》されても、掘り起こせるスキャンダラスな情報はひとつもなかった。まったくのゼロ、彼らはその点に確信をいだいていた。

トニー・ザカリーは午後二時五分前にその建物に足を踏みいれて、用件を述べた。「ミスター・フィスクとの約束です」ザカリーは鄭重《ていちょう》にいい、秘書がいったん姿を消した。待ちがてらザカリーは室内を見まわした。埃《ほこり》をかぶった墓石ともいうべき時代遅れの書物の重みで棚板がたわんだ書棚。すり減ったカーペット。なんらかの補修が必要な、歴史のある上質な建物ならではの黴《かび》くさいにおいが立ちこめている。ドアがあいて、若々しい男がさっと片手を突きだしてきた。

「ミスター・ザカリー、ロン・フィスクです」愛想のいい口調だった――新しい依頼人には、決まってこんなふうに話しかけるのかもしれない。

「よろしく」

「わたしのオフィスはこちらです」フィスクはいいながら、大きく腕をふってドアを指さした。ふたりは部屋にはいってドアを閉め、乱雑にちらかった大きなデスクをはさんで椅子《いす》に腰をおろした。ザカリーはコーヒーも水もソーダもいらないといって、すすめを断わった。

「お気持ちだけ、ありがたくいただきます」ザカリーはそういった。

フィスクはワイシャツの袖《そで》をまくりあげ、ネクタイをゆるめて、いかにも肉体労働に従事しているさなかのように見せていた。このイメージがザカリーの気にいった。美しく整った歯、鬢《びん》のあたりにわずかな白髪があるだけ、あごのラインは力強い。なるほど、これはまちがいなくヒット商品になる。

ふたりはしばし、〝だれだれを知っているか?〟というテーマで話をした。ザカリーが長年のジャクスン住人であり、彼《か》の地ではもっぱら対政府関係の仕事――それがなにを意味するかはともかくも――をしていたと話したからだ。フィスクには政治と関係した前歴がまったくなかったので、嘘《うそ》の経歴が見ぬかれる心配はないも同然だった。じっさいのところザカリーはジャクスンに住むようになって三年にもなっていないし、最近まではアスファルト業界と契約してロビイストの仕事をしていたのだ。やがてブルックヘイヴン出身の州上院議員がおたがいの知りあいであるとわかり、ふたりは議員のことをしばらく話題にした――とりあえず時間をつぶすためだから、話題はなんでもよかった。

うちとけた雰囲気になると、ザカリーはこういった。「ひとつお詫《わ》びをしなくてはなりません。じつはわたしは、新しくあなたの依頼人になるために来たのではありません。もっと重要な用件でおうかがいしたのです」

フィスクは眉《まゆ》をひそめて、うなずいた。お話をうかがいましょう。

「失礼ですが、〈司法の理想〉という名前の組織をご存じですか？」

「いいえ」

知っている人間はほとんどいない。ロビイスト活動とコンサルティングという闇《やみ》の世界でも、〈司法の理想〉はかなりの新顔だからだ。

ザカリーはつづけた。「わたしはその組織のミシシッピ支部長の地位にあります。全国的な組織ですよ。われわれの唯一《ゆいいつ》の目標は、適切な資格のある人材を、上訴審担当の裁判所に選挙を通じて送りこむことです。いま資格といいましたが、保守的で産業界に理解があり、道徳観念にすぐれ、知的で野心もある穏健派の若い裁判官のことですよ。さらに――ここから先の部分こそ、われわれがもっとも重要視している信条なのですが――この国の法律分野の現状を変えられる人材であることです。これが実現できれば、われわれは胎児の人権を守り、われわれの子どもたちを蝕《むしば》む下劣な文化を抑制し、結婚の神聖を讃《たた》え、同性愛者を学校から追放し、銃規制論者を論破し、国境を封鎖して、真のアメリカ流の生き方を守ることができるのです」

両名はここで深々と息を吸いこんだ。

いま話に出た荒れ狂う聖戦のどこに自分があてはまるのか、フィスクにはさっぱりわからなかったが、一分あたりの脈搏《みゃくはく》が十は上昇したのが感じられた。「そうですか。なるほど。なかなか興味ぶかい団体のようだ」

「われわれは目的意識をもって運動しています」ザカリーはきっぱりといった。「またわたしたちは、民事訴訟制度に正気をとりもどそうと固く決意してもいます。常識はずれの評決とハイエナのような法廷弁護士たちが、わたしたちから経済の発展力を奪っています。わたしたちは企業をミシシッピ州に誘致するどころか、逆に怖がらせて追い払っているのです」

「その点は疑いありませんね」フィスクはいい、ザカリーは歓喜の大声をあげたくなった。

「あなたも、人々がどれほど些細《ささい》な損害賠償請求訴訟を起こしているかをご存じでしょう。わたしたちは、そういった現状を許している制度の改革――すなわち〝不法行為改革《トート・リフォーム》〟を求める全国的組織とも協力しあっています」

「いい話だ。しかし、なぜこのブルックヘイヴンに？」

「失礼ながら、あなたには政治的な野心がありますか、ミスター・フィスク？　選挙で選ばれる公務員となって、そこのオフィスの主人になりたいと思ったことは？」

「いちどもありません」

「じつをいえば、わたしたちは独自の調査をおこない、あなたこそが州最高裁の裁判官選挙に出馬するにふさわしい最高の候補者だという結論に達したのですよ」

フィスクはこの馬鹿《ばか》げた話に、反射的に笑い声をあげていた。しかし、神経質な笑い声でもあった――表面上はユーモラスな話に受けとめているが、それは建前、じっさいはちがうと人に信じこませるような笑い声だった。話を真剣に受けとめている、だから話しあいを進めてもかまわない、と。

「調査？」フィスクはたずねた。

「そうです。わたしたちは多大な時間を費やして、（a）わたしたちが好感をもてて、（b）選挙に勝てる候補者を探しました。対立候補や人種、各種統計、政治などなど、すべての要素を考慮に入れました。わたしたちのデータバンクは他の追随を許しませんし、多額の資金をあつめる能力においてもおなじことがいえます。話の先をききたくありませんか？」

フィスクは床を蹴《け》ってリクライニング式の椅子を転がし、デスクから離れると、両足をデスクに載せて、頭のうしろで両手を組んだ。「もちろん。ここに来た理由をきかせてもらえますか？」

「ここに来たのは、今年十一月におこなわれる選挙において、あなたにシーラ・マッカーシーの対抗馬としてミシシッピ州南部選挙区からの出馬をお願いするためです」ザカリーは自信のこもった声でそう宣言した。「マッカーシー相手ならば勝ち目は充分にあります。わたしたちはマッカーシー本人も、これまでの経歴も好きにはなれません。裁判官職について九年間でマッカーシーがくだした裁定のすべてを分析した結果、あの女性が熱心なリベラル派でありながらも、いつもはうまく化けの皮をかぶっていると確信するにいたりました。マッカーシーのことはご存じですか？」

フィスクはこの質問にイエスと答えるのが怖くさえあった。「一度、なにかのおりにちょっとだけ顔をあわせた程度ですよ。面識があるとさえいえませんね」

ところがザカリーたちの調査によれば、マッカーシーはロン・フィスクの法律事務所が関与した三つの訴訟で審理に参加しており、すべてにおいて相手方に有利な裁定をくだしていた。そのうちひとつの訴訟――保険金目的の放火ではないかと激しい議論が戦わされた、倉庫の火事がからんだ事件――では、フィスクみずからが口頭弁論に立ってもいた。結局このときは、九人の裁判官による五対四の投票結果でフィスクの依頼人が敗訴した。このミシシッピ州最高裁ただひとりの女性裁判官のことを、フィスクがこころよく思っていないことは明らかだった。

「マッカーシーには弱点が多々あります」ザカリーはいった。

「どういう根拠で、ぼくがマッカーシーに選挙で勝てると思うんです？」

「あなたが家庭中心の価値観を重んじる、健全な保守派の男だからですよ。わたしたちには、選挙戦における電撃的集中作戦の専門家がいるからです。そして、わたしたちには資金力があるからです」

「ほんとうに？」

「ええ。無限の資金がね。わたしたちには、ほんとうに力のある人たちが協力してくれていましてね、ミスター・フィスク」

「どうか、ぼくのことはロンと」

どうせあっというまに、ロニー坊やと呼ばれるようになるさ。「ええ、ロン。われわれは銀行や保険会社、エネルギー業界などの大企業の代理をつとめているグループと協力して資金調達にあたっています。いいですか、これは巨額の金の話です。そのうえでわたしたちは傘を広げ、親愛なる人々のグループを守ります――その保守的なキリスト教徒のグループが、白熱する選挙戦のさなかに大金をつくりだしてくれます。

そればかりか票をつくってもくれるんです」

「話だけきいていると簡単そうだ」

「簡単だったためしはありませんが、選挙に負けたことはめったにない。これまで全米各地で十以上もの選挙戦を経験して、テクニックを磨いてきていますし、人々をあっといわせるような勝利をもたらすことが、いまや習慣になっているとさえいえます」

「ぼくには法壇にすわった経験がありませんよ」

「それも知っていますし、あなたに好感をもった理由のひとつでもあります。現職裁判官は強硬な判決をくだします。強硬な判決が議論の的になることもあります。そうやって残した足跡や記録を、敵が攻撃材料に利用することもある。これはわたしたちが学んだことなのですが、最良の候補者の条件はあなたのように若くて聡明《そうめい》、そのうえ過去の裁定という重荷を背負っていない人なんですよ」

経験のないことが、ここまで立派な資質にきこえた前例はなかった。

フィスクが考えをまとめるあいだ、長い沈黙の時間が流れた。ザカリーは立ちあがり、〝尊敬の壁〟に近づいた。壁は大学の卒業証書やロータリークラブからの感謝状、ゴルフ中の写真、それにたくさんの家族のスナップ写真で埋めつくされていた。美しい妻のドリーン。野球のユニフォームを着ている十歳の息子のジョシュ。七歳になる息子のジークは、自分の背丈と変わらないほど大きな魚をもっている。五歳の娘のクラリッサはサッカー用の服装だ。

「すばらしいご家庭ですね」ザカリーは、家族のことなどなにも知らぬげな口調でいった。

「おかげさまで」フィスクは心からの笑みに顔を輝かせた。

「お子さんたちもみなご立派だ」

「母親からいい遺伝子を受けついだもので」

「最初の奥さまですか?」ザカリーはさりげなく、なに食わぬ顔でたずねた。

「そうですよ。大学時代に知りあいました」

当然ザカリーはそのことを知っていたし、それ以上のことも知っていた。ついで椅子に引き返し、最初の位置にもどる。

「最近はまったく調べてないんですが……」フィスクはわずかにきまりわるそうにいった。「いま最高裁の裁判官の年収はどのくらいなんです?」

「十一万ドルです」ザカリーは笑みを押し隠しながらそう答えた。どうやら、予想以上に話がうまく進んでいるようだ。

フィスクはわずかに顔をしかめた。まるで、〝そこまで大幅な減収を受け入れる余地はない〟と語っているかのような顔とは裏腹に、頭脳は高速で回転しており、さまざまな可能性に頭がくらくらするほどだった。

「つまりあなたは、州最高裁の裁判官選挙に出る候補者をつのっているわけですね」

フィスクは、朦朧《もうろう》となっているかのような口調でたずねた。

「なにも、裁判官全員を変えようというのではありません。なかにはすばらしい裁判官もいますし、彼らに対抗馬が出た場合、われわれは現職裁判官を支援します。しかし、マッカーシーには去ってもらわなくては。あの女は女権拡張論者で、しかも犯罪者に肩入れしている。わたしたちはマッカーシーを追い払いたい。そして、あなたに追い払ってほしいと思っています」

「もし、ぼくがノーと答えたら?」

「そのときは、わたしたちのリストでつぎに載っている名前の人を訪ねるだけです。あなたがリストの筆頭です」

フィスクは困惑して頭を左右にふった。「なんともいえませんね。事務所を辞めるのも簡単ではないですし」

しかし、少なくとも事務所を辞めることを考慮してはいる。餌《えさ》は水中に投げこまれ、いまは魚がじっと見つめている状態だ。ザカリーは気持ちはわかるというふうに、うなずいてみせた。心からの共感のしぐさ。事務所は疲れはてた書類仕事屋の寄り合い世帯だ。彼らは酔っぱらい運転者の証言録取をしたり、軽い衝突事故を裁判の前日に示談にさせたりすることで毎日を過ごしている。フィスクもこの十四年間、来る日も来る日もおなじ仕事をしていた。案件の中身はどれもこれもおなじだった。

ふたりはペストリーショップのボックス席にすわり、アイスクリームサンデーを注文した。

「先ほど話に出た電撃的集中作戦というのは？」フィスクはたずねた。店にいる客はふたりだけ。ほかのボックス席はすべて無人だった。

「基本的には不意討ち攻撃です」ザカリーは答えた。話題が得意分野におよんだせいで、だんだん口調に熱がこもってくる。「いまの時点でマッカーシー裁判官は、対立候補が出ることをまったく知りません。自分に挑戦する者はいないと思い、その状態がつづくことを願うばかりか、挑戦者が出るはずはないと自信さえいだいている。選挙資金用の口座の残高は六千ドル。必要が生じなければ、これ以上は一セントも募金をあつめたりしないでしょう。とりあえず、あなたが出馬を決意したと仮定しましょうか。立候補の届け出の締切は四カ月先ですが、出馬表明は期限ぎりぎりまで引き延ばします。ただし、そのあいだも忙しく動きますよ。まず、選挙チームの編成です。資金を銀行にあつめもします。立て看板に貼《は》るポスターやバンパーステッカー、パンフレット、それにダイレクトメールなどの宣材を印刷します。テレビ広告を制作し、コンサルタントや世論調査員などのスタッフを雇います。いよいよ立候補宣言をおこなったら、この地域にダイレクトメールの洪水で大攻勢をかけます。第一波は親しみのある内容にしましょう──あなたご自身やご家族、教会の牧師さん、ロータリークラブにボーイスカウト。第二波のダイレクトメールでは、マッカーシーの経歴を厳しい目で、しかし忌憚《きたん》なく検討することになりますね。あなた自身は怒濤《どとう》の遊説を開始する。毎日十回の演説スケジュールで、選挙区をくまなくまわります。わたしたちは自家用ジェット機であなたを移動させます。マッカーシーはどこから手をつければいいのかもわからないでしょう。選挙初日から、すっかりこちらに圧倒されてしまうに決まってます。六月三十日には、選挙資金として百万ドルあることを報告。マッカーシーの資金は一万にも届きますまい。法廷弁護士たちが駆けずりまわって多少の寄付金をかきあつめるでしょうが、そんなものは焼け石に水だ。九月の最初の月曜、つまり〝労働者の日《レイバー・デイ》〟が過ぎたら、テレビのコマーシャルを大々的に打ちます。マッカーシーは犯罪者に手ぬるく、同性愛者に寛大、銃には弱腰で規制派であるうえ、死刑制度には反対。そうなれば、もうマッカーシーには勝ち目はありません」

サンデーが運ばれてきて、ふたりは食べはじめた。フィスクがたずねた。「それだけのことをするのに、金がどれだけかかるんです？」

「三百万ドル」

「三百万ドル！　州最高裁の裁判官選挙で？」

「あなたが勝ちたければの話ですよ」

「それだけの金をあつめられるんですか？」

「〈司法の理想〉はすでに協賛者を得ています。それ以上の金が必要になれば、それだけの金をあつめられます」

フィスクはアイスクリームを口に入れ、初めてこんなふうに自問した——現代のさまざまな社会問題にろくな影響力ももたない州最高裁の裁判官をひとりすげ替えるためだけに、この組織はどうしてひと財産もの金を喜んで注ぎこむのか？　ミシシッピ州の裁判所が妊娠中絶や同性愛者の人権、銃砲や移民などに関係する裁判に引っぱりこまれることはめったにない。死刑制度はしじゅう俎上《そじょう》にのぼっているが、州が死刑を廃止するとはだれも思っていない。より重要な問題の議論の場になるのは、連邦裁判所と決まっている。

とすると、たしかに前記の社会問題は重要かもしれないが、ここではほかの要素が動いているのかもしれない。

「ひょっとして賠償責任がらみかな？」フィスクはたずねた。

「それも問題のひとつですね、ロン。しかし……ええ、賠償責任に制限をもうけることは、わたしたちの組織と関係諸グループにとって大きな優先課題です。そのわたしたちは、今回のレースに出す馬をさがすつもりです――あなたに決まればいいとは思っていますが、断わられたら、つぎの人に頼みにいくだけです。これぞという人材が見つかれば、わたしたちはその人に民事訴訟における賠償責任に制限をもうけることに貢献してほしいと思っています。法廷弁護士たちには歯止めが必要ですからね」

その夜遅く、ドリーンはカフェインレスコーヒーを淹《い》れた。子どもたちはもう眠っていたが、ふたりの大人は眠ってはいなかったし、まだしばらくは寝られそうもなかった。ザカリーが帰ったあと、フィスクはオフィスから自宅に電話をかけた。それを境にして、夫婦は州最高裁判所以外のことをなにも考えられなくなった。

問題その一――ふたりのあいだには三人の幼い子どもがいる。最高裁判所があるのは、車で一時間の距離にある州都ジャクスン。一家はブルックヘイヴンから引っ越さない。フィスクは、自分がジャクスンで夜を明かさなくてはならないのは、多くてもせいぜい週に二日だと予想していた。通勤は可能だろう。車をひと走りさせるだけだ。自宅を拠点に仕事もできる。夫は心ひそかに、週に二日ばかりブルックヘイヴンを離れてひとり過ごすのも、あながちわるくはないと思っていた。妻は心ひそかに、おりおりに家でひとり羽根を伸ばせるのもいい気分転換になる、と考えていた。

問題その二——選挙運動。これから年末まで、法律実務をつづける一方で政治の世界で役割をこなすようなことが、どうすればできるだろうか？ 事務所は支援してくれるだろうとは思ったが、とにかく簡単ではあるまい。しかし考えてみれば、なんらかの犠牲を払わずに意義あることを達成するのは不可能だ。

問題その三——金。ただしこれは、重大な懸念《けねん》材料ではなかった。収入増が明白だったからである。法律事務所の収益からのフィスクのわけ前は年々増えていたが、気前のいいボーナスはとても期待できない。ミシシッピ州の裁判官には、議会による定期的な昇給がある。退職年金制度や健康保険制度も、州のほうが好条件だ。

問題その四——フィスクのキャリア。変化のチャンスがいっこうに見えないまま、十四年間もずっとおなじ仕事をこなしてきたこともあって、この突然の転身がきわめて胸躍るものに感じられたのは事実だった。数千人もの同類の群れから飛びだして、選ばれし九人のひとりになると考えただけでも昂奮《こうふん》させられる。郡の裁判所から思いきり派手な宙返りで州司法制度の中核に身を躍りこませると思うと、いやでも胸が高鳴って、思わず声をあげて笑ってしまった。妻のドリーンは笑ってこそいなかったが、上機嫌そのもの、有頂天になっていた。

問題その五——敗北。もし負けたら？　向こうの圧倒的大勝利で落選したら？　とんでもなく不面目なことになるのでは？　考えるだけでも落ちこみそうだったが、フィスクはくりかえしトニー・ザカリーの言葉を嚙《か》みしめていた。「三百万ドルあれば選挙には勝てますし、それだけの金はあつまります」という言葉を。

そこから、連想はさらに大きな問題にむかった。トニー・ザカリーというのは正確には何者なのか？　信頼できる人間なのか？　フィスクは一時間かけて、インターネットで〈司法の理想〉とザカリーのことを調べていた。怪しげな点はまったく見あたらなかった。さらに、州司法省のキャリア官僚になっているロースクール時代の友人に電話をかけ、動機を明かさずに〈司法の理想〉の周辺をつついてみた。友人は、その組織の名前はきいたことがあるような気もするが、知っていることはあまりない、という返事だった。そもそも友人は海底油田の掘削権が専門で、政治には意識して近づかないようにしていた。

ジャクスンにある〈司法の理想〉の事務局にも電話をかけた。フィスクの電話は迷路のなかを引きまわされたあげく、ようやくザカリーの秘書に通じた。秘書は、ザカリーがミシシッピ州南部に出張中であるとフィスクに告げた。いったん電話を切った秘書は即座にザカリーに電話をかけ、フィスクから連絡があった旨《むね》を伝えた。

翌日フィスク夫妻は、〈ディクシー・スプリングズ・カフェ〉でトニー・ザカリーと顔をあわせた。店はブルックヘイヴンから十五キロ以上も南にある湖のほとりにある。市内のレストランとは異なり、偶然だれかに話をきかれてしまう心配とは完全に無縁だった。

この日、ザカリーは前日とはわずかにちがう姿勢をのぞかせた。手もとにほかの選択肢をそなえた男になったのだ。きっぱりと決めよう――この話を受けるか、受けないか。というのも、リストにはまだ多くの名前があり、会って話をしなくてはならない若い白人のプロテスタントの弁護士が数多くいるからだ。とはいえあくまでも物腰は穏やかで、きわめて愛想がよかった――とくにドリーンには。ドリーンは、昼食がはじまったときにはまだ胡散《うさん》くさく思う気持ちが拭《ぬぐ》えなかったが、すぐに説得されていた。

眠れぬ夜のあいだ、フィスク夫妻はべつべつにおなじ結論に達していた。フィスク弁護士がフィスク裁判官になれば、自分たちの小さな街での暮らしがもっと充実し、もっと豊かなものになるはずだ、という結論に。ふたりの社会的地位もめざましく上昇するし、もうだれからも手出しされなくなる。ふたりは決して権力や名声を求めていたわけではないが、誘惑には抗しがたかった。

「いちばんの心配ごとはなんですか?」十五分ばかり無意味なおしゃべりがつづいたのちに、ザカリーがそう切りだした。

「いまは一月だね」フィスクは話しはじめた。「これから十一カ月、ぼくは選挙運動の計画を立てて実行する以外には、ほとんどなにもできなくなる。当然、事務所の仕事のことを心配しているんだ」

「こんな解決策はどうでしょう?」ザカリーは一瞬のためらいも見せずにいった。どんな問題でも、解決策の用意があった。「〈司法の理想〉は、よく協調のとれた、一枚岩のような組織です。友人や支援者も多い。ですから、法律関係の仕事の一部を、あなたの事務所に肩代わりしてもらいましょうか。製材会社、エネルギー会社、天然ガス会社などの大口の依頼人たちが、いま州のこの地域に関心の目をむけています。あなたがほかの仕事で忙しくしているあいだ、あなたの事務所はこの手の仕事のために弁護士をひとりかふたり、増員したくなるかもしれない。しかし、それで緊張をやわらげることができるはずです。立候補すると決めても、あなたが経済的に困ることはありません。むしろ、その正反対です」

フィスク夫妻は無言のまま、ただおたがい顔を見あわせることしかできなかった。ザカリーが塩味のクラッカーにバターを塗って、大きくひと口食べた。

「合法的な依頼人ですか？」そうたずねるなり、ドリーンは質問を後悔した。

ザカリーはクラッカーを嚙《か》み砕きながら渋面をつくった。ついで話しはじめたとき、その口調はいくぶん険しくなっていた。「ドリーン、わたしたちの行動はすべて合法的ですよ。そもそもの出発点からして、わたしたちは倫理を重視している――わたしたちの窮極の目標は裁判所の浄化であって、裁判所の破壊ではない。それに、わたしたちの行動はこれから逐一穿鑿《せんさく》されることになる。選挙戦が白熱すれば、それだけ多くの注目があつまります。だからこそ、過《あやま》ちをおかすわけにはいかないのです」

大目玉を食らった気分になったドリーンはナイフをもちあげ、ロールパンを食べはじめた。

ザカリーはつづけた。「合法的な法律関係の仕事や、依頼人が支払う適切な報酬については、疑義をさしはさむ者はいません——報酬が莫大《ばくだい》だろうと些少《さしょう》だろうとね」

「たしかに」フィスクはいった。事務所のパートナーたちはいまの話に事業の新たな拡大を期待するはずで、彼らとすばらしい会話をかわせる機会がいまから待ち遠しかった。

「自分が政治家の妻になっている姿なんて想像もできないわ」ドリーンがいった。「ほら、いっしょに遊説《ゆうぜい》して、スピーチをしているなんて。そんなこと、これまで考えたこともなかったし」

ザカリーは笑みをのぞかせて、魅力を発散した。それればかりか、小さな笑い声さえあげた。「選挙運動については、やるもやらぬもお好きなように。小さなお子さんが三人もいては、さぞや選挙戦の銃後でお忙しいでしょうしね」

なまず料理ととうもろこしパンの食事のあいだに、三人はザカリーがまたこの近くにやってくるという数日後に会う約束をかわした。ふたたび昼食の席で顔をあわせて、最終的な決断をその場でくだす。十一月はまだまだ先だったが、やるべき仕事はたくさんあった。

12

夜明けと同時に起きだしてエアロバイクにまたがり、太陽がじりじりと昇ってきて自宅の狭いトレーニング室を明るくしていくあいだ、どこに行くわけでもないのに、ひたすらペダルを踏みつづける……以前なら、そんなことをしている自分を笑ったはずだ。人前では黒いローブといかめしい顔つきで上辺《うわべ》を飾っている人物が、こんな姿で――着古したスエット、乱れたままの髪、腫《は》れぼったい目もと、化粧もしないすっぴんの顔で――エアロバイクにまたがっているところを見たら、一般の人々はどう思うだろう？　そう考えて愉快になることもあったが、それももうずっと昔の話。いまでは自分が他人の目にどう見えて、他人がどう思うかということすら考えないまま、黙々と日課をこなしているだけだ。いまの気がかりは、クリスマスから新年の休暇のあいだに二キロ以上も――離婚からは五キロ近くも――太ってしまったこと。減量を成功させるなら、その前に肥満傾向をとめなくては。五十一歳になれば、いったんついた贅肉《ぜいにく》はなかなか消えない。若いころほど、体脂肪が迅速に燃焼してくれないからだ。

シーラ・マッカーシーは朝型人間ではなかった。朝は大きらいだったし、充分な睡眠もとらずにベッドから起きだすこともきらいなら、テレビの朝の番組から流れてくるやたらに元気な声も、オフィスに行きつくまでの道路の渋滞も大きらいだった。朝食を食べないのは、朝食用の食べ物がきらいだからだ。コーヒーも大きらい。さらに、早朝の習慣に淫《いん》している手あいを心中ひそかに呪《のろ》わしく思っていた——ジョギング信者やヨガマニア、仕事中毒の人間、やかましいほど明朗快活なサッカー・ママ族。ハリスン郡ビロクシの巡回裁判所判事だった若いころは、よく審理開始を午前十時に定めた。スキャンダラスなほど遅い時間だったが、自分の法廷で自分のルールをつくってなにがわるい？

しかし、いま自分は九人の裁判官のひとりだ。奉職先の裁判所は伝統に必死でしがみついている。たしかに正午に裁判所に顔を出して、それから夜中まで仕事をする日もないではないが——これがいちばん好ましい仕事のスケジュールだ——たいていの場合は、朝の九時までに裁判所に来ることを期待されていた。

エアロバイクを一キロ半も漕《こ》ぐと汗が出はじめた。消費したのは八十四キロカロリー。抵抗できない魔の誘惑というべき〈ハーゲンダッツ〉のチョコチップミント一カップにも満たないカロリーだ。エアロバイクの上にはラックにおさめたテレビが天井から吊《つ》ってあり、地元の住民たちが最新の交通事故や殺人事件についてしゃべりまくっていた。つづいて出てきたのは、わずか十二分に三回めの登場になる気象予報士だった。予報士はロッキー山脈の降雪について駄弁を弄《ろう》していた――というのも、地元には分析の対象になるような雲がまったく存在しなかったからだ。

三キロちょっとエアロバイクを漕いで百六十一キロカロリーを消費した時点で、マッカーシーはひと休みして水を飲み、タオルをつかった。そのあと、トレッドミルでさらなるワークアウトに励んだ。テレビのチャンネルをCNNに切り替えて、ざっと全国のニュースをチェックする。二百五十キロカロリーを消費したところで運動を切りあげ、シャワーを浴びた。一時間後、マッカーシーは貯水池のほとりにある二階建てコンドミニアムの自宅をあとにし、まばゆい赤のBMWコンバーティブルのスポーツカーに乗りこんで仕事にむかった。

ミシシッピ州最高裁判所は州の北部と中部と南部という三つの地区にきれいに分割され、それぞれの選挙区から裁判官が三人ずつ選出される。任期は八年だが、着任回数に制限はない。裁判官選挙は大統領選挙のない静かな年におこなわれる――郡政府であれ議会であれ、それ以外の州政府の要職であれ、とにかくほかに選挙がない年だ。ひとたび当選して地位を確保すれば、裁判官の席に長いあいだすわっていられる。おおむね本人が死ぬか、あるいは勇退するまでは。

選挙は無党派でおこなわれる――つまり候補者は政党に所属せず、それぞれが個人として出馬するのだ。選挙資金関係の法律で、個人からの寄付金の上限は五千ドル、政治活動委員会や民間企業をふくむ団体からの寄付金は二千五百ドルとさだめられている。

シーラ・マッカーシーは前任者の死去をうけ、親交のあった州知事からの指名によって九年前に裁判官に任命された。その後一回は対立候補のないまま無投票当選し、つぎの選挙にもやすやすと当選するつもりでいることに疑いはなかった。いまのところ、マッカーシーの椅子《いす》を狙《ねら》って名乗りをあげる人間がいるという噂《うわさ》は、影も形もなかった。

経験が九年におよぶとはいえ、あとから裁判官になった者はまだ三人にすぎず、いまでも州法曹界の大多数からは比較的若い世代の裁判官と見られていた。マッカーシーの裁判官意見書をたどって読んだ者は、リベラル派であれ保守派であれ、ひとしく困惑させられた。マッカーシーは穏健派であり、意見のまとめ役だった。法に厳正な解釈をくだす一派に属するでもなく、司法積極主義者でもない。むしろ形勢を見てから態度を決めるところがあり、最良の結論を出してから根拠となる法を見つけてくる裁判官だと評する向きもあった。そのような姿勢だからこそ、マッカーシーは裁判所内で有力な裁判官になっていた。いつでも決まって四人いる極右派の裁判官と、おおむねふたりだが、ときにはゼロにもなるリベラル派の裁判官のあいだを仲介して、意見をまとめることもできた。右に四人、左にふたりとなれば、中道派のマッカーシーにはふたりの仲間がいることになる。ただし、こうした単純な分析によって結果を予測しようとした幾多の弁護士が火傷《やけど》をさせられた。審理予定表にあがっている訴訟の大半が、分類をこばむ種類のものだったからだ。巨大な泥沼にまで膨れあがった離婚裁判や、製材会社同士の土地の境界線争いの裁判で、リベラル派と保守派がどちらの立場をとるというのか？ 大半の案件は、九対ゼロの全員一致で判決がくだされた。

最高裁判所はその業務を、ジャクスン市街の中心部、州議事堂とは道路をはさんだ反対側にあるキャロル・ガーティン司法ビルディングでおこなっている。マッカーシーはビルの地下駐車場の専用スペースに車をとめると、エレベーターで四階にあがり、きっかり八時四十五分に続き部屋になった執務室に足を踏みいれた。数秒後、マッカーシー裁判官付の主任調査官であるポールが部屋にやってきた。ちなみにポールは二十八歳、思わず目を見はるほどハンサムなストレートの男で、マッカーシーの大のお気にいりだ。

「おはようございます」ポールはいった。ウエーブのある黒髪を長く伸ばし、片方の耳たぶには小粒のダイヤモンド。おまけにどんな手をつかっているのか、いつでも完《かん》璧《ぺき》に三日分の無精ひげを生やしている。鳶色《とびいろ》の瞳《ひとみ》。マッカーシーが自宅コンドミニアムのあちこちに積んでいるファッション雑誌に、〈アルマーニ〉のスーツ姿でモデルとして登場しているポールを夢想することも珍しくなかった。トレーニング室であれだけ汗を流しているのには——当人が認める以上に——ポールの存在が関係していた。

「おはよう」マッカーシーは調査官の存在も目にとめていないかのような顔で、そっけなく答えた。

「九時から、スターディヴァント裁判の審問会の予定です」

「ええ、知ってるわ」マッカーシーはそう答えながら、執務室を横切るポールのうしろ姿の下半身をちらりと盗み見た。色落ちしたジーンズ。モデルにこそふさわしい尻《しり》。執務室からポールが出ていくときも、その一挙手一投足をマッカーシーは目で追っていた。

ポールに代わって秘書がはいってきた。秘書はドアに鍵《かぎ》をかけ、小型のメーキャップキットをとりだした。シーラ・マッカーシー裁判官の準備が整うと、手早く化粧なおしがおこなわれた。髪——耳がすっかり出るほど短く、半分はサンディブロンドで半分は白髪、いまではひと月に二回、一回あたり四百ドルで丹念に染めてもらっている——が整えられ、ヘアスプレーをかけられる。

「ポールのことだけど、わたしの勝算はどのくらいだと思う？」マッカーシーは目を閉じたまま、そうたずねた。

「ちょっと若すぎるとは思いません？」

秘書はボスのマッカーシーよりも年上で、ほぼ九年にわたって化粧なおしを担当している。秘書はパウダーをはたく手をとめなかった。

「もちろん若いに決まってる。大事なのはそこだもの」

「どうでしょうね。なんでもポールは、アルブリットンの執務室にいる赤毛の女相手にたいそう忙しくしているという噂もありますし」

その噂なら、マッカーシーも耳にしていた。スタンフォード大学出身のとびきり美人の新人調査官で、裁判官執務室のならぶホールで目下多大なる注目をあつめている。しかもポールは、狙った相手を百発百中で落としていた。

「スターディヴァント裁判の摘要書には目を通した？」マッカーシーは立ちあがって

法服を着せてもらう姿勢をとりながら、そうたずねた。

「ええ」秘書は慎重な手つきでマッカーシーの肩に法服をかけた。ファスナーは前にある。ふたりの女性は、このゆったりした服が一点非の打ちどころもなくなるまで、あっちを引っぱり、こっちを膨らませた。

「じゃ、警官を殺した犯人は？」マッカーシーはそっとファスナーを引きあげながらたずねた。

「スターディヴァントじゃありません」

「わたしもそう思うの」マッカーシーは姿見の前に進みでていき、秘書とふたりで服装を点検した。「わたしが太ったのは見た目でわかる？」

「わかりません」いつもおなじ質問、答えも判で捺《お》したように毎回おなじだ。

「でも、太ったの。だから、この法服が好き。これなら十キロ太っても隠せるもの」

「法服が好きな理由はほかにもあるはずですよ。あなたもわたしも知ってるようにね。あなたは八人の男に囲まれた、たったひとりの女の子。おまけに、あなたほどタフで頭が切れる人がひとりもいないから」

「しかもセクシーでもある。セクシーという形容を忘れないで」

秘書はこの言葉に笑い声をあげた。「それなら競争にもなりませんよ。あの助平じじい連中には、もうセックスなんて夢のまた夢ですもの」

それからふたりは執務室の外に出てホールを歩いていき、ふたたびポールと顔をあわせた。三人でエレベーターに乗って法廷がある三階に行くまでのあいだ、ポールが早口でスターディヴァント裁判の要点をまくしたてた。この点については弁護士が口頭弁論でふれるかもしれず、こちらの点はべつの弁護士が弁論でふれるかもしれません。両者の足をすくうための質問はこれこれです……。

マッカーシー裁判官が法壇の自分の席についていたころ、そこから三ブロック離れた場所ではもっと真剣な男たちと（ふたりの）女たちがあつまって、当のマッカーシー追い落とし作戦について話しあっていた。一同が集結していたのは、州議事堂の近くにたくさんあつまっている、これといった特徴のないビルのなかの窓のない会議室だった。付近では無数の官僚やロビイストたちが、ミシシッピ州という組織を動かすという困難な仕事に汗水を垂らしている。

会議の主催者は、トニー・ザカリーと〈司法の理想〉。参加者として招かれていたのは、〝対政府関係調整〟が専門の似たような企業や組織の代表者だった。なかには、分類に窮するような名称の組織もあった――〈自由ネットワーク〉〈マーケット連盟〉

〈通商評議会〉〈企業経済唱道会〉などだ。主張をそのまま名称にした組織もあった――〈訴訟横行に反対する市民の会（略称ＣＯＬＴ）〉〈公平な訴訟を求める会〉〈陪審監視団〉〈不法行為改革を求めるミシシッピ市民の会〉などだ。守旧勢力もあつまっていた――銀行や保険会社、石油会社に製薬会社、製造業、小売業、通商関係や貿易会社の利益のみならず、われらがアメリカ式の最良の生き方の利益をも代表している者たちだ。

立法府の操縦というグレーゾーンの世界においては、忠誠を誓った者が一夜にして寝返ったり、朝には友人だった者が昼には敵に変じていることも珍しくないが、ここにあつまっている人々は信頼に値する面々であることで知られていた――少なくともトニー・ザカリーはそのことを知っていた。

「おあつまりのみなさん」ザカリーは食べかけのクロワッサンを前の皿に置いて、話しはじめた。「今回の会議の目的は、以下のことをみなさんにお知らせすることにあります。わたしたちは今年十一月に、州最高裁よりシーラ・マッカーシーを追いだします。代わってその椅子にすわるのは、経済の発展と賠償責任の制限に熱心な若い裁判官です」

テーブルのまわりから、ぱらぱらと拍手があがった。ザカリー以外は全員が椅子についたまま、好奇心をかきたてられて話をきいていた。〈司法の理想〉のバックにだれがついているのか、それを知る者はひとりもいなかった。ザカリーは数年前から活動をはじめているし、それなりに名声を得ていたが、本人は金をもっていなかった。組織にも加入者がそれほど多いわけでもないし、これまでは民事訴訟制度に格別の関心を示してはいなかった。賠償責任関連の法改革に新たな意欲を燃やすようになったのが、いかにも唐突に思えた。

しかし、ザカリーと〈司法の理想〉が潤沢な資金力を有していることに疑いはなかった。ここにあつまっている人々のゲームからすれば、それがすべてだった。「すでに当初の資金はあつまっていますし、共感した人々からさらなる寄付が寄せられる予定です」ザカリーは誇らしげにつづけた。「もちろん、みなさんからの寄付も必要です。わたしたちには選挙戦の計画も戦略もあります。そう、わたしたち〈司法の理想〉が選挙戦を仕切るのです」

ここでも拍手。最大の障害は、いつも決まって協調関係の構築だった。グループの数があまりにも多く、争点の数もあまりに多いうえ、それぞれの意地の張りあいも多かった。資金調達は――自分たちと志をおなじくする者たちからの寄付あつめであれば――簡単だったが、それを賢明につかうことが難題になることは珍しくなかった。

だからザカリーがかなり積極的に、自分たちが主導権を握ると宣言したことは一同にとって朗報だった。ほかの面々はむしろ小切手を書き、有権者たちを投票所にむかわせるだけで満足していた。

「候補者についてはどうなのかな？」という質問の声があがった。

ザカリーは微笑《ほほえ》んだ。「きっとみなさんの気に入りますよ。いまの段階ではまだ名前を明かせませんが、みなさんのお気に召すこと請けあいです。テレビ向きの候補者です」

ロン・フィスクはまだ立候補にイエスの返事をしていなかったが、ザカリーはすでにそうなることを見こしていた。かりになんらかの理由でフィスクが立候補を拒んだところで、リストにはまだほかの名前がある。だから、どちらに転んでも、まもなく自分たちの候補者を擁立できることは確実だ——たとえ、そのために現金ひと袋が必要だとしても。

「では、金の話題を出してもいいですか？」ザカリーはそうたずね、だれも答えないうちからこの話題にまっしぐらに突っこんでいった。「現在あつまっている資金は百万ドル。今回は、前回の選挙戦で両候補者が投じた選挙資金をあわせた以上の金をつかいたいと思ってます。あれは二年前ですね。わたしがなにもいわずとも、みなさんが擁立した候補者が力およばず落選したことはご記憶でしょう。しかし、わたしが見つけたこの候補者を落選させてはなりません。当選を確実にするためにも、わたしはみなさんとみなさんのお仲間から総額で二百万ドルの寄付をいただきたいと思っております」

この種の選挙に三百万ドルを投入するというのは、それだけでも衝撃だった。前回は州知事選挙だった――選挙運動の範囲は州の三分の一ではなく、八十二ある郡のすべてにおよぶ。勝者が投じた選挙資金は七百万ドル、敗者はその約半分だった。白熱する知事選挙ともなれば、決まってすばらしい見世物になる。知事はなんといっても州政治の中心だ。人々の選挙への情熱も高まるし、投票率はさらに高まる。

州最高裁判所の裁判官選挙のほうは――たとえ選挙があったにしても――登録選挙人の三分の一以上が投票することすらめったにない。

「三百万ドルをなににつかうつもりかな?」また質問の声があがった。これが、それほどの大金を募ること自体への疑問の声ではないことは明らかだった。彼らが充分な財力のある金蔓《かねづる》に手が届く立場であることは、話の前提になっているのだ。

「テレビ、テレビ、テレビですよ」ザカリーは答えた。まったくの嘘《うそ》ではないが、ザカリーはここで戦略の全貌《ぜんぼう》を明かす気はなかった。ザカリーとバリー・ラインハートはすでに、三百万を軽く上まわる金を選挙戦に投じる予定を立てていた。しかし資金の大部分は、現金支払にあてられるか、そうでなければ注意深く国外に隠しておくことになる。

助手が弾《はじ》かれたように立ちあがって、分厚いファイルを出席者に配りはじめた。

「こちらのファイルには、他州でのわたしたちの実績が書かれています」ザカリーは説明した。「お持ち帰りになって、お時間のあるときにでも目を通しておいてください」

計画についての質問がちらほらあがり、候補者本人についての質問の声がそれ以上にあがった。ザカリーはほとんど事実を明かさなかったが、一同の資金面での援助が必要であること、それも早急であればあるほど助かることだけはくりかえし強調した。会議の流れが乱れかけたのは一回だけ――COLTの会長が自分たちもマッカーシーを裁判官職から追い落とすための候補者擁立にむけて動いており、独自のマッカーシー追い落とし計画がある、と発言したときだった。COLTは会員数を八千人と公言しているが、この数字はかなり怪しい。活動しているメンバーはほとんどが訴訟経験者で、ある種の裁判に巻きこまれてひどい目にあった者たちだった。信用のある組織だが、百万ドルの資金のもちあわせはない。短時間だが緊迫したやりとりののち、ザカリーはCOLT会長に独自の選挙運動を展開することを勧めた。この時点でCOLT会長はすぐに引きさがり、ふたたびザカリーの仲間になった。

閉会に先立ってザカリーは、選挙運動の最重要点といえる機密保持の重要性について念を押した。「もしわたしたちが候補者を擁立して出馬させると法廷弁護士どもに知られたら、あの連中は即座に寄付金あつめに狂奔しはじめるでしょう。前回、みなさんはあの連中に負けたんですよ」

前回の選挙で自分たちが負けたことを重ねて指摘され、彼らも心中穏やかではなかった。まるで、トニー・ザカリーさえいれば負けなかったとでもいいたげではないか。しかし、だれもがザカリーの言葉をやりすごした。というのも、法廷弁護士という言葉を耳にしたとたん、注意がべつの方向にむけられたからである。

一同は選挙戦のことで昂奮《こうふん》するあまり、つまらぬ口論にまで頭がまわらなかった。

最初の話では、集合代表訴訟にはクレイン化学ボウモア工場における重過失によって種々の被害をうけた〝三百人以上〟の当事者が参加するはずだった。しかし原告として名前をつらねていたのはわずか二十人で、重病で苦しんでいる者はその半分程度だった。彼らの疾患が汚染された地下水に起因するものなのかどうかは、後日問われることになる。

この訴訟が起こされたのは、ハティズバーグの連邦裁判所。つい二カ月ばかり前に、レオナ・ロッカ教授と陪審員たちが評決をくだしたフォレスト郡巡回裁判所からは、石を投げれば届くほどの近さにある裁判所だった。フィラデルフィア在住のスターリング・ビンツとボウモア在住のF・クライド・ハーディンという二名の弁護士が提訴手続をとり、そのあと提訴前のマスコミ各社への通知に応じて姿を見せた取材陣に話をした。悲しいことにテレビカメラは来ておらず、それどころか来ていたのは青二才の新聞記者がふたりだけだった。ただし、F・クライドにとってはこれでも大冒険だった。かれこれ三十年以上も、連邦の名がつく裁判所の近くに足を踏みいれたことさえなかったのだから。

ビンツは、この注目度の低さに憤慨を禁じえなかった。新聞に大きな見出しが躍り、そのあとにはすばらしい写真が添えられた長い記事が掲載される場面を夢見ていたのである。これまでにも重要な集合代表訴訟を何件も起こしてきたし、毎回マスコミには適切な報道をさせてきていた。ミシシッピの田舎者どもときたら、頭がどこかおかしいのか？

F・クライドは急いでボウモアのオフィスへと引き返した。秘書のミリアムが提訴のようすをききたくて、まだオフィスに残っていた。

「何チャンネルですか？」ミリアムはたずねた。

「テレビの取材はなかったよ」

「なんですって？」これがF・クライド・ハーディン&アソシエイツ法律事務所創立以来の最高の一日であることに疑いはなかったし、その一日のようすをテレビですっかり見る瞬間をミリアムは待ちこがれていたのだ。

「マスコミの取材には応じないことに決めたんだ。連中は信用ならないからね」クライドはそう説明しながら、腕時計に目をやった。五時十五分——ミリアムが帰宅の途につく時間をとうに過ぎていた。「もう残ってもらわなくてもいいよ」クライドは上着を脱ぎながらいった。「ここの仕事はわたしが片づけておいたからね」

ミリアムが失望した顔でそそくさと去っていくなり、F・クライドはすぐオフィス用の酒瓶に手を伸ばした。よく冷えた濃厚なウォッカがたちまち気分をなだめてくれるなかで、きょうという栄光の一日を頭のなかで再生しはじめた。ちょっとした幸運のあと押しがあれば、ハティズバーグの新聞に自分の写真が載るだろう。しかも、ひとりあたり五百ドルという三百人の依頼人をあつめると主張している。ビンツは三百人の依頼人をあつめると主張している。しかも、ひとりあたり五百ドルということになれば、F・クライドのもとには多額の紹介手数料が転がりこんでくる計算になる。これまでのところ支払ってもらったのはわずか三千五百ドル。その大半は、滞納していた税金の支払に消えた。

F・クライドはふたたびグラスをウォッカで満たし、かまうものか、と口にした。ビンツが自分を騙《だま》すわけがない。あの男は自分を必要としているのだ。この自分、F・クライド・ハーディンは、いまやこの郡でも最重要な集合代表訴訟で原告側代理人のひとりとして名前を記録されたのだ。すべての道はボウモアに通じている――ボウモアといえば、このF・クライドをおいてほかにいない。

13

　事務所には、ミスター・フィスクは終日ジャクスンにいるという説明がなされた——理由は個人的用件。いいかえるなら——それ以上は質問するな。パートナーという立場上、フィスクには好きなときに事務所を出入りできる権利がある。しかし規律を重んじる几帳面《きちようめん》な人間だったこともあり、これまでは事務所のだれもが五分もあればフィスクの所在を見つけることができた。

　フィスクは夜明けに正面玄関で妻のドリーンと別れた。ドリーンも旅に招かれたが、なにぶん急な話で、仕事があるうえに三人の子どもがいては旅に出るわけにもいかなかった。フィスクは朝食をとらずに家を出たが、時間の要素はまったく関係なかった。トニー・ザカリーから、「朝食は機内でとりましょう」といわれたからだ。このひとことだけでも、いつものブランシリアルだけの朝食を抜かす充分な理由になった。

　ブルックヘイヴン飛行場はジェット機の離発着には狭すぎるので、フィスクはジャクスンの空港まで急行することに喜んで同意した。自家用ジェット機には半径百メートル以内にさえ近づいたことはなかったし、ましてや自分が乗る日が来るとは夢にも思わなかった。トニー・ザカリーは汎用航空《ジェネラル・アヴィエーション》機用ターミナルで待っており、熱烈な握手と威勢のいい「おはようございます、閣下」という声でフィスクを出迎えた。ついでふたりは決然とした足どりで、タールマカダム舗装のエプロンを歩いていった。途中でターボプロップエンジン機やピストンエンジン機の前を通りすぎた――これから乗る飛行機にくらべたら、どれも小さく、性能も劣っている。遠くに待っていたのは、思わず目をみはる飛行機だった。ほっそりとした奇妙な機体は宇宙船さながら。航空灯が点滅していた。瀟洒《しょうしゃ》なタラップが伸ばされ、特別な乗客たちを華やかにさし招いていた。フィスクはザカリーのあとからタラップをあがっていった。あがりきったところでミニスカート姿の愛らしい客室乗務員が歓迎の言葉をかけ、ふたりのコートを受けとり、それぞれの座席に案内した。

「ガルフストリームに乗ったことは?」腰を落ち着けながら、ザカリーがたずねた。パイロットのひとりがタラップを収納するためのボタンを押しながら、ふたりに挨拶《あいさつ》をした。

「いや、ないよ」フィスクは答える一方で、磨き抜かれたマホガニーと柔らかな革と金の装飾に目をみはっていた。

「これはG5型、自家用ジェット機のメルセデスです。パリまでノンストップで飛べますよ」

だったら、ワシントンではなくパリに行こうじゃないか——フィスクはそう思いながら通路に身を乗りだし、機体の長さやサイズを確かめようとした。ざっと数えると、贅沢三昧《ぜいたくざんまい》に慣れきった人を一ダースほど運べるだけの座席があることがわかった。

「じつに美しい飛行機だね」フィスクはいった。所有者がだれなのかを質問したかった。今回の旅行の経費はだれが払っているのか？ 金めっき張りのごとく豪勢な候補者擁立作戦の裏にだれがいるのか？ いや、そんな穿鑿《せんさく》は不作法だ——フィスクは自分をたしなめた。肩の力を抜いて旅を楽しみ、きょう一日を楽しめばいい。ただドリーンが知りたがるだろうから、こまごまとした部分も忘れずにちゃんと覚えておかなくては。

客室乗務員がまた姿を見せ、緊急時の脱出方法について説明したあと、朝食にはなにを食べたいかとたずねた。ザカリーは、スクランブルエッグとベーコンとハッシュブラウンズを頼んでいた。フィスクもおなじものを注文した。

「洗面所とキッチンは機体後部にあります」ザカリーは、毎日G5に乗っているかのような口調で説明した。「仮眠をとりたくなったらソファを引きだせばいいんです」

ガルフストリーム機が地上走行をはじめると同時に、まずコーヒーが運ばれてきた。客室乗務員が朝刊各紙をもってきた。ザカリーがそのうち一紙をつかんで広げ、数秒ほど目を走らせたのちフィスクにこうたずねた。

「ボウモアでの訴訟のニュースは追いかけていますか?」

フィスクはジェット機の豪華な内装を隅々まで見のがすまいとしながら、新聞を読むふりをしていた。「まあ、多少は」

「きのう、集合代表訴訟が起こされましたよ」ザカリーは嫌悪《けんお》もあらわにいった。

「不法行為訴訟を全国で起こしている、例のフィラデルフィアの法律事務所です。禿鷹《はげたか》連中のご到着というわけですね」ザカリーがこの話題でフィスクに意見を述べたのは今回が初めてだったが、これでおわりになるはずはなかった。

G5が離陸した。このジェット機は、トルドー・グループの傘下《さんか》にあるさまざまな企業が所有している三機のうちの一機だった。ただし、真の所有者をぜったいに突きとめられないよう、独立したチャーター会社を通じてリース契約で借り受けた形にしてあった。フィスクは下方に遠ざかっていくジャクスンの市街を見つめていた。数分後、ジェット機が高度一万二千メートルに達して水平飛行に移るころには、フライパンで炒《いた》められるベーコンの芳香がフィスクの鼻をくすぐりはじめていた。

ダレス国際空港の汎用《はんよう》航空機用ターミナルで、ザカリーとフィスクは案内されるま
ま、黒いストレッチリムジンの後部座席に乗りこんだ。四十分後、車はコロンビア特
別区内のKストリートを走っていた。ここまでのあいだにザカリーは、このあと午前
十時に後援者候補との会談があり、静かな店で昼食をとったあと、午後二時からはほ
かの団体との会談が予定されている、とフィスクに説明した。夕食の時間までには自
宅に帰れるはずだった。これほど豪勢な旅行をしていることでフィスクは夢心地にな
り、自分がとてつもない重要人物になった気分にさせられていた。

ふたりは新築のビルの七階にあがり、そこで〈アメリカ家族連盟〉のどちらかとい
えばシンプルにつくられたロビーに足を踏みいれ、ロビー以上にシンプルな印象のあ
る受付係に話しかけた。ジェット機内でザカリーからきかされた要約は、こんな感じ
だった。

「保守系のキリスト教団体は数多くありますが、ここがいちばん強い勢力をそなえて
いる組織かもしれません。多くのメンバーを擁し、資金も潤沢、かなりの政治的影響
力をもっています。ワシントンの政治家からは愛されていると同時に、恐れられても
います。組織を率いているのはウォルター・アトリーという男で、もともとは下院議

員でしたが、連邦議会にはびこるリベラル連中にすっかり嫌気がさして辞職し、自分の組織をつくることにしたんですよ」

フィスクはウォルター・アトリーの名前にも、その〈アメリカ家族連盟〉という組織の名前にもきき覚えがあった。

ふたりは大きな会議室に案内された。会議室で待っていたミスター・アトリーその人はにこやかな笑みでふたりと握手をかわし、さらに室内にいるほかの面々を紹介しはじめた。全員の名前はすでに、ジェット機内でのザカリーによる要旨説明できかされている。会議には〈祈りの共同体〉や〈地球の光〉、〈家族円卓会議〉や〈福音唱道会〉、さらにいくつかの組織の代表者が出席していた。ザカリーによれば、どれもが中央政界での重要な勢力だという。

一同はテーブルを囲んで席についた。だれもがノートと要旨説明の書類を前に置いているところだけを見れば、これから全員でフィスクに誓いの言葉を述べさせたのち、証言録取を開始する場面のようだった。まずザカリーが、ミシシッピ州最高裁判所の概要を説明し、総じて好意的なコメントだけを口にした。裁判官の大多数は善人であり、判決にあたっての賛否表明の記録も立派なものである。しかし、いうまでもなく問題も存在する——シーラ・マッカーシー裁判官と、その隠されたリベラリズムだ。

さまざまな問題において信頼できない裁定をくだす。離婚歴もある。ある種の不品行の噂《うわさ》もささやかれている——とはいいながら、ザカリーは不品行を具体的に説明せずに話題を打ち切った。

マッカーシーに挑戦するため、自分たちにはここにいるロン・フィスクに進みでてもらい、わたしたちの呼びかけに応じてもらう必要がある。そういってからザカリーはフィスクの経歴をかいつまんで紹介しはじめたが、そこには会議の出席者がまだ知らないような事実はひとつも含まれていなかった。それからザカリーは、発言の場をフィスクに引き継いだ。フィスクは咳《せき》ばらいをし、きょうの招待への感謝を述べてから、これまでの人生や教育、幼少期のこと、両親、そして妻子のことなどを話していった。自分は敬虔《けいけん》なクリスチャンであること、バプテスト派の聖ルカ教会では教会執事をつとめていること、日曜学校の教師であり、ロータリークラブと環境保全団体〈ダックス・アンリミテッド〉の会員であること、さらに野球のユースリーグでコーチをつとめていること。こうやって履歴書の中身を最大限に引き延ばすようにして話したのち、フィスクは〝ほかにお話しすることはありません〟というように肩をすくめた。

今回の決断にあたっては、自分は妻とともに祈りを捧《ささ》げた。そればかりか教会で牧師と会い、いっしょに祈ってもらった——もっと高い次元での祈りを捧げられればいいと思ったからだ。いま自分たちは落ち着いた心境だ。心がまえはできている。

だれもがあいかわらずにこやかで友好的、フィスクがこの場にいることを喜んでいた。会議の出席者から、フィスクの背景にまつわる質問の声があがった——あとあと選挙戦で不利になるような過去の問題などはないのか？　浮気、飲酒運転、あるいは大学時代に同好会仲間と馬鹿《ばか》げたいたずらをやらかしたことは？　倫理面での苦情を申し立てられたことは？　最初の、そして一回きりの結婚？　なるほど、すばらしい、そうだと思っていたよ。事務所のスタッフから、セクシャルハラスメントを申し立てられたことは？　それに似たようなことはなかったか？　セックスがらみのことではなにもなかったか？　こんなことを質問するのも、白熱した選挙戦ではセックスの問題が命とりになるからだ。この話題が出たのがいい機会だからたずねるが、同性愛については？　同性結婚は？　ぜったいに認められません！　では結婚ではなく、同性カップルに結婚とおなじ権利を与える市民婚《シビル・ユニオン》は？　認められません——少なくともミシシッピでは。同性カップルによる養子縁組は？　反対です。

妊娠中絶は？　反対。あらゆる妊娠中絶に？　反対です。

では死刑制度は？　強く支持しています。

このふたつの答えが矛盾していることに気づいた者はひとりもいなかった。銃器や、銃砲の所持と携行を人民の権利として保証している憲法修正第二条などについてはどうか？　フィスクは自分の銃を愛していたが、ほんの一瞬、ここにいる敬虔な人々がなぜ銃に関心をもつのだろうかと興味をかきたてられ……すぐに答えを思いついた。すべては政治と選挙での当選のためだ。フィスクは物心ついて以来狩りを趣味にしていることを話して、出席者一同を大いに喜ばせた。話は精いっぱい誇張した。フィスクがいるかぎり、安穏としていられる野生動物は一匹もいないかのようだった。

つづいて〈家族円卓会議〉の会長がきんきんと疳《かん》高い声で、政教分離の原則にかかわる一連の質問を発してきた。ほかの面々は居眠りを誘われているようだった。フィスクは地歩をしっかりと守りつつ、慎重に考えた答えを口にしていった。耳をかたむけている者は満足したようだった。さらにフィスクは、すべてが上辺だけの芝居であることにも気づきはじめていた。参加者たちは、自分がブルックへイヴンを出発するよりもずっと前に心を決めている。フィスク擁立の意向はすでに固まっており、いまこの瞬間の自分は、だれもがすでに知っていることを話しているにすぎない。

つぎなる一連の質問は言論の自由、なかでも宗教的な言論の自由にかんするものだった。「小さな街の判事が、自分の法廷の壁にモーゼの十戒を貼《は》りだすことは許されるべきなのか？」という質問が出た。フィスクは一同がこの問題に関心をむけていることを察し、最初は包み隠さず正直にノーと答えようと思った。連邦最高裁判所はすでに、それが政教分離をさだめた憲法に違反する行為だという判決をくだしているし、フィスクもたまさかこの意見に賛成だった。しかし一方ではこの面々の機嫌をそこねたくなかったので、結局こう答えた。

「わたしが英雄とあおいでいる人のひとりが、地元ブルックヘイヴンの巡回裁判所の判事です」フィスクは器用に立ちまわりはじめた。「偉大な人物です。その判事はもう三十年も前から、壁に十戒を貼りだしていますよ。わたしは前々から、この判事を尊敬しています」

質問に答えていない巧妙な言い抜けだったし、それは一同にもわかっていた。さらに一同は、これこそ白熱した選挙戦をフィスクが生きぬくために必要な如才のなさの一例であることにも気づいていた。そんなわけで追加の質問も出なかったし、異議も出なかった。なんといっても彼らは歴戦の政治工作員であり、上質なはぐらかしの答えをきかされれば、その真価を見ぬいて評価することもできる。

一時間後、ウォルター・アトリーは腕時計に目をやって、自分はいささか予定に遅れているとロにした。きょうは重要な会議が目白押しなのでね。そういってから、このささやかな顔あわせと歓迎の場を以下のような宣言でしめくくった——自分はロン・フィスクの人となりに深い感銘を受けたし、わが〈アメリカ家族連盟〉が資金面での援助のみならず、ただちに立ちあがって集票活動を開始するのを妨げる理由はひとつもない。テーブルを囲んだ全員がうなずき、トニー・ザカリーは子どもを授かったばかりの父親のように得意満面だった。

「昼食の予定が変更になりました」ふたりがふたたびリムジンの車内に腰を落ち着けると、ザカリーはそういった。「ラッド上院議員があなたに会いたがっています」

「ラッド議員が？」フィスクは信じられぬ思いできゝかえした。

「いかにも」ザカリーは誇らしげにいった。

マイヤーズ・ラッドは合衆国上院で七回めの任期を半分過ぎたところであり（通算三十九年の議員生活）、少なくとも直近三回の選挙ではあらゆる対立候補を蹴《け》散らしていた。住民の四十パーセントから軽蔑《けいべつ》され、六十パーセントから愛されている人物であり、自分とおなじ側に立つ人々に助けの手をさしのべつつ、反対側にいる人々のことは完全に無視するという流儀を好んで貫いていた。ミシシッピ政界ではすでに伝説的な人物である。フィクサーであり、地元選挙への常習的な干渉者であり、好みの候補者を指名する王であり、擁立候補の対抗馬を殺す暗殺者だった。どんな選挙戦にでも資金を提供し、豊富な現金を注ぎこむことのできる銀行であり、みずからの党を率いる老賢者であり、さらにはそれ以外の勢力を破壊する悪党でもあった。

「ラッド上院議員がこの件に関心をもっているのかい?」フィスクは無邪気そのものの口調でたずねた。

ザカリーは油断ない目をフィスクにむけた。まったく、どうすれば人はここまで世間知らずになれるのか?「もちろんです。ラッド上院議員は、先ほど会った人たちときわめて密接な関係にあります。あの人たちのスコアブックでは、議員の法案などへの投票歴は完璧《かんぺき》です。いいですか、完璧ですよ。九十五パーセントではなく完璧、百パーセント、つねにあの人たちと同意見を表明しているわけです。上院全体でもわずか三人しかいないそうした議員のひとりです——ちなみに、残るふたりは新人議員ですがね」

これをきいたら、妻のドリーンはなんというだろう? フィスクは思った。ラッド上院議員とワシントンで会食した! 連邦議事堂の近くにさしかかると、リムジンがいきなり一方通行の道に折れた。

「さあ、急いで降りてください」ザカリーは、運転手が車をこの道から出す前にいった。車を降りたふたりは、マーキュリーという古いホテルの隣に見える幅の狭いドアにむかった。ふたりが近づいていくと、緑の制服を着た高齢のドアマンがいぶかしげに顔をしかめた。

「ラッド上院議員に会いにきたんだ」ザカリーがぶっきらぼうにいうと、ドアマンの渋面がわずかにやわらいだ。ドアから屋内に足を踏み入れたふたりは、案内されるまま無人の薄暗いダイニングルームの横を通って、一本の通路を進んでいった。ザカリーが静かな声でいった。「ここは議員の私邸です」

フィスクは感激で胸がいっぱいになった。カーペットがすり減っていることや壁の塗装のあちこちが剝《は》がれかけていることには気づいたが、この古い建物にはひなびた気品とでも形容できそうな雰囲気がたっぷりと立ちこめていた。ここには歴史がある。この建物の壁の内側で、これまでにいくつの取引がまとめられてきたのだろうか？ フィスクはそんな感慨をいだいた。

廊下を突きあたりまで歩いたふたりは、そこからダイニングルームの個室に足を踏みいれた――室内では強大な権力のあらゆる様相が展開されていた。ラッド上院議員は小さなテーブルの前にすわって、耳に携帯電話を押しつけていた。フィスクが議員に直接会うのはこれが初めてだったが、たしかに見覚えのある顔だった。ダークスーツに赤いネクタイ、つややかな白髪まじりのゆたかな髪は頭の左側に撫《な》でつけられ、少なからぬ量の整髪スプレーで所定の位置に固定してある。そして、年を追うごとに膨らんでいるかにも思える大きな丸い顔。四人にものぼる世話役やマネジャーらしき人物が、蜂《はち》のようにぶんぶんと飛びまわっている。その全員が携帯電話でせっぱ詰まった会話のまっ最中だったが、もしかしたらおたがい仲間うちで話していたのかもしれない。

ザカリーとフィスクは、このショーを見物しながら待っていた。これぞ政治が動く現場にほかならない。

議員がいきなり携帯電話を閉じると、ほかの四人の会話もたちまち終了した。

「はずしてくれ」大物政治家のぶっきらぼうなひとことで、手下たちは鼠《ねずみ》のように退散していった。議員はテーブルの反対側で立ちあがった。「やあ、元気だったかね、ザカリー？」

紹介の言葉がかわされ、さらにしばらく世間話がつづいた。ラッドは地元ミシシッピのブルックヘイヴンの全員を知っているかのようだった。おばのひとりが昔住んでいたことがあってね。それにしても、かねがねいろいろな話をきいているミスター・

フィスクと直接会えて光栄だよ。途中——あらかじめ決まっていたタイミングで——ザカリーが、「一時間後にもどります」といって姿を消した。代わってタキシード姿のウェイターがあらわれた。

「さあ、すわりたまえ」ラッドがいった。「料理はたいしたことがないが、プライバシーは完璧だよ。週五日、ここで食事をとるんだ」

ウェイターはこの発言を無視して、ふたりにメニューを手わたした。

「すばらしいお部屋ですね」フィスクはそういいながら、壁の書棚を見まわした。ならんでいる本はどれも百年ばかり読まれていないどころか、埃《ほこり》も払っていないかに見えた。自分たちは小規模な図書室で食事をとるわけだ。なるほど、プライバシーが守られるのも当然である。ふたりはスープとメカジキのソテーを注文した。ウェイターが部屋を出ていき、ドアを閉めた。

「一時に会議の予定がある」ラッドはいった。「だから話は手短にすませよう」そういってアイスティーに砂糖を入れ、スープスプーンでかきまぜはじめる。

「わかりました」

「きみならこの選挙に勝てるぞ、ロン。われわれにはきみが必要なんだ」

王じきじきのお言葉。数時間後、フィスクはこのひとことをくりかえしドリーンにきかせることになる。選挙で負け知らずの男が口にした保証の言葉。そしてこの冒頭のひとことから、ロン・フィスクは裁判官候補者になった。

「きみも知っているだろうが」ラッドは言葉をつづけた。相手の話をきく習慣がないからだ――話し相手が地元からやってきた小物政治家となればなおさらだ。「わたしは地元の選挙には介入しない主義でね」

フィスクはとっさに大声で笑いたい衝動に駆られたが、すぐラッド議員が大真面目《まじめ》であることに気がついた。

「しかしながら、この選挙はきわめて重要だ。だから、わたしも力をつくすつもりだよ――となれば、馬鹿にできない程度のことができるはずだ。わかるね?」

「もちろんです」

「政治の世界に、かなりの力をもった友人が何人かいてね。彼らはみな、喜んできみの選挙運動に協力するはずだ。わたしが電話を一本かけるだけで」

フィスクは礼儀正しくうなずいた。いまから二カ月前、ニューズウィーク誌がワシントンに山のように積みあがっていく特殊利益団体からの資金と、その金を受けとっている政治家を特集したカバーストーリーを掲載していた。そのリストでは、ラッドの名前がトップにあがっていた。当面は選挙がないにもかかわらず、選挙資金用の金庫には一千百万ドル以上の蓄えがある。選挙での有力な対抗馬などそもそも存在せず、考えるのも馬鹿らしいほどだった。多くの大企業がラッドに借りをつくっていた——銀行、保険や石油や石炭の業界、マスメディア、軍需産業、そして製薬会社などだ。大企業国家アメリカの一部を占める会社であれば、ラッドの資金あつめマシーンの触手から逃れられない。

「ありがとうございます」フィスクはいった。礼を述べる義務があると思われたからだ。

「わたしの仲間なら多くの金をあつめられる。地元にも知りあいが数多くいるよ。知事、州議会の議員、各地の市長などだ。ウィリー・テイト・フェリスという名前に心あたりは？」

「ありません」

「きみが出馬する選挙区内のアダムズ郡の郡政執行官だ。選挙で四人を破って当選した。前にあいつの弟が刑務所いりしないようにとりはからったことがある。二回もだ。ウィリー・テイトなら、わたしに代わって街を歩いてくれる。しかも、あのあたりではいちばん有力な政治家だ。わたしが電話一本かければ、アダムズ郡はきみのものだな」そういってラッドはぱちりと指を鳴らした。そんなふうにして、あっさりと票が落ちてきた。「では、リンク・カイザーという名前にきき覚えは？　ウェイン郡の警察署長だよ」

「なんとなくですが」

「リンクも昔からの友人だ。二年前、リンクがパトカーやら警察無線機やら抗弾ベストやら銃やら、その手のものを新調しようとしたことがあった。ところが、郡政府が予算を出そうとしない。それでリンクが電話をかけてきたんだ。だから、国土安全保障省の知りあいに電話をかけ、いくつか伝手《つて》をたどりもした。その結果、ウェイン郡に突如〝テロとの戦い〟のための六百万ドルがおりることになった。運転する警官の数が足りなくなるほどの台数のパトカー。無線システムは海軍のものよりも高性能だった。それでどうなったと思う？　テロリスト連中が、ウェイン郡には断じて近づかないと決めたんだよ」

そういってラッドは、自分のジョークの落ちに笑い声をあげた。フィスクもお義理でいっしょに高笑いをあげた。ほんの数百万ドルばかり税金の無駄づかいを増やすこと以上の笑い話はないかのように。

「きみにはリンクが必要だし、そのリンクとウェイン郡はもうきみのものだ」ラッドは約束の言葉を口にして、アイスティーをがぶ飲みした。

ふたつの郡を掌中におさめたいま、フィスクは南部選挙区に属している残り二十五の郡について考えをめぐらせていた。もしやこれから一時間、そのすべての郡での手柄話を延々ときかされるのだろうか？　できれば勘弁してほしい。スープが運ばれてきた。

「で、そのマッカーシーとかいう女だがね」音をたててスープをするあいまに、ラッドはいった。「こちらの仲間になったためしがない」このひとことが、フィスクにはラッド上院議員を支援しなかった罪による正式起訴状にきこえた。「あまりにもリベラルだし、おまけに……まあ、これは男同士だから話すんだが、そもそもあの女は黒い法服を着るのにふさわしくない。なにをいいたいかはわかるな？」

フィスクはスープに目を落としたまま、小さくうなずいた。上院議員が人目のないところでの食事を好むのも不思議ではない。それにこの男は、マッカーシーのファーストネームを知らないんだ——フィスクは胸の裡《うち》でひとりごちた。それどころかマッカーシーのことを、なにも知らないも同然だ。知っているのはマッカーシー裁判官が本当に女性であるということと、議員の意見では場ちがいな地位にいるということ、それだけだ。

白人男同士の気のおけない雑談から話をそらすため、フィスクは多少なりとも知的な質問を発することにした。「メキシコ湾沿岸地帯はどうなんです？　じつはわたし、あのあたりには知りあいがまったくいないもので」

予想どおり、ラッドはこの質問を鼻で笑った。なんの問題があるものか。「妻がべイセントルイスの出身だよ」それだけで、自分の子飼い候補の地滑り的圧勝が確約されるかのような口調だった。「あのあたりには軍需企業があり、海軍工廠《こうしょう》があり、NASAがある。ああ、あの連中はわたしのものだ」

向こうも、きっとあなたを所有しているんでしょうね――フィスクは思った。いわば、一種の共同所有権だ。

上院議員のアイスティーのグラスの横で、携帯電話が着信音を響かせた。ラッドはちらりと携帯に目をむけて顔を曇らせた。「この電話には出ないとな。ホワイトハウスからだ」

そう口にするラッドは、いかにも苛立《いらだ》ちをこらえきれないかのような雰囲気を発散していた。

「席を外したほうがよろしいですか？」言葉にできないほど感じいってはいたが、同時に重大な問題にかんする会話を耳に入れてしまうのではないかという恐怖も感じていた。

「いや、その必要はない」ラッドはいいながら、手ぶりでフィスクにすわっているよう合図してきた。フィスクはスープとアイスティーとロールパンに、全神経を集中させようとした。この場のことは一生忘れないにしても、ふいに昼食が一刻も早くおわってほしい気分になった。しかし電話の会話は、なかなかおわらなかった。ラッドはうめき声をあげ、ぶつぶつつぶやいてはいたが、どんな緊急事態を回避しようとしているのかを明かす手がかりになる言葉はいっさい口にしなかった。ウェイターがメカジキ料理を運んできた。メカジキは最初のうちこそしゅうしゅうと音をたてていたが、たちまち冷めていった。添えられたホワイトビートが、大量の溶けたバターのなかで泳いでいた。

　世界平和がふたたび確保されたのだろう、ラッドが電話を切って、メカジキのまんなかにフォークを突き立てた。「わるかったね。まったく、腹の立つロシア人どもめ。いや、それはともかく、きみにはぜひとも立候補してほしい。州にとって重要なことなんだよ。われわれの裁判所を正道にもどす必要があるからね」

「それはわかりますが、しかし――」

「わたしがきみを全面的に支援しよう。あらかじめいっておくが、表立ったことはできないよ。それでも舞台裏では粉骨砕身するつもりだ。たっぷりと現金をあつめよう。

馬に鞭《むち》をあて、腕の二、三本もねじりあげて骨を折ってやってもいい。なに、向こうではいつもしていることだ。わたしの得意わざだよ。信じてくれ」

「しかし、もし――」

「ミシシッピではわたしに勝てる者はいない。嘘《うそ》だと思うなら知事にきいてみたまえ。あの男は投票日まであと二十日というときに、支持率で二十パーセントも差をつけられていたんだ。それでも、自力で選挙に勝とうとしていた。わたしの助力は必要ないといってね。だから現地に飛んで、祈禱《きとう》会をひらいたよ。あの男はあっさりと改宗し、地滑り的な大勝利をおさめた。できれば地元の政治に関与したくはないが、今回は手を出させてもらう。今回の選挙はそれだけ大事なんだ。やってくれるね？」

「その方向で考えています」

「くれぐれも馬鹿《ばか》なことはするなよ。これは、真に偉大なことを成しとげるための、人生でいちどきりのチャンスなんだ。考えてもみたまえ――きみはいま……ええと、何歳だったかな？」

「三十九歳です」

「三十九歳か。まだまだ若いじゃないか。それでもきみは、ミシシッピ州最高裁の一員になるんだ。われわれの力で裁判官のひとりになれば、あとはずっとその椅子《いす》にすわっていればいい。考えてみたまえ」

「ええ、真剣に考えています」

「けっこう」

　またもや携帯電話の着信音が鳴った。今度は大統領その人からの電話だろう。

「失礼」ラッドはいいながら携帯を耳に押しあて、同時にメカジキをたっぷりと口に押しこんだ。


　三番めの、そして最後の立ち寄り先は、コネティカット・アヴェニューにある〈不法行為改革ネットワーク〉だった。ここではふたたびザカリーが主導権をとり、超特急で紹介と短いスピーチがおこなわれた。フィスクはいくつかの無害な質問に答えた——午前中に体験した宗教関係者からの質問にくらべれば、ずいぶんと軽い質問ばかりだった。ここでもフィスクには、すべてが芝居のように感じられてならなかった。彼らにとっては自分たちが支持する候補者の生身に触れ、声を耳で直接きくことこそ重要だが、真剣な人物評価には興味がないかに感じられた。ここにいる人々はザカリーを信頼している。そのザカリーが候補者として白羽の矢を立てたのだから、もう異存はない——というわけか。

ロン・フィスクには知るよしもなかったが、この四十五分の会談の模様はすべて隠しカメラで撮影されて上のフロアに送られていた。狭苦しいメディアルームでは、バリー・ラインハートが映像を注意ぶかく観察していた。写真や広範な分析などが含まれたフィスクについての分厚いファイルはすでにあったが、本人の声をきき、目と手を見て、その答えを耳にしたかったのである。写真うつりがよく、テレビでは見栄《みば》えがする男なのか？　服のセンスはまっとうで、顔は充分にハンサムか？　人を落ち着かせることのできる、信頼感にあふれた声か？　話しぶりは知的か、それとも生彩に欠けるのか？　この種のグループを前にして緊張してしまうのか、それとも、落ち着いたまま堂々としていられるか？　商品化して市場に適切に売りこめる人材なのか？

十五分後、ラインハートは確信していた。唯一《ゆいいつ》の否定的な材料はかすかな不安の兆候が見られたことだが、これは想定の範囲内だ。ブルックヘイヴンあたりからいきなり引きだされて、見知らぬ街の見知らぬ人々の前に押しだされたら、どんな人間でも一度や二度は口ごもって当然ではないか。声よし、顔よし、スーツはまとも。過去には、もっとお粗末な人物を候補者に仕立てたこともある。

これまで取りしきった選挙運動の例に洩《も》れず、ラインハートがフィスクに直接会うことは今後もなかった。候補者には、裏でだれが糸を引いているのかという点について、ほんのわずかなヒントも与えないのである。

帰路のジェット機でザカリーはウィスキーサワーを注文し、フィスクにも酒を飲むように強くすすめた。フィスクは誘いを断わって、コーヒーだけにするといった。酒を飲むには最高のシチュエーションだった——豪華なジェット機の機内、バーテンダーとして若い美女、ストレスに満ちた長い一日のしめくくり、全世界のだれも見ていないし知りもしない。

「コーヒーだけでいいよ」フィスクはいった。まわりの環境はともかく、自分がいまも品さだめの対象になっていることはわかっていた。そもそも禁酒主義者でもある。だから酒を飲まないと決めるのは簡単だった。

といっても、ザカリーも大酒飲みというわけではなかった。ウィスキーサワーを二、三口飲んだだけで、ネクタイをゆるめてシートに深々と身を沈め、おもむろにこんな話をしはじめた。「そういえばあのマッカーシーという女は、かなりの大酒飲みだという噂《うわさ》ですな」

フィスクはただ肩をすくめただけだった。いまの噂話は、ブルックへイヴンまでは届いていなかった。ブルックへイヴン住民の五十パーセントは、南部選挙区から選出されている三人の最高裁裁判官の名前をひとつもあげられないだろうし、いわんや裁判官の生活習慣などは——褒められたものであれ褒められないものであれ——知るはずはない、とフィスクは思った。

ザカリーはまたグラスからひと口飲んで、話をつづけた。「まあ、あの女の両親がともに大酒飲みでしたからね。もちろん、両親は沿岸地帯の出身でしたから、それも驚く話ではない。そういえば、マッカーシーはよく貯水池近くの〈チューズデイズ〉というクラブに行っているそうですよ。ご存じでしたか？」

「いや」

「行きずりの関係を求める中年向けの出会い系クラブだという話です。いや、わたし自身は行ったこともありませんが」

フィスクは餌《えさ》に食いついてこなかった。このような低俗なゴシップには退屈しか感じないといった顔をしている。しかし、ザカリーは気にしなかった。かえって賞賛の念を感じたほどだ。候補者にはあくまでも一段高い場所に立っていてもらう。下で泥を投げるのは、ほかの人間の仕事だ。

「ラッド上院議員とのつきあいは長いのかな？」フィスクがそう質問して話題を変えた。

「ずいぶん長いつきあいですよ」それから飛行機の旅がおわるまで、ふたりはこの大物上院議員とその波瀾《はらん》に富んだキャリアを話題にした。

フィスクは、権力とその謀略の数々を目《ま》のあたりにしてすっかり酔わされ、いまだに頭がふわふわする気分のまま家路を急いだ。ドリーンが話をくわしくききたがっていた。子どもたちが宿題をすませて寝るしたくをするあいだ、ふたりは温めなおしのスパゲティを食べた。

ドリーンには質問が山ほどあった。なかには、フィスクが答えに窮するような質問もあった。それほど多くのいろいろな団体や組織が、政治家としてはまったく無名で経験もない人物に、どうしてそこまでの大金を出そうとしているのか？　彼らが真剣に打ちこんでいるからだ。彼らが明敏で清廉《せいれん》潔白、正しい信念をもち、過去の経歴というお荷物のない若い候補者を求めているからだ。もし自分がノーといって立候補を断われば、彼らはほかの似たような候補者をさがしにいくだけ。彼らはなにがなんでも選挙に勝って、裁判所の改革を進める決意を固めている。これは全国的な運動、しかも重要な運動なんだ。

夫がマイヤーズ・ラッド上院議員とふたりきりで昼食をとったという話が、ドリーンにとっては決め手になった。だとすれば、自分たちはこれから政治という未知の世界に華々しく登場して、勝利をわがものにすることになるのだ。

14

バリー・ラインハートはシャトル便でラガーディア空港にむかい、空港からは自分の車でソーホーにあるマーサー・ホテルに行った。チェックインをすませてシャワーを浴び、厚手のウールのスーツに着替える。雪が降るという天気予報が出ていたからだ。フロントでファクスを受けとったあと、八ブロック歩いてグリニッジヴィレッジ近くにある小さなヴェトナム料理のレストランにむかった。まだガイドブックに掲載されていない店だった。ミスター・トルドーは、人目につかない密会を望んでいた。店にはほかの客はいなかったし、待ちあわせ相手もまだ来ていなかった。そこでラインハートはバーのスツールに腰をすえて、酒を注文した。

F・クライド・ハーディンのけちくさい集合代表訴訟はミシシッピでは埋め草記事のあつかいだったもしれないが、ニューヨークではもっとましな扱いを受けるニュースになっていた。日刊の経済紙がこの提訴を報じたことを受けて、クレイン社の普通株式はまたしても大打撃をこうむった。

　この日トルドーは終日電話で話しつづけ、合間にはボビー・ラッツラフを怒鳴りつけていた。それまで十八ドルから二十ドルの範囲で売買されていたクレイン化学の株は、集合代表訴訟のあおりで株価を数ドル下げた。終値は最安値を更新して十四ドル五十セント。トルドーは怒り狂っている演技に余念がなかった。退職年金を担保とする百万ドルの借金があるラッツラフは、さらに落ちこんだ顔を見せていた。

　株価が下がれば下がるほどいい。トルドーは株が落ちこむところまで落ちこむことを望んでいた。すでに書類上の損失は十億ドルに達しているが、これ以上の数字になってもかまわなかった。いつの日にか、すべてが奔流になって帰ってくるからだ。チューリヒのふたりの銀行家以外にはだれも知らないことだが、トルドーはすでにパナマのすばらしいほど曖昧《あいまい》な会社を通じてクレイン社株を買っていた。しかも株を買いあつめるにあたっては、株価の下落傾向に乱れが生じないよう、慎重に少量ずつ買い進めていた。取引が鈍い日には五千株、取引が活発な日には二万ドルという具合。しかし、注目がむけられることはなかった。第4四半期の決算が間近に迫っている。トルドーはクリスマスから、着実に帳簿を改竄《かいざん》していた。株価はなおも下落するだろう。そしてトルドーは、なおも株を買いあつめる意向だった。

夜になるとトルドーはラッツラフを家に帰し、何本か返事の電話をかけた。それから七時にベントレーの後部座席に這《は》いこみ、トリヴァーの運転でヴェトナム料理店にむかった。

十一月、例の評決の三日後にボカラトンで最初に顔をあわせて以来、トルドーはラインハートといちども会っていなかった。ふたりは郵便も電子メールもファクスも、民間の速達宅配便のたぐいも固定電話も、さらには通常の携帯電話もつかわなかった。それぞれが相手にしか通じない盗聴防止機能つきのスマートフォンをもっており、トルドーは時間のあるときには週に一回連絡をとって、最新情報を入手していた。

ふたりは案内されるまま竹の仕切り壁を抜けて、店内横手にある薄暗い個室に通された。ウェイターが食前酒を運んできた。トルドーはひとしきり集合代表訴訟と、訴訟をとりまとめた弁護士連中を罵《ののし》った。

「いまや鼻血だの皮膚の発疹《ほっしん》だのというレベルにまで落とされたよ」トルドーはいった。「うちの工場の横を車で通りかかっただけの田舎白人が、いきなりわれもわれもと原告団に名前をつらねたんだ。うちの工場がミシシッピ州南部ではいちばんいい給料をはずんでいた古きよき時代のことなんか、もうだれひとり覚えていない。いまは弁護士たちが集団暴走を煽《あお》り立てて、裁判所をゴールにしたレースを演じさせてる始末だ」

「もっとひどいことになるかもしれないな」ラインハートはいった。「ほかの弁護士グループが、やはり依頼人の囲いこみに精を出しているという話もきいたぞ。もし彼らが提訴に踏み切れば、集合代表訴訟がまたひとつ増える。まあ、わたしならやきもきしないがね」

「やきもきしない？　それはきみが、法律関係の手数料で大金を払う立場じゃないからだろう」

「だけど、その金もいずれはとりもどすんだろう？　ゆったりかまえるんだ、カール」

いまではふたりは、おたがいを気さくにファーストネームで呼びあう、うちとけた親しい関係になっていた。

「ゆったりかまえろとはね。クレイン社株のきょうの終値は十四ドル五十セントだった。きみだって二千五百万株の大株主だったら、ゆったりかまえてはいられないはずだぞ」

「わたしならゆったりかまえるし、株の買い増しもつづけるね」

トルドーはスコッチをあおった。「きみはだんだん自信たっぷりになってきたな」

「きょう、われらが坊やをこの目で初めて見たよ。挨拶《あいさつ》まわりにワシントンまで来たんだ。なかなかハンサムな男で、おまけに怖いくらい清廉《せいれん》潔白だ。頭もいいし、弁も立つし、なにより立ちまわりが巧《うま》い。みんな、すっかり感じいっていたな」

「じゃ、もう契約書にサインしたのか?」

「あしたにはサインするな。きょうはラッド上院議員とふたりで昼食をとったよ。あの老いぼれときたら、人を意のままに動かす達人だな」

「マイヤーズ・ラッドね」トルドーはいいながら、頭を左右にふった。「とんだ愚か者だ」

「確かに。しかし、いつでも金で買える男でもある」

「あの連中なら、だれでも金で買えるじゃないか。去年だけでも、わたしがワシントンにばらまいた金は四百万ドル以上だぞ。クリスマスのお菓子同然に金をばらまいたんだ」

「ラッドが自分の取り分を懐《ふところ》に入れたことはまちがいないな。わたしもきみもあの男が愚か者だと知っている。しかし、ミシシッピの人間は知らない。あの連中にとってラッドは王で、みんなあの男を崇拝してる。だからラッドがうちの坊やを出馬させたいとなれば、それが選挙戦のはじまりだ」

トルドーは体をもぞつかせて上着を脱ぎ、椅子《いす》の背にかけた。カフスボタンをはずしてワイシャツの袖《そで》をまくりあげ、さらにどのみち見る者もいないことだしとネクタイをゆるめて、椅子にだらしなく体をあずけ、スコッチをわずかに口に含んだ。

「ラッド議員と環境保護庁の話をきいたことがあるかい？」詳細な話を知っている者が五人以下であることを充分知りながら、トルドーはそう水をむけた。

「いや、知らないな」ラインハートもネクタイをゆるめながら答えた。

「あれは七年、いや、八年前か。例の訴訟がはじまる前に、環境保護庁の連中がボウモアに来て、ふざけた真似《まね》をはじめた。その何年も前から地元の住民が苦情を出してはいたんだが、ほら、あの役所は腰が軽いことで有名とはいえないからね。それで役人たちがあちこち調べてまわり、いくつか検査をして……やがてわずかながら不安を感じはじめ……そのうち大層昂奮《こうふん》してきた。わたしたちは、そのすべてを注意ぶかく観察していたよ。いたるところに手の者を派遣してね。それだけじゃない、環境保護庁にも手下をもぐりこませていたくらいだ。もしかしたら、会社も廃棄物処理に多少は手抜きをしたのかもしれない。よくは知らないが。とにかく、役人どもはどんどん攻撃的な姿勢を見せはじめた。刑事事件として捜査するだの、連邦検事を呼んでくるだの、その手の物騒なことをしゃべってはいたが、その時点ではまだ庁内だけの調査だった。それでも連中はありとあらゆる要求をひっさげて、この件を公表する寸前まできていた——何千億かかるか知れたものじゃない土壌浄化工事、不届き千万なほどの高額の罰金、それればかりか工場閉鎖まで要求してくるはずだった。その当時、クレイン社の最高経営責任者はガバードという男だった。いまはもう社にいないが、説得術を心得たまともな男だったよ。だからわたしはガバードに、金額を記入しない小切手をもたせてワシントンに送りこんだ。いや、一枚ではなく複数だよ。ガバードはうちのロビイストたちと協力して、新しい政治活動委員会を設立させた。なに、化学業界やプラスティック製造業界の利益を増進させるために運営されるという名目の、珍しくもない委員会だ。そのうえで彼らは計画を立てた——そのかなめは、ラッド上院議員をこちらの仲間に引きこむことだった。ミシシッピのほうではみんながラッドを恐れている。そのラッドが環境保護庁の敗北を望めば、向こうの連中はもう環境保護庁を忘れられるわけだ。ラッドはかれこれ百年も前から予算委員会にいる古株だ。もし環境保護庁があくまでも戦うと脅してきても、ラッドは予算を削減すると脅しかえすだけでいい。こみいった話だが、簡単な話でもある。それに、これはラッドの裏庭ともいうべきミシシッピの話だ。手づるの数でも影響力の大きさでも、ラッドにまさる者はいない。そこで、新しい政治活動委員会のこっちの手の者は、ラッドを料理と酒で盛大にもてなした。ラッドはミシシッピでなにが起こっているのかを正確に知っていたよ。あの男はたしかに単細胞だが、それでもこのゲームを長いことやっているものだから、いまではルールの大半もあの男自身が書いていてね」

シュリンプとヌードルの皿が運ばれてきたが、どちらの料理も鄭重《ていちょう》に無視された。ふたりは酒をまたお代わりした。

「最終的にラッドは、自分の選挙資金用の金庫に追加で百万ドルばかり必要だ、という結論を出した。われわれはその金を、きみたちが金を隠すのにつかっているダミー会社だの幽霊会社だののありったけを経由して支払うことに同意した。議会では献金が合法とされてはいたが、そうでなかったら賄賂《わいろ》と認定される金だな。これにつづいて、ラッドはまたべつの要求を出してきた。話をきくと、どうやらごくわずかな発達障害のある孫がいるというんだな。この孫がなぜか象に異常なまでに執着しているらしい。とにかく、象が好きで好きでたまらない。部屋の壁を象の写真で埋めつくしてるだの……野生動物を紹介するビデオを見ているだの……その手の話だよ。議員さまのご要望というのは、孫にぜひ象の群れをその目で見せてやりたいので、ついてはファーストクラスを利用した四つ星レベルのアフリカでのサファリ旅行を手配してほしい、というものだった。お安いご用だ。そうしたら議員どのは、家族全員で行ったらさぞや旅が楽しくなるだろうといいだした。だからこちらのロビイスト連中が手配させてもらったよ。総勢二十八人、自家用ジェット機二機に分乗だ。十五日間のアフリカの原野の旅――ドンペリニョンを飲み、ロブスターとステーキをぱくつきながら、いうまでもない、千頭の象を見物できたわけだ。請求書の合計金額は三十万ドル近かったし、議員本人は旅行費用をわたしが出したとは露知らなかった」

「安い買物だったな」

「ああ、そのとおり、安い買物さ。ラッドは環境保護庁を圧倒し、連中はボウモアから逃げていった。わたしたちの会社に手出しできなくなったんだ。しかも、これは余《よ》禄《ろく》というべきかな、いまではラッド上院議員はアフリカ関係のことすべての専門家だよ。エイズ、大量虐殺《ぎゃくさつ》、飢餓、人権侵害――なんでもござれ。議員はすべての専門家だ――なんといってもケニヤの奥地で二週間過ごし、ランドローバーの後部座席から野生動物のハンティングをずっと見物していたからさ」

ふたりはいっしょに声をあげて笑い、はじめてヌードルに手を出した。

「例の訴訟がはじまったときには、ラッドに相談をもちかけなかったのかな?」ラインハートはたずねた。

「いいや。弁護士たちが熱意をもって取り組んでくれたからね。たしかにラッド議員のことをガバードと話した覚えはある。しかし、当時は政治があの訴訟沙汰《ざた》に介入することはまずないだろうというのが、衆目の一致した見解だったんだよ。そもそも、わたしたちは勝訴に自信をもっていたしね。いやはや、なんと愚かだったことか」

そのあとふたりは数分ほど料理を口に運んだ。しかしどちらも、料理に喜んでいる顔を見せなかった。

「うちの坊やの名前はロン・フィスクだ」ラインハートはそういいながら、大判の茶封筒をトルドーに手わたした。「基本的な情報をまとめておいた。数枚の写真と背景チェックの資料だよ。きみの要請どおり、八ページ以下にしておいた」

「フィスク?」

「ああ、そのとおり」

ブリアンナの母親がニューヨーク近くにやってきていた。こんなふうに娘を年に二回訪ねてくるのが恒例で、トルドーはそのたびに自分はニューヨーク市内にひとりで残るから、母娘《おやこ》でハンプトンズの別荘に滞在すればいいといった。ブリアンナの母親はトルドーよりも二歳年下で、自分はまだトルドーに関心をむけてもらえるくらいには魅力的だと思いこんでいる。トルドーがこの女とおなじ空間で過ごすのは一年で合計一時間にも満たないが、そのたびにブリアンナがほかの人間の遺伝子を受けついでいればよかったのにと思わずにいられなかった。虫酸《むしず》が走るほどきらいだった。箔《はく》つけワイフの母親だからといって、自動的に箔つけ義母になるわけではないし、この女はあまりにも金の話題にこだわりすぎるきらいがある。そもそも、義母となった女の全員が大きらいだった。自分に義母なる存在があると思っただけでも厭《いと》わしかった。

そんなわけで、ブリアンナと母親は出ていった。五番街のペントハウスは自分ひとりの空間になった。ブリアンナは娘のサドラーとロシア人シッター、助手と専属栄養士にくわえてメイドをひとりふたり引き連れ、ちょっとしたキャラバンを編成してロングアイランドにむかった。いざ現地に着けば、ブリアンナは夫婦の高級な邸宅をわが物顔で侵略し、使用人たちを酷使するのだろう。

専用エレベーターから足を踏みだしたとたん、真正面に置いてある《凌辱《りょうじょく》された イメルダ》が目に飛びこんできて、思わず罵声《ばせい》が洩《も》れた。トルドーは雑用係を無視し、残りのスタッフも全員さがらせた。ようやく自分の寝室でひとりになり、極上のプライバシー空間を手に入れてから、パジャマとバスローブを身につけて、厚手のウールソックスを履いた。葉巻を一本とりだしてシングルモルトをグラスに注ぎ、五番街とセントラルパークを見わたせる狭いテラスに出る。肌を刺すほど冷たく強い風――中しぶんのない風だ。

ラインハートからは選挙運動の詳細な部分について、あまり思い悩まないようにと注意された。

「きみはすべてを知らないほうがいい」ラインハートの口からは、その言葉が一再ならず出てきた。「わたしを信頼したまえ。わたしはその道のプロだ。しかも、とびきりの達人なんだ」

そうはいっても、ラインハートには十億ドルの損をした経験がない。ある新聞記事によれば――これもトルドーについての記事だったが――一夜にして十億ドルの損失を出した男はほかに六人しかいない、という話だった。このニューヨークでこれほど一気に、ここまで壮絶に転落することがどれほどの屈辱か、あの男には決してわかるまい。友人たちがとたんにつかまらなくなる。ジョークを口にしても笑う者が減る。社交界の一部の回路が閉鎖された(といっても、これが一時的であることはわかっている)。妻でさえ、それまでの甘えた態度がいくぶん薄れて、わずかによそよそしくなった。本当に大事な人々――銀行家、資金運用専門家《ファンド・マネジャー》、投資専門家、ウォール街のエリート諸氏――から冷淡なあしらいを受けることはいうにおよばずだ。

寒風を受けた頬が赤らみはじめるころ、トルドーは左右に目を走らせて五番街の高層ビル群を見わたした。いたるところに億万長者がいる。そのひとりでも、いまの自分を哀れに思っているだろうか？　全員がカール・トルドーの転落を喜んでいるのではないだろうか？　質問をするまでもなく、答えはわかっていた――トルドー自身、これまでほかの人間がつまずいて転ぶたびに小躍りして喜んできたからだ。

好きなだけ笑うがいい。ゆっくりとモルトウィスキーをのどに流しこみながら、トルドーはいった。ケツがすり切れるまで笑っていろ。いいか、このカール・トルドーさまにはとっておきの秘密の武器があるんだからな。その名はロン・フィスク。このおれさまが雀《すずめ》の涙ほどの金を（海外経由で）払って手にいれた、人あたりのいい男。

ここから北に三ブロック、いまのトルドーの位置からはほとんど見えないビルの最上階に、ピート・フリントのペントハウスがある。あまたいる敵のひとりだ。二週間前、フリントの写真がヘッジファンド・リポート誌の表紙を飾った。着ていたスーツは高級ブランドものだが、サイズが合っていなかった。体重が増えたことは明白だった。記事はフリント個人とそのヘッジファンドを大いに褒めたたえ、なかでも昨年度最終四半期決算のすばらしさを賞揚していた。それほどいい数字が出たのは、抜け目なくクレイン社の株を空売りしたからだ。記事でフリントは、五億ドルもの利益をあげられたのは、例の裁判が被告クレイン社の全面敗訴でおわると予測した先見の明があればこそだ、と主張していた。カール・トルドーの名前は出ていなかった——その必要がなかったからだ。トルドーが十億ドルをうしなったことが広く知られているなかで、ピート・フリントはその半分の五億ドルをかきあつめて懐に入れた、と吹聴《ふいちょう》している。これはもはや苦痛をもしのぐ屈辱である。

ただし、フリントはフィスクの存在をまったく知らない。あの男がフィスクの名前を耳にしたときにはすでに手おくれだし、トルドーは自分の金を残らずとりもどすつもりでいた。いや、それ以上の金を。

15

ミシシッピ州法廷弁護士連盟の冬の定例会合は、まだ州議会の会期中にあたる二月に州都ジャクスンで開催されていた。ひらかれるのは決まって週末、各種のスピーチやセミナー、政界の最新情勢についての報告会といった企画がならぶ。ペイトン夫妻は目下州内でいちばん話題になっている評決を勝ちとった当人であることもあって、法廷弁護士たちはふたりの話を直接ききたがっていた。メアリ・グレイスは出席を断わった。連盟の活発なメンバーだったが、会合はあまり好みではない。会合にはいつも長々とつづくカクテルタイムと、戦場での手柄話がつきものだ。女性参加者が排斥されていたわけではないにしても、すんなりとおさまれる居場所はなかった。そもそも、家にだれかが残ってマックとライザの世話をする必要もあった。

そんな事情で、ウェスは不承不承ながらも参加することにした。ウェスも妻と同様に活発なメンバーだったが、冬の会合は決まって退屈だ。夏の海辺の街でひらかれる大会はもっと楽しみが多く、家族づれにもむいている。ペイトン家もこれまで二回ほど、家族ぐるみで参加していた。

土曜日の午前中、ウェスはジャクスンまで車を走らせて、会合がひらかれているダウンタウンのホテルにむかった。ただし、車は遠く離れた駐車場にとめた。最近自分が乗っている車を、ほかの法廷弁護士に見られないようにするためだった。弁護士たちは派手な車を乗りまわし、高価なおもちゃをもっていることで名高い。ウェスは――いまこのときばかりは――ハティズバーグからのドライブにも耐えたおんぼろのトーラスが恥ずかしかった。ジャクスンで一夜を明かすつもりもなかった。宿泊代の百ドルが出せないからだ。どこかのだれかさんの計算ではウェスは百万長者になるのかもしれないが、評決の三カ月後のいまなお、一セントでも節約しなくてはならない立場だった。いまのところボウモアの泥沼訴訟からの賠償金は、遠い夢でしかない。あれだけの評決がくだっても、そもそもあの訴訟にかかわってしまった自分の正気を疑うことさえあったくらいだ。

昼食会はホテルの大宴会場でひらかれ、出席者二百人という大規模なものだった。前置きが長々とつづくあいだ、演壇上の席にすわったウェスはあつまった大群衆を見わたしていた。

法廷弁護士は決まって多種多様で、ひとつところにあつまっても、まとまりがまったくない。カウボーイ、ごろつき、急進派、長髪、ビジネスーツ、けばけばしい服装の異端者、バイク乗り、教会執事、気だてのいいお爺《じい》さん、街の詐欺《さぎ》師、本物の救急車追いかけ屋、それに道路ぎわの立て看板や電話帳の広告や深夜早朝のテレビで見かける顔。なにはともあれ、彼らは退屈とは無縁だ。仲間うちでは、まるで荒くれ者ぞろいの家族のように激しく争うが、口論を途中で切りあげて仲間だけで円陣を組み、ともに敵を攻撃するすべも身につけている。案件や依頼人を争って奪いあう大都会から来た者もいる。他人と金をわけあいたくない気持ちから、素朴な陪審の前でひたすらスキルを磨いている、小さな町の者もいる。所有する自家用ジェット機で全国を飛びまわり、最新の大規模不法行為をもとに最新の集合代表訴訟をまとめようと懸命の者もいる。大規模不法行為訴訟に嫌悪《けんお》を示し、まっとうな案件をいちどにひとつずつ手がける者もいる。最近あらわれた新種は企業家タイプで、大量の訴訟を起こしては、結局いちども陪審の前に立つことなく、そのまま大量に和解をまとめる面々だ。法廷での昂奮《こうふん》を生きがいにしている者もいる。金と才能を溜《た》めこんでいる法律事務所で仕事をしている者もいないではないが、法廷弁護士たちがあつまる事務所はまとめにくいことで悪名高い。大半は一匹狼《おおかみ》のガンマン、あまりにも奇矯な性格で、小人数でさえまとめられない。毎年数百万ドルを儲《もう》ける者もいれば、かつかつの暮らしを送る者あり、平均でいえば年収は二十五万ドル前後。この時点で破産状態の者も数人。大半の弁護士は儲かる一年を過ごしたかと思えば、つぎの一年はさんざんな目にあうといった具合で、いつでもジェットコースターのようにあがったりさがったり、大博奕《ばくち》に打ってでる気がまえはつねに充分だ。

共通点をさがすとするなら、だれもが強烈なまでの独立独歩の精神をもっていることと、巨人ゴリアテに挑むがごときダビデの代理をすることにぞくぞくするような昂奮を感じること、その二点だろう。

政治的に右側にならんでいるのは、既成の支配階級や資産家や大企業、そして経済金融関係の無数のグループ。対する左側に立っているのが、マイノリティや労働組合、学校の教師、そして法廷弁護士だ。そのなかでも金をもっているのは法廷弁護士だけ。といっても、大企業の資金力からくらべたら、ポケットのなかの小銭程度だ。

ときにはウェスもこの連中をひとまとめにして、のどを絞めあげてやりたいと思うこともないではないが、その一方ここは居ごこちがよくもあった。だれもが自分の同志であり、戦友であり、賞賛の念はつきなかった。たしかに傲慢《ごうまん》になりもするし、強情になりもする。独断的にもなるし、しばしば最低最悪の敵になったりもする。しかし、社会の弱者のためにこれほど熱く戦う人種はほかにいない。

冷えたチキンと、それ以上に冷えているブロッコリーという食事がはじまると、立法府問題委員会の委員長が、いまなお議会で審議中のさまざまな法案について、いささか暗い最新情勢を報告していった。不法行為改革の旗印のもと、行き過ぎた損害賠償請求訴訟を抑制しようとしている一派がまたぞろ息を吹きかえし、賠償責任に制限をかけて裁判所の門戸を閉ざすことを目的とした法律を成立させようと躍起になっていた。つづいて政治問題委員会の委員長が話をしたが、こちらはもっと明るい報告だった。十一月に裁判官選挙が予定されている。いま断定するのは時期尚早だが、第一審レベルでも上訴レベルでも、われらが〝善人〟裁判官たちに有力な対立候補が出てくることはなさそうだ。

冷凍パイとコーヒーのあとでウェス・ペイトンが紹介されると、熱狂的な歓迎の拍手があがった。ウェスはまず、共同訴訟代理人にしてボウモア訴訟の真の頭脳ともいうべきメアリ・グレイスがこの場に来ていないことを詫《わ》びた。妻は出席を切望していたが、幼い子どもたちがいて家を離れられない、と。前置きをおわらせると、ウェスはベイカー裁判と評決についての概略を長々と述べたて、さらには現在クレイン化学を相手どって進められているほかの訴訟の現況を報告した。ここにあつまったような人々のなかでは、四千百万ドル評決は大いに尊敬されるトロフィーである。そんなトロフィーを勝ち得た当人の話とあれば、彼らは何時間でもきいていられたはずだ。そこまでの勝利の昂奮を味わえた者は数少ないし、ここにいる全員が自分たちに不利な評決という苦汁を嘗《な》めさせられた経験をもっていたからだ。

ウェスがスピーチをおえると、またしても沸きかえるような拍手喝采《かっさい》が起こった。ついで、即興の質疑応答がはじまった。影響力があったのはどのような専門家証人だったのか？　訴訟費用の総額もたずねられた（この質問については、ウェスは鄭重《ていちょう》に返答を拒んだ。多額の費用を支払う者が珍しくないこの部屋のなかでも、総額は話題にできないほど大きかったからだ）。和解交渉が進んでいるとすれば、その情況は？　集合代表訴訟は被告にどんな影響を与えている？　上訴については？　この話題ならウェスは何時間でも話をつづけて、しかもそのあいだずっと聴衆を飽きさせずにいられただろう。

その日の夕方、早めのカクテルタイムを利用してウェスはふたたび開廷して、さらに質問に答え、ふくれあがっていたゴシップをさらに萎《しぼ》ませた。州北部にある有毒廃棄物の不法投棄場の周辺をまわっている人々が近づいてきて、ウェスにアドバイスを求めはじめた。裁判書類を見せてもらえないだろうか？　専門家証人を推薦してもらえないか？　現場を見にきてもらうことは可能か？　ようやくバーに行くことを口実にその場を逃れたのもつかのま、ウェスはバーバラ・メリンジャーとばったり顔をあわせた。事情通で、戦いに倦《う》み疲れたこの連盟の代表者にして主任ロビイストでもある女性だ。

「ちょっといい?」バーバラがいった。ふたりはだれにも話を立ち聞きされない隅に引っこんだ。「怖い噂《うわさ》をききこんだものだから」

そういってバーバラはジンのグラスに口をつけ、周囲の人ごみを見わたした。これまで二十年を議事堂のあちこちの廊下で過ごし、政治の情勢を読むことにかけてはだれにも負けない達人である。しかもゴシップに流される傾向もない。だれよりもたくさんの噂話を耳に入れるバーバラだが、その噂を他人に伝えるとなれば、決まってそれは噂にとどまらなかった。

「マッカーシー追い落としを狙《ねら》っている人たちがいるらしいの」バーバラはいった。

「どんな連中が?」ウェスはバーバラと肩を接するようにして立って、おなじく人ごみに目を走らせていた。

「お決まりの面々よ――〈通商評議会〉をはじめとする悪党連中のグループ」

「マッカーシーに勝てるはずがないさ」

「ええ……でも、その方向を狙っていることは確かね」

していた。

「本人は知ってるのかい？」ウェスは手にしているダイエットソーダを飲む気をなく

「知らないと思う。まだだれも知らない話だし」

「具体的な候補者は？」

「いるかもしれないけど、わたしは知らない。でもあの連中には、候補にするのにふさわしい人物を見つける才覚があるわ」

ここで自分はどんな言葉や、どんな行動を期待されているのだろうか？ ウェスはそう思った。防衛策となれば選挙資金をつのることしかないし、いまのウェスの懐《ふところ》具合では一セントも寄付できなかった。

「ここにいる連中は知ってるのかい？」ウェスは立ち話をしている小人数のいくつものグループにむけて、あごを動かしてたずねた。

「まだ知らない。いまはまだ頭を低くして、ようすをうかがってるところ。いつものことだけれど、マッカーシーの銀行口座は空っぽも同然よ。最高裁の裁判官たちはみんな、自分たちは政治だのなんだのよりもずっと高いところにいて無敵だと思いあがってる。で、あの人たちが巧《うま》く騙《だま》されて眠りこんだのを見はからって、いきなり対抗馬が出現するというわけ」

「なにか考えでも?」

「なにもないわ。いまはまだ様子見をしつつ、これが噂でしかないことを祈るだけ。二年前にマケルウェインが再選されたときには、敵は立候補受付の期限ぎりぎりまで話を伏せて、いきなり候補者を出してきた。しかもその時点で、敵の陣営の銀行口座には百万ドル以上の選挙資金があつまってたのよ」

「でも、あのときはぼくたちが勝ったぞ」

「たしかに。でも、お願い……ぼくは怖がっていないといって」

「怖がっているどころじゃないね」

髪をポニーテールにした老ヒッピーがいきなり顔を突きだしてきて、大声でいった。

「あんたは、じつに見事にあの連中のケツを蹴《け》り飛ばしたじゃないか」

この第一声からは、ウェスの人生の少なくとも今後三十分をわがものにしようという魂胆がはっきりと見てとれた。

バーバラはじりじりとその場を離れはじめながら、「またなにかわかったら知らせるわ」とささやいた。

家までの道に車を走らせながら、ウェスはしばし会合での楽しかった思い出を反芻《はんすう》していたが、やがて心はマッカーシーにまつわる不安の影に滑り落ちていった。もとよりメアリ・グレイスには隠しごとをしていないこともあり、その夜は夕食のあとふたりでアパートメントを抜けだし、長い時間をかけて散歩をした。ラモーナと子どもたちはテレビで昔の映画を見ていた。

優秀な弁護士の例に洩《も》れず、ふたりも州最高裁判所の動向を注意深く観察していた。裁判官たちの意見書はひとつ残らず読み、内容について議論していた——ふたりが事務所のパートナーとなったときから、いまにいたるまで確固としてつづけている習慣だった。かつて裁判官の顔ぶれは、ほとんど変化しなかった。裁判官席に空席をつくるのは死のみであり、州知事が賢明な判断で穴埋めのための裁判官を指名していたこともあって、もうずいぶん昔から、州知事による臨時指名の結果は終身在職になった。もうずいぶん昔から、最高裁は尊敬の対象になっている。騒がしい選挙運動がなされた前例はなかった。裁判所は、審理日程と判決からきっぱり政治を締めだしていることに誇りをもっていた。しかし、そういった気品に満ちた時代にも変化のきざしが見えはじめていた。

「でも、わたしたち、マケルウェインであいつらに勝てたのよ」メアリ・グレイスはいちどならずそういった。

「三千票差でね」

「勝ちは勝ちよ」

二年前、ジミー・マケルウェインに不意討ちのように対立候補が出現したときには、ペイトン夫妻はボウモアでの訴訟の泥沼にはまりこんでいて、資金面での援助はできなかった。その代わり、わずかな空き時間のすべてを地元の委員会活動に注ぎこんだ。それればかりか、投票日には出口調査員として働きもした。

「わたしたちは裁判に勝ったのよ。上訴にだって負けっこないわ」

「ああ、そのとおり」

「そんなの、どうせただの噂よ」

明けて月曜日の午後、ロンとドリーンのフィスク夫妻はこっそりとブルックヘイヴンを抜けだし、夜になってからトニー・ザカリーと会うべくジャクスンにむかった。ふたりがぜひとも会っておかなくてはならない重要な人物がいるという話だった。トニー・ザカリーが、選挙のすべてをとりしきる本部長になることは、すでに合意ができていた。そのザカリーが最初に会議室に招きいれたのは、財務担当責任者候補だった。一分の隙《すき》もない服装に身を包んだその若者には、全国各地の十指にあまる州における豊富な選挙運動経験があった。男の名前はヴァンコーナ。この男は自信たっぷりに、財政面での計画を披露した。ヴァンコーナはノートパソコンとプロジェクターを駆使した。すべてが鮮やかな色あいで、白いスクリーンに展開された。収入面でいえば、支援者の連合体からの寄付の総額が二百五十万ドル。支援者の大半はフィスクが先日ワシントンで顔をあわせた人々だったが、ヴァンコーナは念押しとして長々とつづくグループ名のリストを読みあげた。それぞれの名前はすぐにごっちゃになったが、二百五十万という数字だけでも驚くべきものだった。さらに選挙区全体の個人からの寄付金が、総額五十万ドルになることが予測できる――フィスクがいざ遊説《ゆうぜい》をはじめて支持者を増やし、人々に強い印象を与えれば、それだけの金があつまる。

「わたしは金の集め方を心得ています」ヴァンコーナは一度ならずそういったが、決して自慢にはきこえなかった。三百万ドルは魔法の数字であり、実質的に勝利を保証する金額でもある。ロンとドリーンのフィスク夫妻はすっかり圧倒された。

ザカリーはふたりを注意ぶかく観察していた。ふたりとも馬鹿《ばか》ではない。こんな立場に置かれればだれでもそうなるように、簡単に誘導されてしまっているだけだ。ふたりは二、三の質問を口にしていたが、この場で求められているから質問したまでだった。

支出面について、ヴァンコーナはすべての数字を用意していた。テレビとラジオのコマーシャル、新聞広告、ダイレクトメール、遊説の旅費、スタッフへの給与（本人の報酬は九万ドル）、レンタルオフィスの賃料などから、バンパーステッカーや庭に立てるプラカード、道路ぞいの立て看板、レンタカーまで。ヴァンコーナが出した総支出額は二百八十万ドル。これで多少の資金的な余裕も生まれる。

ザカリーは二冊の分厚いバインダーを滑らせた。どちらにも、堂々たる書体で《最高裁判所・南部選挙区／ロン・フィスク対シーラ・マッカーシー／機密》とあるラベルが貼《は》られていた。

「すべての資料がはいっています」ザカリーはいった。

フィスクは数ページばかりめくって、あたりさわりのない質問をいくつか口にした。ザカリーは、フィスクが天才的な洞察力を発揮したといいたげに重々しくうなずいた。

チームの一員となったヴァンコーナはそのまま会議室に残り、つづいて登場したのは、ワシントンから来たという横柄《おうへい》な雰囲気の六十代の女性だった。広告宣伝が専門だという。女は自己紹介をしたが、キャットというファーストネームしかききとれなかった。フィスクは手もとのファイルを見て、苗字《みょうじ》を確かめなくてはならなかった――ブルッサード。名前の横に肩書があった――宣伝局長。

ザカリーはどこでこういった人々を見つけてきたのだろう？

キャットはいかにも大都会の人間らしく、過剰なまでに活発な性格だった。その会社は州レベルの選挙における広告宣伝を専門にしており、これまでに百以上の選挙での経験があるという。

では、勝率はどれだけになる？　フィスクはそう質問したい気持ちに駆られたが、キャットは質問をさしはさむ余地をほとんど与えなかった。キャットはフィスクのルックスや声を褒めたたえ、人間的な深みと誠実さを適切に伝えるような〝ビジュアル素材〟をまとめあげられることには自信がある、と断言した。この女が賢明だったのは、話をするあいだももっぱらドリーンを見つめていたことだ。これで女同士の絆《きずな》が確立された。キャットは席についた。

情報通信関連の仕事は、ジャクスンの会社が担当することになっていた。社長は、またしても早口でしゃべりまくる女性で、名前はキャンダス・グルーム。もはや驚くべきことではないが、この分野では豊富な経験のもちぬしだという。キャンダスの説明によれば、選挙を成功させたければ、いついかなるときでも情報通信を活用して運動を協調させることが必要だという。

「昔の海軍の標語に〝口が軽ければ船は沈む〟というのがあります」キャンダスはそ

う話した。「そればかりか、口が軽ければ選挙に負けるのです」

現在の州知事も顧客だったが、キャンダスは最上の情報をとっておきの隠し玉としてさいごに披露した。なんともう十年以上も、ラッド上院議員の仕事を受けているというのだ。これだけで充分だった。

キャンダスにつづいて発言の場に立ったのは、世論調査の専門家だった。テッドフォードという頭脳明晰《めいせき》な統計学者である。この男は最初に口をひらいてから五分もしないうちに、自分は近年のほぼあらゆる選挙において、結果予測を的中させてきた、と豪語した。ここにはアトランタから来たという。アトランタのような大都会から田舎町にやってきた人間は、自分が本当にアトランタから来たという事実を全員に強調することが重要らしい。二十分もすると、全員がテッドフォードにうんざりしてきた。

選挙区対策局長はアトランタではなく、ジャクスンの人間だった。名前はホッブズ。少なくともフィスクには、漠然とだが見覚えのある男だった。ホッブズは十五年にわたって、州内でのさまざまな選挙活動を——あるときは自分が前面に出て、またあるときは背後で動いて——成功に導いた、と自慢してから、自分が当選に導いた勝者の名前をあげていったが、自分が手がけた敗者の名前をあげることはついぞ思いつかないようだった。さらにホッブズは地域の組織がためや草の根民主主義、戸別訪問や集票活動などなどの重要性について述べ立てた。妙に口の達者な男だったうえ、話の途中、目が街頭説教師めいたぎらぎらした輝きを帯びることもあった。フィスクは即座にこの男がきらいになった。ところがドリーンはあとで、ホッブズを魅力的だと感じたと打ち明けることになる。

専門スタッフのパレードがはじまって二時間もたつと、ドリーンはどんな刺戟《しげき》にもほとんど無反応になる病気のようになり、フィスク本人はともすれば散漫になる注意力をつなぎとめておくべく、ノートに猛然と無意味なメモらしき文字を書き殴っていた。

ともあれ、これでチームは完成した。高額の報酬を受けとる五人の専門家集団。トニー・ザカリーを入れれば六人だが、ザカリーの給与は〈司法の理想〉から支払われることになっていた。ホッブズが延々としゃべっているあいだ、フィスクは自分が書いたノートを綿密に調べ、〝専門家給与合計予想額〟が二十万ドルになり、〝コンサルタント報酬〟が十七万五千ドルになると書かれている箇所を発見した。あとで、この金額についてザカリーに質問すること、というメモを書きとめる。あまりにも高額に思えたからだ。しかし……高度な専門的知識が必要とされる重要な選挙の収支について、自分がなにを知っているのか？

ここでコーヒーブレイクになり、ザカリーが専門家たちを率いて会議室から出ていった。出ていくときに専門家たちはみな親しげな別れの挨拶《あいさつ》を口にし、この先に待つ昂奮《こうふん》の選挙戦がいまから待ちきれないといい、なるべく早い機会を見つけて再会したいという言葉を口にしていった。

ザカリーはやがてひとりでフィスク夫妻のもとに引き返してきたが、そのときには急に疲れた顔を見せていた。「いや、本当にお疲れさまでした。どうか許してください。というのも、みんなとても多忙でして、時間的な余裕がごくかぎられているものですから。それに、小さな会議を何回にもわけてひらくくらいなら、大人数の会議一回ですませたほうがいいかと思いまして」

「いや、かまわないよ」フィスクはなんとかそう口にした。コーヒーが効き目を発揮しつつあった。

「とにかく、これはあなたの選挙運動だということを頭に入れておいてください」ザカリーは真剣な顔を崩さないまま言葉をつづけた。

「でも、それって本当の話?」ドリーンがたずねた。「なんだか、そんな感じがしないんだけど」

「いや、本当の話です。たしかにチームのために最良の人材を結集したという自負はありますが、お望みならチームのだれであっても、いまこの場で解雇なさってかまいません。ひとことおっしゃっていただければ、わたしはすぐ電話に飛びついて、代わりの人材をさがします。お気に召さない者がいましたか？」

「いや、そういうことじゃなくて——」

「あまりのことに圧倒されたよ」フィスクは認めた。「それだけだ」

「もちろん、圧倒的な規模ですとも。これは一大選挙キャンペーンなんですから」

「しかし、一大選挙キャンペーンだからといって、かならずしもこれほど圧倒的な規模の運動を展開する必要はないだろう？　ぼくはこの手のことではまだまだ初心者だ。でも、まるっきりなにも知らないわけじゃない。二年前にマケルウェインが当選したときには、対立候補は寄付された二百万ドルを選挙戦に投入して、派手な運動を繰り広げていたね。そしてこんどは、ぼくたちがそれ以上の大金をばらまくわけだ。だいたい、それだけの金がどこから出てる？」

ザカリーはすばやく読書用の眼鏡をかけると、バインダーに手を伸ばした。「その点は、もうお話ししたと思っていましたが。ヴァンコーナから数字の説明がありましたね」

「資料なら、ぼくだって読めるさ」フィスクは鋭い目をテーブルの反対側に投げた。

「寄付者の名前や金額はね。でも、知りたいのはそんなことじゃない。ぼくが知りたいのは、この人たちはなぜ、それまで名前さえきいたことのない人物を支援するために、総額で三百万ドルもの大金を進んで出そうとしているのか、という点だよ」

ザカリーはいかにも憤慨しているようなジェスチャーで、ゆっくりと読書用眼鏡を顔から引き剝《は》がすようにはずした。「ロン、その話はもう十回以上もしたじゃないですか。昨年、〈司法の理想〉はイリノイ州で四百万ドル近い費用をかけて、ひとりの男を当選させました。テキサスでは六百万ドルになんなんとする資金を投下しました。とんでもなく大きな数字なのは事実ですが、選挙での勝利が非常に高額になっていることも事実です。だれが小切手を書いているのか？　あなたがワシントンで会った人たちですよ。経済発展を目ざす人々の勢力です。保守系キリスト教徒です。いまの制度のもとで虐《しいた》げられている医者たちです。いってみれば彼らは変革を求めている人々であり、そのためになら喜んで金を出す人たちなんですよ」

フィスクはまたコーヒーを少し飲み、妻のドリーンに目をむけた。長い沈黙の時間が過ぎていった。

ザカリーはギアを入れ替えて咳《せき》ばらいをし、静かな口調でこうつづけた。「もし、ここで降りたかったら、そうおっしゃってください。いまからでも決して遅くはありません」

「いや、降りるつもりはないよ」フィスクはいった。「しかし、一日でこれだけとは、さすがに詰めこみすぎだ。あれだけの数の専門コンサルタントたち——」

「あの連中はわたしが指揮します。それが仕事ですから。あなたの仕事は遊説に出て、有権者たちにあなたこそが適任だと思わせることです。いいですか、ロンとドリーン、あの連中が有権者たちの前に姿を見せることはありません。いや、わたしも有権者の前には姿をあらわしません。候補者はあなたです。有権者たちを納得させるのは、あなたの顔や考え方、あなたの若さや熱意です。わたしじゃない。たくさんいるスタッフのだれでもないんです」

やがて三人は疲れに負け、会話もとどこおりがちになった。フィスクとドリーンは分厚いバインダーをまとめ、別れを告げた。帰りの車内は静かだったが、静けさは決して気づまりではなかった。人も車も見あたらないブルックヘイヴンのダウンタウンを車が走るころには、ふたりは選挙という困難な課題にふたたび昂奮を感じるまでになっていた。

ミシシッピ州最高裁判所の裁判官、ロナルド・R・フィスク閣下。

16

土曜日の昼近くにマッカーシー裁判官が執務室に足を踏みいれると、室内はまったくの無人だった。マッカーシーは郵便物をよりわけながら、コンピュータの電源を入れた。ネットにつないで、職場用のメールをチェックする。届いていたのは、いつもの裁判所関係のメールばかりだった。つづいて私用のアドレスをチェックすると、娘からのメールが届いていた――今夜ビロクシにある娘の家で夕食をとる件を確認する内容だった。それ以外にも、ふたりの男からのメール。片方は以前に交際していた相手で、もうひとりは交際に発展してもおかしくない相手だった。

きょうはジーンズとスニーカー、それにもう何年も昔にいまは別れた夫がプレゼントしてくれた茶色いツイードのライダーズジャケットというラフな服装だった。最高裁には週末用のドレスコードはない。仕事に出ているのは調査官だけだからだ。

主任調査官のポールが物音ひとつたてずに姿をあらわし、マッカーシーに声をかけてきた。「おはようございます」

「あら、土曜日なのになにをしてるの？」マッカーシーはたずねた。

「いつもの仕事ですよ。訴訟摘要書を読んでいました」

「なにかおもしろいものはあった？」

「いいえ」ポールはマッカーシーのデスクに、一冊の雑誌をぽんと投げ落とした。

「もうすぐこれが最高裁に来ますよ。楽しそうだ」

「というのは？」

「キャンサー郡で、高額の賠償金支払を命じた陪審評決が出た案件です。四千百万ドル。ボウモア」

「ああ、あれね」マッカーシーは雑誌を手にとった。この州のすべての弁護士と裁判官が、自分はベイカー裁判の評決について知っている人間と知りあいだ、と吹聴《ふいちょう》していた。記事そのものがかなり長く、正式事実審理の経過についても書かれていたが、その後のことについてもとりわけ詳細に書かれていた。この裁判のことは、ポールをはじめとする調査官たちのあいだでもよく話題になっていた。調査官たちはなりゆきに注目し、数カ月後になるはずの上訴書面の到着を楽しみに待っていたのである。

記事にはボウモアの有毒廃棄物の不法投棄現場や、そこから起こされた訴訟について、あらゆる側面がくわしく書いてあった。すっかりさびれて、窓や扉に板が張られた家々が目だつ街の写真も掲載されていた。クレイン社工場の外に立ち、鉄条網を張ったフェンスごしに敷地をのぞきこむメアリ・グレイスの写真、さらに日よけの木の下で依頼人であるジャネット・ベイカーと話しているメアリ・グレイスの写真も添えてあった――後者の写真では、ふたりとも水のペットボトルを手にしていた。さらに、廃棄物の被害者とされる二十人の人々の写真――黒人、白人、子ども、そして老人。しかし、中心人物はあくまでもメアリ・グレイスであり、記事を先に読み進むにつれて、この女性弁護士の重要性がますます高まってきた。これはメアリ・グレイスの訴訟であり、目ざすべき大義だった。ボウモアはメアリ・グレイスの街であり、そこで死にゆく人々はみな友人なのだ。

記事を読みおえたマッカーシーは、いきなり執務室にうんざりした気分にさせられた。ビロクシまでは車で三時間かかる。マッカーシーは、ほかのだれにも会わずに裁判所をあとにし、それほど急がず車を南に走らせた。途中ハティズバーグで給油したあと、ふとした気まぐれで車を東にむけた。というのも、唐突にキャンサー郡への好奇心が湧《わ》いてきたからだった。

第一審裁判所で判事として審理指揮をとっていたころ、マッカーシーはよくこっそりひとりで事件現場に足を運び、みずからの目で直接そのようすを確かめていた。交通量の多い橋の上でのタンクローリー衝突事件では、法廷では詳細な部分が曖昧《あいまい》なまだったにもかかわらず、事件発生とおなじ時間帯の現場で一時間過ごすことで、いろいろなことが明らかになった。被告人が正当防衛を主張していたある殺人事件では、死体が発見された路地にマッカーシーが思いきって足を運んだあと、被告人の主張の信憑《しんぴょう》性が減った。倉庫の窓から洩《も》れる光で、現場が明るく照らされていたのがわかったからだ。また、被害者の遺族が踏切事故での不法死亡だと主張していた裁判のおりには、問題の道路に昼夜それぞれ車を走らせて、さらに二回ばかり踏切で電車の通過を待つうちに、被害者側の過失を確信するようになった。もちろん、こうした意見は自分の胸にだけしまっておいた。法廷において事実を認定するのは、判事ではなく陪審だからだ。しかしマッカーシーが、こうした奇妙な好奇心ゆえに現場へと引き寄せられることは珍しくなかった。なによりもまず真実を知りたかった。

雑誌の記事にあったとおり、ボウモアはさびれた街だった。マッカーシーはメイン・ストリートから二ブロック離れた教会の裏手に車をとめ、そこから先は歩くことにした。この街で自分の車以外に赤いＢＭＷのコンバーティブルを見かけるとは思えなかったし、なによりも人の注目をあつめることを避けたかったからだ。

土曜日だったが、人も車もあまり見あたらず、商店街も閑散としていた。半分は廃業して正面に板が打ちつけてあり、そうでない店も営業しているところは数えるほどしかない。薬局、ディスカウントストア、それに二、三の小売店。マッカーシーは、F・クライド・ハーディン&アソシエイツ法律事務所の前で足をとめた。この弁護士の名前も、記事に出ていた。

ついでマッカーシーは、〈ベイブズ〉というコーヒーショップに足を踏みいれて、カウンター席に腰をおろした。裁判のことを教えてもらえるかもしれないという期待があったからだ。その期待は裏切られなかった。

まもなく午後の二時。カウンター席にいるのはマッカーシーだけだった。店の正面近くのボックス席では、シボレーの整備工場の工員がふたり、遅めの昼食をとっていた。ダイナーは静かで、埃《ほこり》っぽく、床は塗装と仕上げをやりなおす必要があった。この数十年、店内のようすがほとんど変わっていないことはひと目でわかった。壁には一九六一年にまで遡《さかのぼ》るフットボールの試合のスケジュール表や学校の集合写真や古い新聞記事など、およそだれかが人に見せたいと思ったものが所狭しと張りだしてある。さらに、大きなプレートがこう宣言していた――《当店はペットボトルの水しかつかいません》。

カウンターの内側に店主のベイブが姿をあらわし、マッカーシーに気さくな声をかけてきた。「ご注文は?」

ベイブは白い制服を着て、ピンク色の刺繡《ししゅう》で《ベイブ》と名前がはいっている染《し》みひとつない臙脂色《えんじいろ》のエプロンをつけ、白い帽子をかぶり、白い靴を履いていた。一九五〇年代の映画から抜けだしてきたとしても、おかしくない姿だった。もしかしたら、それぐらいの時代からこの店にいたのかもしれないが、逆毛を立ててふくらませた髪の毛はいまもまだ元気な色に染めてあった。それこそ、身につけているエプロンに近い色あいだった。目のまわりには喫煙者特有の皺《しわ》が寄っていたが、その皺もベイブが毎朝顔にたっぷりと塗りたくるファウンデーションの前には敵ではなかった。

「とりあえず、お水だけでいいわ」マッカーシーはいった。この街の水のことが知りたかった。

カウンターの仕事をこなすあいだ、ベイブは寂しげな目を大きな窓から外の街路にむけっぱなしも同然だった。ベイブは一本のペットボトルを手にとって、マッカーシーにいった。「お客さん、このあたりの人じゃないでしょう?」

「ええ、ちょっと通りかかっただけ。ジョーンズ郡のほうに親戚《しんせき》が住んでるの」嘘《うそ》ではなかった。昔から遠縁のおばがひとり——まだ生きているはずだ、とマッカーシーは思った——隣のジョーンズ郡に住んでいたのだ。

　ベイブはマッカーシーの前に、百八十ミリリットル入りの水のボトルを置いた。ラベルには《ボウモア用ボトル》とだけ書いてある。ベイブは、自分にもジョーンズ郡に住んでいる親戚がいると話した。ミシシッピでは——遅かれ早かれ——だれもがどこかで親戚になるため、話が系図上あまり遠くまで行かないうちに、マッカーシーはそそくさと話題を変えた。

「これはなに？」と、ボトルをもちあげてたずねた。

「水よ」ベイブは困惑を見せながら答えた。

　マッカーシーはさらにボトルを顔に近づけた。ベイブにこの方向での会話の主導権を握らせたかった。

「このボウモアの街では、水はみんなボトル詰めされているの。ハティズバーグからトラックで運ばれてくる。街が地下からポンプで汲《く》みあげる水は飲めないから。汚染されていて。お客さんはどこから？」

「沿岸地帯よ」

「じゃ、ボウモアの水道水の話をきいたことはない？」

「ごめんなさい」マッカーシーはボトルのキャップをあけて、中身をひと口飲んだ。

「水みたいな味ね」

「だったら、水なのに水じゃないほうの味見をしてもらわないと」

「でも、ここの水のなにがわるいの？」

「まあ、驚いた」ベイブはそういってあたりを見まわし、客が発した噴飯ものの質問を耳にした者がほかにいないかどうか確かめた。だれもいなかったので、ベイブはダイエットソーダの栓をあけ、こっそりとカウンターに置いた。「キャンサー郡という表現をきいたことは？」

「ないわ」

　ここでもまた信じられないという顔つき。「それがわたしたち。この郡の癌《がん》患者発生率は全国でも最高よ。それもこれも、水道水が汚染されてたから。前はここに、クレイン化学の化学薬品工場があった。会社を経営していたのは、ニューヨークの頭のよく切れる連中。工場では長いあいだ……だれの話を信じるかにもよるけれど、二十年とか三十年とか、あるいは四十年ものあいだ、毒のはいってるクソを——下品な言葉でごめんなさいね——工場の裏手にあるどこやらの小さな谷だかに捨ててたの。樽《たる》でいくつもいくつも、ドラム缶でもどっさり、それこそ何トンにもおよぶクソを、無造作に地面の穴にぽいぽい捨ててたわけ。で、やがてそれが地下の帯水層に滲《し》みこんでいった。で、あきれたぼんくらぞろいの市当局は、八十年代にそこの帯水層から地下水を汲みあげる揚水場を建設したのね。最初は透明だった水道の水が薄く灰色がかってきて、それから薄い黄色に変わった。いまじゃ茶色よ。変なにおいがしはじめたと思ったら、やがてまぎれもない悪臭に変わった。わたしたち住民は何年もずっと、水をきれいにしてくれと市にかけあってたの。それでも市は、わたしたちに門前払いを食らわせつづけた。ほんと、あきれたものよ。とにかく、水道水の問題が大きな争点になってきたわけ。それから悲惨なことが起こりはじめた。人がばたばた死にはじめたの。まるで伝染病みたいに癌がどんどん発生したのよ。いまも死につづけてる。一月にはアイネズ・パーデューが死んだわ。たぶん六十五人めだと思う。まあ、そんなところ。そのすべてが裁判ですっかり明るみに出されたの」

ベイブはここでひと息つき、歩道をのんびりと歩いていくふたりの通行人に目をむけた。

マッカーシーは慎重に水を少しだけ飲んだ。「裁判があったの?」

「まさか、お客さんは裁判のことも知らないとか?」

マッカーシーは無邪気に肩をすくめて、前とおなじ言葉を口にした。「ほら、沿岸地帯から来たから」

「あらまあ」ベイブは肘《ひじ》を入れ替えて、右の肘をカウンターについた。「何年もずっと、訴訟を起こす話が出てはいた。弁護士連中はみんなここに来て、コーヒーを飲みながらおしゃべりをしていったわ。あの子たちは、およそ声を低くして話すってことを教わってこなかったのね。すっかりきいてたの。いまだって耳にきこえてるくらい。長いこと、大言壮語ばっかり。これとあれとの罪状で、クレイン社を訴えてやる……でも話ばっかりで、なにひとつ動きがなかった。たぶん、ひとつには訴訟の規模が大きすぎたせいだと思う。それに、相手は大きな化学企業で資金も豊富、ずるがしこい弁護士をどっさり抱えていたもの。そんなこんなで訴訟話は沙汰《さた》やみになっていったけど……癌はいっこうに減らない。子どもたちがどんどん白血病で死んでいった。腎《じん》臓《ぞう》や肝臓、膀胱《ぼうこう》や胃に腫瘍《しゅよう》ができる人がいっぱい出てきて……それはもう恐ろしかった。クレイン社はピラマー5という殺虫剤をつくって大儲《もう》けをしてた。アメリカではもう二十年も前に使用禁止になった農薬よ。でも、グアテマラとか、そういった国では規制がない。だからクレイン社はここでピラマー5をつくりつづけて、それを南米の国にどんどん輸出してたの。で、あっちの国々では薬を果物や野菜にふりまいて、そうやってできた農作物をアメリカに輸出してた。そういった話が裁判でぜんぶ明るみに出たの。きいた話だと、陪審はこの話に本当に怒ったらしい。とにかく陪審がなにかに怒り狂ったのは確かね」

「裁判はどこでひらかれたの？」

「ね、ほんとにこのあたりに親戚がひとりもいないの？」

「ええ、本当に」

「このボウモアにお友だちもいない？」

「ええ、ひとりも」

「まさか、お客さん、新聞記者じゃないでしょうね？」

「いいえ。たまたま通りかかっただけ」

聞き手の素性に満足したのか、ベイブは深々と息を吸って話をつづけた。「裁判はボウモアじゃない土地でひらかれたの。賢明な判断よ。ボウモアでひらいたら、陪審はクレイン社や経営陣の悪党どもに、まとめて死刑判決をくだしたに決まってるもの。だから裁判は、ハティズバーグでひらかれた。わたしのお気にいりの人のひとり、ハリスン判事のもとで。ケイリー郡はあの人の選挙区だし、あの人も昔はここで長いことよく食事をとっていたっけ。女好きだけど、それはいいの。わたしも男が好きだし。そんなことはともかく、長いあいだ弁護士たちはしゃべっているだけで、だれひとりクレイン社を訴えようとはしなかった。それなのに地元の女の子が——そう、わたしたちの街の出身よ——若い女の弁護士が肚《はら》をくくって、巨額の賠償金を求める訴訟を起こした。メアリ・グレイス・ペイトン、子どものころは街から一キロ半ばかり離れたところで暮らしてた。ボウモア・ハイスクールの卒業式では、総代で挨拶《あいさつ》したのよ。まだ小さな女の子だったころのことも覚えてる。お父さんのミスター・トルーマン・シェルビーは、いまでもちょくちょくこの店に食事にくるわ。ほんと、あの子が大好き。旦那《だんな》さんも弁護士で、いっしょにハティズバーグで事務所をひらいてるの。ふたりはジャネット・ベイカーの代理で裁判を起こした。やさしい女の人よ。旦那さんを亡《な》くして、その八カ月あとに小さな息子さんまで亡くしたの。クレイン社は猛然と反論してきた。街の噂《うわさ》だと、百人もの弁護士をそろえたみたい。陪審審理が何カ月もつづいて、おかげでペイトン夫妻は危うく破産しかけたという話。でも、原告が勝ったの。陪審はクレイン社にめちゃくちゃ厳しい罰をくだした。四千百万ドルの賠償金。知らない人がいたなんて信じられない。どうすれば知らずにいられたのかしら？　裁判のおかげで、ボウモアは一躍有名になったんだから。ところで、なにか食べるものは？」

「グリルドチーズ・サンドはある？」

「ええ、もちろん」ベイブは一瞬の隙《すき》もない手さばきで、二枚の食パンをグリルに載せた。「裁判はいま上訴の段階。だからわたしは夜も昼も、ペイトン夫妻が勝つようにって祈ってるの。それに弁護士たちがまたもどってきたわ。あちこち嗅《か》ぎまわっては、原告にできそうな新しい被害者をさがしてる。クライド・ハーディンという名前をきいた?」

「会ったこともないわ」

「うちの左側の七軒隣が事務所——もうずっと昔から。うちの〝八時半コーヒークラブ〟のメンバー。クラブっていっても、大法螺《ぼら》吹きのあつまりだけど。クライドはまともな人よ。でも、奥さんが最低の俗物。クライドは法廷に足を踏みいれるのを怖がってて、だからフィラデルフィア——ミシシッピじゃなくてペンシルヴェニアのフィラデルフィア——の筋金入りの三百代言連中とつるんで、集合代表訴訟を起こしたわ。パレードに参加したい一心の一文なし連中をどっさりあつめて、その代理人としてね。噂だと、依頼人だとされてる人たちのなかには、このあたりに住んでもいない人がいるらしいわ。連中の目あては小切手だけよ」ベイブは二枚のプロセス・チェダーチーズをパッケージからとりだし、熱く焼けたパンに載せた。「マヨネーズは?」

「いらないわ」

「フライドポテトもつける?」

「いらないわ」

「とにかく、その訴訟のおかげで街は前よりもばらばらになっちゃった。本当に病気になった人たちは、いまになって自分も被害者だといいだした人たちに怒ってるし。おかしなものね、お金のことになると頭に血が昇っちゃう人がいるの。いつも、だれかお金をくれないものかって血眼になってて。弁護士のなかには、クレイン社がついに折れて、巨額の賠償金での和解に応じると考えてる向きもある。そうなればみんなお金持ちになり、弁護士たちはもっと金持ちになれるわけ。でも、クレイン社がぜったいに不法行為を認めないと考えてる弁護士もいる。これまでだって認めたためしはないし。六年前、訴訟の話がずいぶん盛りあがっていたとき、あの会社は週末をつかって工場をあっさり閉鎖して、メキシコに逃げていったの。まあ、どうせあっちでは廃棄物を好き放題に捨てて、環境汚染してるんでしょうよ。いたるところでメキシコ人を殺しててもおかしくない。あの会社がしたことはまぎれもなく犯罪よ。この街はクレイン社に殺されたの」

食パンがまっ黒といえるほど焦《こ》げると、ベイブは二枚をあわせてサンドイッチにしてふたつに切り、ディルのピクルスを添えてマッカーシーの前に置いた。

「クレイン社の工場で働いていた人はどうなったの?」

「みんな首を切られたわ。まあ、当然といえば当然ね。ほとんどの元従業員が、仕事を求めて街を出ていった。このへんにはろくな働き口もないから。なかにはいい人もいたけど、あの工場でおこなわれてることを知ってて、黙ってた人もいた。だって秘密をばらせば、すぐ馘《くび》になったからよ。メアリ・グレイスはそういった人を何人か見つけだして、裁判のために呼びもどしたの。真実を証言した人もいれば、嘘をついた証人もいたわ。きいた話だと、メアリ・グレイスは嘘つきを尋問でめった斬《ぎ》りにしたんですって。裁判は一回も傍聴しなかったけど、ほとんど毎日、ようすだけは耳にはいってきたの。街全体が、どうなることかと固唾《かたず》をのんでたわ。問題の工場で長年トップにいたのが、アール・クラウチという男。たっぷりと給料をもらってたわ。これも噂だけど、訴えられて大恥をかかされたとき、クラウチはクレイン社に買収されたらしいのね。不法投棄のことをすべて知っていたくせに、証言録取では片っぱしから否定してた。まったく、嘘八百もいいところ。それが二年前。でも、いまじゃクラウチは謎《なぞ》めいた情況で行方不明になったっていう話。メアリ・グレイスが法廷で証言させようとしたんだけど、本人を見つけられなかったの。姿を消したわけ。無許可離隊。クレイン社でさえ見つけられなかったのよ」

ベイブはこの金塊なみの情報をしばし空中に吊《つ》りさげたまま、シボレーの整備工のようすを見るためにボックス席に歩いていった。マッカーシーはサンドイッチの最初のひと口をかじりながら、いまの話にもまったく興味がないふりをしていた。

「グリルドチーズのサンドイッチはお気に召した？」もどってきたベイブがそうたずねた。

「ええ、とっても」マッカーシーは水をひと口飲んで、先ほどの話のつづきを待った。

ベイブはカウンターに身を乗りだし、声を低くして話を再開した。

「パイングローブのほうに、ストーンっていう一家が住んでるの。荒くれぞろいの一家よ。車泥棒だのなんだので、しじゅう刑務所に出たりはいったりしてて。あんまり敵にまわしたくない一家。それで四年前……いや、五年前になるかしら、ストーン家の小さな男の子が癌になって、あっという間に死んでしまったの。一家はペイトン夫妻に代理を依頼して、訴訟はいまも係属中。きいた話だと、ストーン家の連中はテキサスのどこだかでアール・クラウチを見つけだして、息子さんの仇《かたき》を討ったらしいわ。ただの噂よ。それに、このあたりの人はその話は口にしないし。でも、それも当たり前だと思う。だれもストーン家の人間と悶着《もんちゃく》を起こしたくないに決まってる。とにかく、みんなの傷はまだ生々しい……生々しすぎるほど。このあたりでクレイン社の名前を話に出そうものなら、その場でみんなが喧嘩《けんか》をはじめてしまうから」

マッカーシーにはこの話を他言するつもりはなかったし、これ以上深く穿鑿《せんさく》する気もなかった。ふたりの整備工が席を立って大きく伸びをしてから、それぞれに爪楊枝《つまようじ》を手にとってレジにむかって歩きはじめた。ベイブはふたりをレジで出迎え、憎まれ口を叩《たた》いてから、ふたりの勘定をうけとった。それぞれ四ドルほどだった。あのふたりは、土曜日だというのにどうして仕事に出ているのだろうか？　ふたりの上司は、それでいったいなにを達成できると思っているのか？　マッカーシーは無理をして、サンドイッチの半分を飲みこもうとした。

「もうひとつ食べる？」ベイブが自分のスツールに引き返しながらたずねてきた。

「もうけっこう。そろそろ行かなくちゃならないから」

十代の若者がふたり、足音高く店内にはいってきてテーブル席についた。

マッカーシーは勘定を支払うと、ベイブに話し相手をしてくれたことの礼を述べ、また立ち寄らせてもらうと約束した。そのあと歩いて車まで引き返し、三十分ほど街のあちこちを走ってみた。記事には、パイングローブとオット牧師のことも書かれていた。ゆっくりと教会とその周辺の住宅街に車を走らせながら、マッカーシーはその陰鬱《いんうつ》な風景に胸を突かれる思いだった。記事はまだ手加減をして書いていた。さらに、いまはすべてが廃屋になっている工業団地が見つかり、クレイン社の工場が見つかっていた。幽霊でも出そうな荒涼とした雰囲気の工場は、しかし鉄条網でしっかりと囲われた。

こうしてボウモアで二時間過ごしたのち、マッカーシーは――できれば二度と来たくないという思いとともに――街をあとにした。いまではあの評決を出すにいたる原動力になった怒りも理解できていた。しかし、司法判断からは感情をいっさい排除しなくてはならない。クレイン化学がこの悪行をしたことに疑いの余地はほとんどない。しかし争点は、クレイン社の廃棄物がほんとうに癌の発生原因になったのかどうか、というところにある。陪審がそう考えたことは明らかだった。

まもなく、この問題に決着をつけることがマッカーシー裁判官とその八人の同僚たちの仕事になるはずだった。

彼らは沿岸地帯までずっと、マッカーシーの動きを追っていた。マッカーシーはまず、ビロクシ湾から三ブロック離れた自宅に行って六十五分を過ごしたのちに、一キロ半離れたハワード・ストリートにある娘の家にむかった。娘とその夫、およびふたりのまだ幼い孫とゆっくり時間をかけて夕食をとったのち、マッカーシーは自宅にもどり、明らかに単身で夜を明かした。翌日曜日は、朝十時に〈グランド・カジノ〉で友人の女性と朝食をとっていた。車のナンバーを急いで調べると、相手の女性は地元で有名な離婚専門の弁護士だった。おそらく昔からの知人だろう。このブランチのあと、マッカーシーは自宅にもどってジーンズ姿に着替え、オーヴァーナイトバッグを手にして家を出た。そのあとノンストップで車を走らせ、午後四時十分、ノース・ジャクスンのコンドミニアムに帰りついた。三時間後にキース・クリスチャンという男（白人男性、四十四歳、離婚歴ある独身、歴史学教授）が、大量のテイクアウトの中華料理とおぼしきものを手土産にコンドミニアムを訪れた。クリスチャンはそのままマッカーシーのコンドミニアムで一夜を過ごし、翌朝七時に帰った。

トニー・ザカリーはこうした報告を自分でまとめあげた——いまだに好きになれないノートパソコンのキーをたどたどしく打ちながら。インターネット時代よりもずっと昔から、キーボードを打つのがお話にならないほど下手くそだったし、いまだにテクニックはほとんど向上していなかった。しかし、こういった詳細な情報は——助手だろうと秘書だろうと——だれにも明かすわけにいかなかった。完全な機密保持を要する。こうして作成した報告書は、電子メールやファクスで送ることができなかった。バリー・ラインハートが、翌朝に届く〈フェデックス〉の速達宅配便での送付を要求していたからだ。

（下巻へつづく）

J・グリシャム
白石　朗　訳
大統領特赦（上・下）

謀略が特赦を呼んだ。各国諜報機関が辣腕弁護士を「狩る」ために。だが、男が秘した謎とは？　巨匠会心のノンストップ・スリラー！

J・グリシャム
白石　朗　訳
最後の陪審員（上・下）

未亡人強姦殺人事件から9年、次々殺される陪審員たち――。巨匠が満を持して描く70年代アメリカ南部の深き闇、王道のサスペンス。

S・キング
白石　朗　訳
骨の袋（上・下）

最愛の妻が死んだ――あっけなく。そして悪霊との死闘が始まった。一人の少女と忌まわしい過去の犯罪が作家の運命を激変させた。

S・キング
白石　朗他訳
第四解剖室

私は死んでいない。だが解剖用大鋏は迫ってくる……切り刻まれる恐怖を描く表題作ほかO・ヘンリ賞受賞作を収録した最新短篇集！

S・キング
白石　朗　訳
回想のビュイック8（上・下）

警官だった父の死、署に遺された謎の車。少年はやがて秘められた過去へと近づいていく。人生への深い洞察に溢れた、胸を打つ絶品。

S・キング
白石　朗　訳
セル（上・下）

携帯《セル》で人間が怪物に!?　突如人類を襲う恐怖に、クレイは息子を救おうと必死の旅を続けるが――父と子の絆を描く、巨匠の会心作。

S・キング
山田順子訳

スタンド・バイ・ミー
—恐怖の四季　秋冬編—

死体を探しに森に入った四人の少年たちの、苦難と恐怖に満ちた二日間の体験を描いた感動編「スタンド・バイ・ミー」。他1編収録。

S・キング
浅倉久志訳

ゴールデンボーイ
—恐怖の四季　春夏編—

ナチ戦犯の老人が昔犯した罪に心を奪われた少年は、その詳細を聞くうちに、しだいに明るさを失い、悪夢に悩まされるようになった。

S・キング
浅倉久志他訳

幸運の25セント硬貨

ホテルの部屋に置かれていた25セント硬貨。それが幸運を招くとは……意外な結末ばかりの全七篇。全米百万部突破の傑作短篇集！

S・キング
吉野美恵子訳

デッド・ゾーン（上・下）

ジョン・スミスは55カ月の昏睡状態から奇跡的に回復し、人の過去や将来を言いあてる能力も身につけた——予知能力者の苦悩と悲劇。

S・キング
P・ストラウブ
矢野浩三郎訳

タリスマン（上・下）

母親の生命を救うには「タリスマン」が必要だ——謎の黒人スピーディにそう教えられた12歳のジャック・ソーヤーは、独り旅立った。

S・キング
P・ストラウブ
矢野浩三郎訳

ブラック・ハウス（上・下）

次々と誘拐される子供たち。〝黒い家〟が孕む究極の悪夢の正体とは？ 稀代の語り部コンビが生んだ畢生のダーク・ファンタジー！

S・キング
風間賢二訳
ダーク・タワーI
ガンスリンガー
英国幻想文学大賞受賞

キングのライフワークにして七部からなる超大作が、大幅加筆、新訳の完全版で刊行開始。〈暗黒の塔〉へのローランドの旅が始まる！

S・キング
風間賢二訳
ダーク・タワーII
運命の三人
（上・下）

キング畢生の超大作シリーズ第II部！〈暗黒の塔〉を探し求めるローランドは、予言された三人の中から旅の仲間を得られるのか？

S・キング
風間賢二訳
ダーク・タワーIII
荒　地
（上・下）

ここまで読めば中断不能！ついに揃った仲間たちを襲う苦難とは――？ キング畢生のダーク・ファンタジー、圧倒的迫力の第III部！

S・キング
風間賢二訳
ダーク・タワーIV
魔道師と水晶球
（上・中・下）

暴走する超高速サイコモノレールに閉じこめられた一行の運命は？ ローランドの痛みに満ちた過去とは？ 絶好調シリーズ第IV部！

S・キング
風間賢二訳
ダーク・タワーV
カーラの狼
（上・中・下）

町を襲い、子どもを奪う謎の略奪者〈狼〉。助けを求められたローランドたちの秘策とは？ 完結への伏線に満ちた圧巻の第V部。

S・キング
風間賢二訳
ダーク・タワーVI
スザンナの歌
（上・下）

スザンナが消えた。妖魔の子を産むために。追跡行の中、ついに〈暗黒の塔〉への手がかりを得た一行は。完結目前、驚愕の第VI部！

S・キング 風間賢二訳

ダーク・タワーⅦ 暗黒の塔 (上・中・下)

一行を襲う壮絶なる悲劇、出揃う謎。〈暗黒の塔〉で待つ驚倒の結末とは――。巨匠畢生のライフワークにして最高作、堂々の完結！

T・ケイン 佐藤耕士訳

黒衣の処刑人 (上・下)

事故を装い相手を殺す一流の殺し屋カーバー。だが英国元皇太子妃暗殺に関わってしまった彼は――。全英震撼のアクション・スリラー。

T・R・スミス 田口俊樹訳

チャイルド44 (上・下)

CWA賞最優秀スリラー賞受賞

連続殺人の存在を認めない国家。ゆえに自由に凶行を重ねる犯人。それに独り立ち向かう男――。世界を震撼させた戦慄のデビュー作。

P・プルマン 大久保寛訳

黄金の羅針盤 ―ライラの冒険―(上・下)

ライラと彼女の守護精霊は誘拐された子供たちの救出を決意。よろいをつけたクマに乗り、オーロラがひかり輝く北極へと旅立った。

P・プルマン 大久保寛訳

神秘の短剣 ―ライラの冒険Ⅱ―(上・下)

オーロラの中に現れた世界に渡り、異次元の少年と出会ったライラ。気球乗り、魔女たち、天使たちを巻き込んで壮大な冒険は続く。

P・プルマン 大久保寛訳

琥珀の望遠鏡 ―ライラの冒険Ⅲ―(上・下)

ライラとウィルの旅は〈死者の国〉にまで及ぶ。二人が担った役割とは一体何なのか？冒険ファンタジーの最高峰、いよいよ完結！

R・ブラッドベリ
伊藤典夫訳
二人がここにいる不思議
死んで久しい両親を、レストランに招待した男、天国までワインを持っていこうとする呑んべえ領主に対抗する村人たちなど23短編。

R・ブラッドベリ
伊藤典夫訳
社交ダンスが終った夜に
深夜の路面電車に乗り合わせた男女の会話の結末は……？　ふわりとした余韻を残す表題作など、〈SFの抒情詩人〉ならではの25編。

M・シェイボン
黒原敏行訳
ユダヤ警官同盟（上・下）
ヒューゴー賞・ネビュラ賞・ローカス賞受賞
若きチェスの天才が殺され、酒浸り刑事とその相棒が事件を追う。ピューリッツァー賞作家によるハードボイルド・ワンダーランド！

S・シン
青木薫訳
フェルマーの最終定理
数学界最大の超難問はどうやって解かれたのか？　3世紀にわたって苦闘を続けた数学者たちの挫折と栄光、証明に至る感動のドラマ。

S・シン
青木薫訳
暗号解読（上・下）
歴史の背後に秘められた暗号作成者と解読者の攻防とは。『フェルマーの最終定理』の著者が描く暗号の進化史、天才たちのドラマ。

S・シン
青木薫訳
宇宙創成（上・下）
宇宙はどのように始まったのか？　古代から続く最大の謎への挑戦と世紀の発見までを生き生きと描き出す傑作科学ノンフィクション。

T・クランシー
村上博基訳
容赦なく（上・下）
一瞬にして家族を失った元海軍特殊部隊員に「二つの任務」が舞い込んだ。麻薬組織を潰し、捕虜救出作戦に向かう〝クラーク〟の活躍。

T・クランシー
村上博基訳
レインボー・シックス（1〜4）
国際テロ組織に対処すべく、多国籍特殊部隊が創設された。指揮官はJ・クラーク。全米を席巻した、クランシー渾身の軍事謀略巨編。

T・クランシー
田村源二訳
国際テロ（上・下）
ライアンが構想した対テロ秘密結社ザ・キャンパスがいよいよ始動。逞しく成長したジュニアが前代未聞のテロリスト狩りを展開する。

T・クランシー
S・ピチェニック
伏見威蕃訳
被曝海域（上・下）
海洋投棄場から消えた使用済み核燃料。テロリストによる核攻撃――。史上最悪のシナリオにオプ・センターが挑む、シリーズ第10弾。

T・クランシー
S・ピチェニック
伏見威蕃訳
叛逆指令（上・下）
副長官罷免！　崩壊の危機にさらされる満身創痍のオプ・センターが、ワシントンで大統領候補をめぐる陰謀に挑む。シリーズ第11弾。

S・ハンター
佐藤和彦訳
極大射程（上・下）
大統領狙撃犯の汚名を着せられた伝説のスナイパー・ボブ。名誉と愛する人を守るため、ライフルを手に空前の銃撃戦へと向かった。

C・カッスラー
中山善之訳

QD弾頭を回収せよ

地球に終末をもたらすQD微生物の入った弾頭2発が、アフリカ革命軍団の手に渡った！ そしてワシントンが砲撃の的に狙われている。

C・カッスラー
P・ケンプレコス
土屋 晃 訳

オケアノスの野望を砕け（上・下）

世界の漁場の異状に迫るオースチンとザバーラ。ローランの遺宝とナチス・ドイツの飛行船の真実とは何か？ 好評シリーズ第4弾！

C・カッスラー
D・カッスラー
中山善之訳

ハーンの秘宝を奪取せよ（上・下）

同時多発地震で石油施設が壊滅——原油高騰の影にチンギス・ハーンの末裔？ ピットはモンゴルへと飛んだ。好評シリーズ第19弾！

T・ハリス
菊池 光 訳

羊たちの沈黙

若い女性を殺して皮膚を剝ぐ連続殺人犯〈バッファロゥ・ビル〉。FBI訓練生スターリングは元精神病医の示唆をもとに犯人を追う。

T・ハリス
高見 浩 訳

ハンニバル（上・下）

怪物は「沈黙」を破る……。血みどろの逃亡劇から7年。FBI特別捜査官となったクラリスとレクター博士の運命が凄絶に交錯する！

T・ハリス
高見 浩 訳

ハンニバル・ライジング（上・下）

稀代の怪物はいかにして誕生したのか——。第二次大戦の東部戦線からフランスを舞台に展開する、若きハンニバルの壮絶な愛と復讐。

新潮文庫最新刊

玄侑宗久著
リーラ
神の庭の遊戯
二十三歳で自らの命を絶った飛鳥。周囲の六人が語る彼女の姿とそれぞれの心の闇。逝った者と残された者の魂の救済を描く長編小説。

池波正太郎
山本周五郎
滝口康彦
峰隆一郎
山手樹一郎著
素浪人横丁
—人情時代小説傑作選—
仕事もなければ、金もない。あるのは武士の意地ばかり。素浪人を主人公に、時代小説の名手の豪華競演。優しさ溢れる人情もの五編。

塩野七生著
海の都の物語
ヴェネツィア共和国の一千年
4・5・6
サントリー学芸賞
台頭するトルコ帝国、そしてヨーロッパ各国の圧力を前にしたヴェネツィア共和国は、どこへ向うのか。圧巻の歴史大作、完結編。

梅原猛著
歓喜する円空
全国の円空仏を訪ね歩いた著者が、残された絵画、和歌などからその謎多き生涯と思想を解読。孤高の造仏聖の本質に迫る渾身の力作。

西村淳著
面白南極料理人
名人誕生
ウヒャヒャ笑う隊長以下、濃～いキャラの隊員たちを迎えた白い大陸は、寒くて、おいしくて、楽しかった。南極料理人誕生爆笑秘話。

下川裕治著
格安エアラインで世界一周
1フライト八百円から！　破格運賃と過酷サービスの格安エアラインが世界の空を席巻中。インターネット時代に実現できた初の試み。

謀《ぼう》略《りゃく》法《ほう》廷《てい》(上)

新潮文庫　ク－23－25

Published 2009 in Japan
by Shinchosha Company

平成二十一年七月一日発行

訳者　白《しら》石《いし》朗《ろう》
発行者　佐藤隆信
発行所　株式会社　新潮社

郵便番号　一六二—八七一一
東京都新宿区矢来町七一
電話　編集部(〇三)三二六六—五四四〇
　　　読者係(〇三)三二六六—五一一一
http://www.shinchosha.co.jp

価格はカバーに表示してあります。

乱丁・落丁本は、ご面倒ですが小社読者係宛ご送付ください。送料小社負担にてお取替えいたします。

印刷・二光印刷株式会社　製本・憲専堂製本株式会社

ISBN978-4-10-240925-1 C0197